나는 애틋해질 어느 날을 살고 있다

나는 애틋해질 어느 날을 살고 있다

이진선 산문집

학고재

차례

3
다신 없을 사랑에 대하여

1

말도 안 될 것 같은 일들이
아무렇지 않게 일어났던 많은 날들이

나는 애틋해질
어느 날을 살고 있다

—

할머니가 우리와 함께 살기 시작한 건 내가 열 살 때부터였다. 그전까지 할머니는 막내 외삼촌과 단둘이 지냈다. 그 집을 생각하면 바닥이 평평하지 않은 노란 방과 오르기도 어려웠던 다락방이 떠오른다. 여러 세대가 하나의 대문 안에 살았던 집인데 묵직한 철제 대문을 열면 제일 먼저 공용 화장실이 있었고, 수돗가를 빙 둘러싼 여러 개의 문이 있었다. 그 문—용도는 '현관문'이지만 문의 생김새나 재질, 주변 환경을 보면 '방문'이 더 어울렸던 것 같다—을 열고 들어서면 바깥과 다름없는 부엌이 있고, 그 안에 부엌보다 단이 높은 방이 있어서 방 입구에 앉아 신발을 벗곤 했다. 그 작은 방에는 더 작은 다락방이 딸려 있었다. 거기까지가 할머니 집의 전부였다. 다락방 계단은 어린 나의 발에도 너무 좁아서 언제나 옆으로 오르고 내렸는데, 그 안에 뭐가 있는지 제대로 보이지도 않을 만큼 어둡고 낮은 공간이라 평소에는 거의 창고로 사용한다고 했다. 나는 그 방이 좋아 할머니 집에 가면 다락방 문부터 열었고, 엄마는 위험하고 먼지 날린다며 다시 문을 닫았다. 그래도 내가 오랫동안 조용히 있어줘야 할 때는 엄마도 어쩔 수 없이 다락방 출입을 허락했다.

나는 입이 짧고, 작고, 오줌을 잘 참는 아이였으므로 다락방에 어울렸다. 할머니가 떼어준 밀가루 반죽 하나면 얼마든지 다락방에서 지낼 수 있었다. 밀가루 반죽으로는 구체적인 무언가를 빚는 대신 구 모양으로 굴렸다가 그걸 눌러서 넓게 폈다가 다시 말아서 길게 만드는 것을 반복했다. 그건 그 자체로 골몰하게 해서 다른 생각이 끼어들 틈이 없게 만들었다. 그리고 실망할 일이 없었다. 어떤 모습을 떠올리고 그것과 비슷한 모양을 만드는 일에는 늘 실망감이 뒤따랐다. 손재주가 없는 나는 간절하게 원해도 비슷한 모양을 만들 수 없었고 조금도 닮지 않은 실패작을 바라보고 있노라면 애초에 보고 싶던 모양까지 잊어버리게 됐다. 그래서 나는 굴리고 누르고 늘이는 과정만 반복하다가 반죽의 표면

이 굳어 각질처럼 갈라지기 시작하면 부서지는 가루와 덩어리를 한쪽에 밀어놓고 누웠다.

그렇게 누워 있으면 여태 들리지 않던 어른들의 말소리가 작고 정확하게 들리기 시작했다. 모르는 말이지만 알 것 같은 대화가 오갔다. 그즈음 어른들은 나와 동생을 짠하게 쳐다보았고 나는 그 눈빛을 읽을 수 있었다. 나는 어떻게 되는 걸까. 동생과도 떨어지게 되는 걸까. 여기 남을 수 있나? 그럼 이 다락방에서 매일 잘 수 있나? 엄마랑 헤어지기 싫은데. 어른들의 대화를 엿들으며 이런 생각을 하다가 잠들었다. 내가 잠든 사이 엄마가 날 두고 떠날까 봐 긴장해서인지 꿈에서는 늘 엄마를 잃어버렸다. 그런 일을 나는 벌써 몇 번 겪어보았고, 엄마가 사라지면 엄마가 많이 보고 싶은 것과 별개로 엄마 얼굴을 오래 기억하지 못했다. 떠오르지 않는 존재를 그리워하는 건 너무 괴로운 일이었다. 그래도 할머니네 다락방에서 잠들었다는 건, 오늘 밤에는 엄마가 사라지지 않는다는 건데. 한참 뒤 나를 부르는 엄마 목소리에 다 굳어버린 밀가루 반죽을 들고 내려오며 생각했다. 할머니는 거친 손으로 내 얼굴을 몇 번 쓰다듬고는 "아휴, 얼마나 조물거린 거여. 새카매진 것 좀 봐" 하며 돌이 된 반죽을 받아갔다. 나는 반쯤 감은 눈으로 엄마와 함께 화장실에 갔다. 쪼

그려 앉은 채로 "엄마, 밖에 있지?" 물으면 엄마가 응, 했고 그래도 안심이 되지 않아 계속계속 "엄마, 밖에 있지?" 물으며 참았던 오줌을 누었다. 오줌의 더운 김이 좁은 화장실에 번졌고, 엄마는 그렇게 오줌을 참으면 안 된다고 나무랐다. 그해 엄마는 죽을 만큼 맞고도 죽지 않은 공으로 드디어 이혼 합의서와 양육권을 가질 수 있었다. 바람이 차가워지기 시작했고 나는 일주일 정도 할머니 집에 머물렀다.

할머니 집에 얼마간의 짐을 가지고 온 날에는 삼촌 손을 잡고 시장에 갔다. 삼촌은 나와 동생을 오래된 문방구에 데려가 여기에서 제일 폼 나는 걸 고르라고 했다. 아직 치우지 못한 대형 튜브가 바람에 흔들리고 있었다. 나는 알록달록한 보트를 하나 골랐고 겨우내 그 보트에서 잠들다가 빵꾸가 나서 정작 여름에는 못 썼다. 사라진 것들을 미화하는 기억의 오류일까. 사라져야 할 때를 놓치고 살아남은 탓으로 마음이 일그러지는 걸까. 오래전 죽은 삼촌 얼굴은 기억나지 않고 그 집은 흔적도 없이 사라졌는데, 일용직을 전전하던 알코올 중독자 삼촌과 기이한 구조의 낡은 집은 언제 떠올려도 애틋한 기분이다. 그냥 그렇게 되어버렸다. 고장 난 몸으로도 성실하게 일하는 엄마를 자꾸만 미워하고, 한겨울에도 부족함 없이 온수가 나오는 새집에 좀처럼 마음을 붙이지 못하는 것처럼. 이 모든 것이 애틋해질 어느 날이 나는 자주 두렵다.

보통의 나날

—

아홉 살 가을에는 연일 유괴 사건이 보도됐다. 전국을 떠들썩하게 만들었던 유괴 사건 외에도 자잘한 사건들이 하루가 멀다 하고 일어났다. 알림장에는 '낯선 사람 따라가지 않기'가 매일 적혔고, 학교에서는 관련 가정통신문을 배포했다.

그 가을에 나는 거의 혼자 지냈다. 어느 날 아침에 일어나 보니 아무도 없었다. 엄마도, 아빠도, 동생도. 식탁에는 토스트를 사 먹으라는 짧은 메모와 이천 원이 놓여 있었다. 무언가 단단히 잘못되었음을 직감했지만 나는 평소처럼 학교에도 가고 피아노 학원에도 갔다.

학원에서는 바흐의 미뉴에트만 스무 번쯤 쳤다. 동요나 가

곡만 배우다가 처음 미뉴에트를 배운 날, 뭔가 '있어 보인다'는 인상을 받아서 집에 오자마자 어설픈 연주를 자랑했더니 엄마가 과장되게 좋아하며 잔머리가 일어난 머리를 다시 단정하게 묶어주었다. 그 기억 때문에 미뉴에트를 치면 어쩐지 사랑받는 기분이었다. 다른 곡도 쳐야 했지만 연습 카드에 대충 표시만 하고 돌아왔다. 학원 차를 타지 않고 빙빙 돌아 걸어왔는데도 집에는 아직 불이 꺼져 있었다. 해가 져서 어둡기는 마찬가지였지만 캄캄한 집에 혼자 들어가고 싶지 않았다. 가로등 불빛이 닿는 현관 앞에 쪼그려 앉아 누군가 오기만을 기다렸다. 엄마나 아빠나 동생이 돌아오면 같이 들어가야지, 혼자서도 의젓하게 보낸 하루를 자랑해야지, 생각하면서. 힘을 주어 눈을 작게 찡그리면 이웃집 창문에서 새어 나오는 불빛들이 십자가 모양으로 번졌다. 낮에는 여름인 초가을인데도 밤바람에 손이 곱았다.

결국 그날은 아무도 돌아오지 않았다. 대신 아랫집 아주머니가 다급하게 올라오더니 왜 여기에서 이러고 있냐며 따라오라고 했다. 집에 혼자 있는 줄 알았다고, 위험하게 왜 거기에 그렇게 앉아 있냐고. 아주머니는 밥에 반찬을 얹어주며 다정하게 다그쳤다. 엄마가 아파서 동생을 데리고 할머니네 갔으니 당분간은 아줌마네 와서 밥을 먹으라고. 아빠도 바빠서 내일 온다니까 오늘은 아줌마네서 자고 가라고. 그래서 그날은 아랫집에서 잤다. 매일 들락거렸던 아랫집인데 내내 의식적으로 긴장하고 있었다. 긴장을 풀면 잘 잡고 있던 눈물이 왈칵 쏟아질 것 같았기 때문이다. 그날 아랫집 언니들은 뉴스를 보며 공개수사로 전환된 유괴 사건에 대해 이야기했다. 나를 두고 너랑 동갑이네, 빨리 찾아야 할 텐데, 하며 아주머니가 깎아주는 과일을 나눠 먹었다. 세상이 이렇게 무서운데 집에도 안 들어가고 있었다며 아주머니는 잠시 무서운 표정을 지었다 풀었다. 과일을 먹고 우리는 다 같이 누웠다. 아주머니와 언니들 사이에서 잠자는 숨소리만 들렸을 때에야 나는 조용히 울 수 있었다.

다음 날은 학교에 가지 않았다. 아랫집에서 책가방을 메고 나왔기 때문에 아무도 내가 학교에 가지 않은 사실을 알지 못했다. 학교 대신 집으로 돌아와 소파 등받이에 발을 올리고 거꾸로 누운 자세로 고개를 젖혀 뉴스를 봤다. 뉴스의 대부분이 전날 보았던 유괴 사건에 관한 내용이었다. 이제는 너무 많이 보아서 나는 그 아이의 얼굴을 외워버렸다. 오밀조밀한 이목구비에 화려한 옷차림, 특이한 이름까지. 그 아이에 대한 정보를 계속 보고 듣다 보니 어느 순간 알고 지낸 사이처럼 느껴졌다. 심지어 전 국민이 애타게 기다리고 있다는 말에는 부러움이 일기도 했다. 며칠 뒤 범인이 검거되었고, 아이는 주검으로 발견되었다.

그 후 추모 영상이나 후속 기사들을 접하면서 나는 자주 울었는데, 아는 사이처럼 느껴졌던 아이가 죽어서이기도 했고, 그 자체로 참담한 일이기 때문이기도 했다. 그리고 무엇보다, 내가 사라진다면 아무도 모를 것 같았다. 일부러 유괴당하고 싶다는 생각에 어두운 골목을 느릿느릿 걸어보기도 했지만 그 끝은 언제나 아무도 없는 집이었다. 엄마는 아직 많이 아파서, 동생과 집에 돌아오려면 시간이 더 걸린다고 했다. 아빠는 자주 늦었다. 나는 다시 학교도 학원도 열심히 다녔다.

학원에서는 연습해야 할 곡을 치는 대신 옆방에서 연주하는 곡을 따라 치곤 했다. 하농이나 체르니 같은 건 너무 재미없어서 그날도 옆방에서 들리는 곡의 멜로디를 따라 쳤는데 갑자기 연주가 뚝 끊기더니 옆방 애가 내 연습실을 쓱 보고 갔다. 멋쩍어져서 괜히 안 하던 연습을 열심히 하고 나왔다. 그런데 며칠 뒤 그 애가 사라졌다. 담임 선생님은 그 애가 전날 피아노 학원에 갔다가 돌아오지 않았다며 혹시 그 친구에 대해 아는 사람은 2학년 10반 담임 선생님께 말씀드리라고 했다. 그 말을 듣고 심장이 두근거렸다. 추모 영상에서 슬퍼하던 피해 어린이의 친구들이 생각났고 나도 누군가와 함께 무언가를 공유하고 싶다는 마음이 간절해졌다. 그게 걱정이든 분노든 슬픔이든. 피아노 학원 아이가 무사하길 바라는 마음과 별개로 이 사건에 대한 지분을 갖고 싶었다. 그래서 전날 그 애를 본 적도 없고, 그 애와는 얼굴만 아는 사이였지만 2학년 10반으로 향했다. 내가 도착했을 때에는 벌써 교실 밖으로 줄이 길었다. 한참을 기다려 내 차례가 왔을 때, 나는 그 애와 같은 학원에 다니는데 며칠 전에 학원에서 봤다고 이야기했다. 선생님은 그래? 고맙다,라며 피곤한 표정을 지었다.

며칠 뒤 그 애는 옆 동네의 목욕탕 앞에서 발견되었다. 목욕탕 계단에서 울고 있는 그 애를 목욕탕 주인이 발견했다고. 여기서 왜 우냐고 묻자 사람들이 씻으러 들어가면 돈을 훔쳐 오라고 언니들이 시켰단다. 무사히 돌아온 그 애는 곧바로 전학을 갔고 학원도 그만두었다. 날씨가 급격하게 쌀쌀해지기 시작했다. 이제 반팔을 입고 다니는 사람은 없었다. 후에 학원 차를 타고 가다가 낯선 동네에서 커다란 드럼통에 무언가를 태우는 그 애를 본 적이 있는데 그게 내가 본 그 애의 마지막 모습이었다. 그리고 며칠 뒤 나도 전학 수속을 밟았다. 모두가 하교한 늦은 오후에 엄마와 함께 교무실에 가서 담임 선생님을 따로 만났다. 아직 몸 곳곳에 멍 자국이 남아 있는 엄마가 내 전학 문제로 잠시 돌아왔고, 예고 없이 왔기 때문에 나는 내가 외가댁 근처로 전학 가는 것을 그날 처음 알았다. 그래서 반 아이들한테 인사할 시간도 없었다. 작별 인사를 나눌 친구도 없었지만 아쉬웠고, 누군가 나의 행방에 대해서 물어보기는 할까, 궁금했다.

아직도 바람이 차가워지거나 혼자 밤길을 걸을 때면 그때의 장면들이 떠오른다. 그런데 친구들에게 물으면 대부분이 유괴 사건을 기억하지 못했다. "어떻게 몰라? 그렇게 유명했는데. 하루 종일 보도했는데" 하고 말하면, 친구들은 피해 어린이의 길고 특이한 이름까지 정확하게 외우고 있는 나를 더 신기해했다. 그때 우리는 겨우 아홉 살이었다고. 그런 말을 들으면 분명하고 구체적인 기억들이 비현실적으로 다가왔다. 아이를 죽인 유괴범이 만삭 임신부였다는 사실과, 하루에 빵 하나씩만 주면서 돈을 훔쳐 오라고 시켰던 '언니들'이 고작 열한 살이었다는 사실처럼. 학교에 가지 않고 종일 뉴스만 보았던 날이, 거꾸로 누워 TV를 보느라 목도 허리도 눈도 다 아팠던 어떤 날이. 말도 안 될 것 같은 일들이 아무렇지 않게 일어났던 많은 날들이.

키위를 먹는 밤

오래전부터 자는 일은 내게 커다란 숙제였다. 정확하게 기억하는 가장 오래된 불면은 열두 살 때였는데, 새벽 네 시가 넘도록 잠들지 못해 거실로 나갔었다. 그즈음 우리 집은 조그만 빌라에서 아파트로 막 이사했다. 시에서 제일 오래된 아파트였지만 아파트에 산다는 것 자체만으로 나는 자주 행복했다. 특히 모두가 잠든 밤에 거실에서 조용히 창밖을 내다보는 일은 혼자만의 근사한 취미였다. 할머니와 동생은 잠귀가 어둡고 머리만 대면 잤으므로 엄마만 자면 됐다. 엄마는 우리가 자는지 확인하고 불을 끈 뒤 방으로 들어가곤 했는데 그때 깊게 잠든 척을 하는 것이 가장 중요했다. 나는 불 꺼진 방에서 온 신경을 청각에 집중하다가 안방에서 흘러나오는 텔레비전 소리가 멎으면 일어나 살금살금 거실로 나갔다. 그리고 베란다 입구로 향했다. 베란다는 원래 거실 한쪽부터 안방 뒤편까지 이어졌는데 거실과 안방을 가르는 벽이 베란다 중간까지 튀어나와 두 개의 베란다 사이에 짧은 통로가 있는 것처럼 보였다. 그런데 이사할 때 거실 쪽 베란다를 트고 안방 쪽 베란다 입구에 문을 새로 달면서 통로처럼 보이던 벽 끝이 웅크리고 앉으면 몸을 숨겨줄 만큼의 좁은 공간으로 바뀌었다. 창과 가깝고 베란다였던 곳이라 바닥이 늘 차가웠지만 거기에 앉아 있으면 이상한 아늑함이 느껴졌다. 자다 깨서 귀와 꼬리를 축 늘어뜨린 채 따라 나온 해피를 안고 그곳에 앉아 시외로 빠지는 한적한 도로의 야경을 내다보고 있으면 냉장고 돌아가는 소리와 시곗바늘 소리, 할머니가 코 고는 소리 같은 것이 조화롭고 규칙적으로 들렸다. 그러면 울고 싶은 기분이 들었고, 그 기분이 좋았다.

잠이 오지 않던 그날도 나는 야경을 보고 다시 이불 속에 들어와 있던 참이었다. 이제 자야지, 마음먹고 자세를 여러 번 고쳐 누운 뒤 잠을 청했는데 한참이 지나도 잠들지 못했다. 애써 눈을 감느라 미간에 잔뜩 힘을 주고 있다는 사실을 인지했을 때 시계를 보니 네 시가 넘어 있었다. 갑갑한 마음에 다시 거실로 향했는데 베란다 입구에 엄마가 앉아 있었다. 우리는 서로 놀라 소리를 질렀고 그럼에도 아무도 깨지 않아서 조금 웃었다. 엄마는 속삭이며 왜 안 자? 하고 물었다. 엄마는? 하니까 잠이 안 온다고. 나는 나도, 하면서 그러고 보니 자지 않고 다시 나오는 일에 대해서 엄마가 혼낸 적도 없고 하지 말라고 한 적도 없는데 나는 왜 맨날 몰래 나온 걸까 생각했다. 우리는 서로에게 얼른 자라고 말한 뒤 방으로 들어갔다. 그날은 날이 밝고서야 잠들 수 있었다.

그 뒤로도 잦은 불면에 시달렸다. 잠들지 못하는 나를 보며 엄마는 내가 아주 어릴 때 이야기를 들려주었다. 업고 재우다가 눕히면 다시 깨서 울고, 업고 있어도 엄마가 앉으면 울었다고. 다른 사람한테는 업히지도 않아서 엄마는 밤새 울면서 나를 업고 장롱에 기대 서 있었다고. "그때부터 너는 유난스러웠어" 하며 엄마는 슬픈 표정을 지었다.

고등학생이 되고 나서는 기숙사 생활을 하느라 집을 떠났다. 전교생 기숙 학교라 50인 1실의 커다란 숙소에서 잠을 자야 했다. 내 의사와 상관없이 자정이면 취침 점호와 함께 불을 껐고, 아침 여섯 시면 기상방송과 함께 운동장으로 나가 애국가를 부르고 구보를 해야 했다. 모든 게 낯설었던 환경에서 다른 건 누구보다 빨리 적응했지만 잠자는 일만큼은 졸업할 때까지 적응하지 못했다. 오십여 명이 잠든 숨소리와 잠꼬대하는 소리, 잠투정하는 소리를 들으며 좁은 철제 침대에 누워 고를 수 있는 선택지는 눈을 뜨거나 감는 것밖에 없었다. 자기 위해 눈을 감고 있다가 두서없는 생각이 꼬리를 물고 이어지면 눈을 떠서 달빛에 드러난 천장 무늬를 보았다. 그런 밤에는 손발이 묶인 채 깊은 수조에 갇힌 기분이었다. 엄마는 숙면에 좋다는 것은 다 구해다 줬다. 엄마가 준 아로마 오일을 베갯잇과 이불에 뿌리기도 하고, 약재 주머니를 베개 안에 넣어두기도 했지만 소용없었다. 다만 불면의 시간에도 내성이 생겨 눈을 감고 좀 더 오래 버티거나, 천장의 무늬를 더욱 다양하게 바라볼 수 있게 되었다. 그렇다고 아무렇지 않은 것은 아니었다. 출처가 불분명한 여러 명의 곤한 숨소리는 여전히 견디기 힘든 종류의 외로움이었다.

그래도 대학생이 되고부터는 잠이 오지 않으면 하고 싶은 걸 하면 됐기에 크게 괴로운 점은 없었다. 늦게 자면 아침에 일어나는 게 힘들었지만 일어나는 게 자는 것보단 여러모로 수월했고 시간표만 잘 짜면 오전 수업은 얼마든지 뺄 수 있었다.

자는 게 다시 과제가 된 것은 스물넷부터였다. 그해 겨울 나는 친구 한 명을 잃었다. 세상에서 제일 당연한 사이라고 생각했는데 이유도 모른 채 영영 사라진 그 애 때문에 나는 아무것도 할 수가 없었다. 마지막으로 그 애를 만난 건 스물넷의 여름이었다. 전날 팥빙수가 먹고 싶은데 혼자 먹기 부끄럽다며 왕십리까지 와달라고 해서 나를 보러 온 선배 커플을 두고 남가좌동에서 왕십리까지 갔었다. 그런 게 다 괜찮았던 애였다. 다른 관계쯤이야 어떻게 되든지 말든지. 팥빙수를 먹고 밤새 춤추고 놀다가 다음 날 점심까지 먹고 헤어진 뒤 아픈 애인을 보러 갔었다. 몸살에 걸려 끙끙 앓고 있는 애인을 두고 친구랑 놀고 온 것이 미안해서 종일 옆에 있으려 했는데 그 애한테 다시 연락이 왔다. 전날 함께 봤던 예능 프로그램에서 만들어 먹은 음식이 먹고 싶다고. 애인에게 다시 왕십리에 가도 되는지 물었더니 서운한 표정으로 아까까지 같이 있었잖아,라고 했는데도 나는 어제는 팥빙수고 오늘은 닭볶음탕이래, 하며 간절한 표정을 지었다. 그는 내가 원하는 건 거의 들어주는 사람이었으므로 다녀오라고 했다. 그렇게 다시 왕십리에 가서 밥을 먹고 과일을 먹고 놀다가 잠든 것이 마지막이었다. 다음 날 애인이 걱정되어 일찍 나오면서 나 갈게,라고 인사했더니 응 잘 가,라며 손을 흔들었던 것이. 그 뒤 그 애는 나의 어떤 연락이나 방문에도 대답이 없었다. 나중에야 다른 친구들을 통해 그 애가 나로부터만 사라진 것을 알게 되었다. 내내 피하기만 하던 그 애는 내가 대학 마지막 기말고사를 마친 겨울날 장문의 메시지를 보내왔다. 어떤 이유인지는 말해줄 수 없고 앞으로 연락하지 말 것, 누구에게도 자신의 소식을 물어보지 말고 지금 이 문자에도 답장하지 말 것.

그 겨울이 가고 스물다섯 3월에는 그토록 고대하던 대학원에 입학했는데 아무것도 할 수 없었다. 학교에 가기는 했지만 도저히 수업을 들을 수 없어서 벤치에 앉아 울기만 하다가 집으로 돌아왔다. 그 애가 사라진 이유가 짐작조차 되지 않아 계절이 바뀌어도 나는 어떻게 슬픔을 견뎌내야 하는지 알지 못했다. 그렇게까지 우는 이유가 고작 친구 한 명 때문이냐고 묻는 사람들에게 나의 슬픔을 설명할 수 없어 사람들을 피해 다녔고 집에서는 종일 벽만 보고 있었다. 그러면 간절하게 자고 싶어졌다. 깨어 있는 게 너무 괴로우니까 아무 꿈도 꾸지 않고 오랫동안 자고 싶었다. 하지만 잠은 쉽게 들 수 없었고 가까스로 잠들어도 그 애가 나오는 꿈을 꾸었다. 엄마는 다시 나를 걱정하기 시작했다. 매일 전화를 걸어 상추를 많이 먹으면 좋대, 따듯한 물로 샤워를 해봐, 하면서 나를 달랬다. 그날도 엄마는 전화를 걸어와 키위를 먹으면 좋대, 하고 말했다. 키위를 먹으면 잠이 잘 온다고. 요즘 키위가 제철이라고. 그러니까 나가서 키위를 사 먹으라고. 돈이 없으면 엄마가 보내줄 테니 키위를 먹어보라고. 나는 대충 알았다 하고 전화를 끊었다. 키위를 사려면 대로까지 다녀와야 했기 때문이다. 그즈음 서울로 취직한 동생과 함께 살게 되면서 좀 더 넓고 싼 집을 찾아 수색으로 이사를 했는데 재개발이 예정된 오래된 동네라 편의점 하나 없었다. 좋은 건 대로 건너 상암동의 야경을 맘껏 구경할 수 있다는 점이었다. 전화를 끊고 MBC 사옥을 넋 놓고 바라보다가 맥없이 슬퍼졌고, 다시 자고 싶다는 생각이 들었다. 그제야 충동적으로 일어나 옷을 입었다. 슈퍼가 문을 닫기까지 얼마 남지 않았을 때였다. 서둘러 슈퍼에 도착하자마자 사장님께 키위가 있는지 물었고, 마침 손님이 몰려 분주했던 사장님은 손가락으로 어딘가를 가리켰다. 그곳에 여섯 개들이의 싱싱한 키위가 놓여 있었다. 갑자기 기분이 좋아져서 나는 키위가 든 검은 봉지를 앞뒤로 흔들며 집으로 돌아왔다.

그런데 집에 돌아와 봉지를 열어보니 키위가 아닌 번개탄이 들어 있었다. 분주했던 계산대와 내 옆에서 번개탄을 계산하던 남자가 떠올랐다. 나는 망연자실해서 번개탄을 꺼내놓고 엉엉 울었다. 야근을 마치고 들른 애인이 놀라서 무슨 일인지 물었다. 그는 내가 우는 모습을 매일 보면서도 매번 참담한 표정을 짓곤 했다. 그 표정은 때로는 버겁고 때로는 위로가 되었다. 나는 눈물을 훔치고 자초지종을 설명했다. 그 사람은 얼마나 어이없을 거야. 고기 구워 먹으려고 했을 텐데 키위가 들어 있으니 말이야. 그래도 그 사람은 키위를 먹을 수나 있지, 나는 이 번개탄을 얻다 써? 그러자 애인은 네가 사람 목숨 하나 살린 걸 수도 있어,라고 말했다. 그 사람, 마음을 고쳐먹고 키위를 먹고 있을지도 모른다고. 그러니까 키위는 내가 내일 사다준다고. 너무 속상해하지 말라고.

다음 날 저녁 나는 키위를 먹었고, 그럼에도 잠이 잘 오지는 않았다. 여전히 맥락 없이 울고 하루 종일 울기도 하지만, 어쨌든 다시 사람들 때문에 육 년이 지난 지금까지도 나는 죽지 않고 쓸쓸할 수 있다.

엄마 얼굴

지난주에는 동생과 새벽 목욕탕에 다녀왔다. 추위와 미세먼지 때문에 겨울이 되고부터 우리는 목욕탕에 가고 싶다는 말을 습관처럼 하고 다녔다. 그게 벌써 몇 달 전인데 공연 업계에서 일하는 동생과 연말에 시간을 맞추는 게 여간 어려운 일이 아니었다. 며칠간 이어진 철야 작업 중 잠깐 집에 들르는 날에도 동생은 피곤에 절어 잠들어 있었다. 나는 동생과 아무 이야기라도 나누고 싶고 밥이라도 먹이고 싶어서 동생이 깨기를 기다리다가 옆에서 불편한 자세로 잠들곤 했다. 잠에서 깨면 어느새 동생은 다시 나가고 없었다. 그렇게 바쁜 시간이 지나고 나서는 서로의 생리 기간이 맞지 않아 우리는 함께 씻는 일을 또 미뤄야 했다. 그러다가

지난 주말, 동생이 오랜만에 출근하지 않았고 내 선약이 취소되면서 우리는 함께 저녁을 먹고 목욕탕에 가기로 했다.

상상마당 앞에서 만난 동생은 나를 보자마자 살갑게 팔짱을 끼워왔다. 그리고 보너스를 받았으니 비싼 밥을 사주겠다고 했다. 동생의 턱없이 적은 월급을 알고 있어서 그렇게 말하는 동생이 고맙기도 하고 짠하기도 했다. 보너스도 비싼 밥 한 번이면 다 써버릴 게 분명했다. 그렇다고 내가 사줄 수 있는 것도 아니어서 나는 언제부터 얘가 이렇게 어른이 된 걸까, 생각하며 동생이 좋아하는 표정으로 고맙다고 했다.

우리는 밥과 술을 배불리 먹고 상수동에서 성산동까지 걸어가기로 했다. 춥지만 오랜만에 배 아프게 웃었고, 조금 지쳐서 웃는 것도 힘들어졌을 즈음 집에 도착했다. 게으른 내가 눕기부터 하자 동생이 주먹으로 내 엉덩이를 치면서 지금 누우면 오늘도 망하는 거라며 얼른 일어나라고 했다. 겨우 짐을 챙겨 나오면서도 이렇게 피곤해서 때를 밀 수나 있을까 싶었지만 막상 탕 안에 들어가니 역시 오길 잘했다는 생각이 들었다. 꽁꽁 언 몸이 노곤하게 풀렸다. 세신 가격표를 보며 누가 대신 나 좀 씻겨줬으면 좋겠다고 생각했다. 어릴 땐 싫다고 해도 엄마가 다 씻겨줬는데. 우리는 간지럼을 많이 타서 목욕탕에 갈 때마다 엄마한테 매를 맞았던 기억을 소환했다. 나는 발바닥 근처를 건드리면 다리가 제멋대로 움직여 엄마를 찼고, 동생은 나보다 심해서 배에 손만 대도 자지러졌는데 엄마는 그런 애들을 둘이나 씻기고 자기 몸도 씻어야 했으니까. 힘들었겠지. 엄청 힘들었겠지. 그래도 엄마가 씻겨줄 때가 좋았는데, 하니 동생은 "언제까지 엄마를 부려먹고 살래?" 했고, 나는 "가능한 한 오랫동안"이라고 했다. 동생이 한심하다는 표정으로 고개를 저었고, 그럴 때면 안 그래도 엄마 얼굴을 똑 닮은 동생이 더 엄마 같았다.

우리는 밥을 먹으면서도, 먼 길을 걸어오면서도 쉴 새 없이 떠들었는데 몸을 불리고 때를 밀면서도 끝나지 않았다. 나는 동생과 단둘이 이야기를 주고받을 때 동생이 짓는 표정이나 말투, 호탕한 웃음소리를 좋아한다. 그런 것들을 보고 있으면 동생이 건강하게 느껴지고, 그래서 다행이라는 생각이 든다. 동생은 어릴 때에도 또래보다 컸지만 지금처럼 당찬 아이는 아니었다. 누가 말을 걸기만 해도 울었고, 때리면 맞았다. 엄마는 우리에게 "엄마가 없으면 언니가 엄마"라고 가르쳤기 때문에 나는 누군가 동생을 괴롭히면 배로 갚아줘야 했다. 커다란 동생이 울면서 찾아오면 왜소한 나는 속으로 동생을 괴롭힌 애가 나보다 클까 봐 걱정하면서 동생네 교실로 향했다. 동생을 한 대 때린 애는 열 대를 때려줬고,

고의로 동생의 연필을 부러뜨린 애한테는 필통을 통째로 박살 내는 것으로 복수해줬다. 동생을 괴롭힌 애들이 엉엉 울면 이제 됐다 싶은 마음으로 새로 터득한 욕들을 최대한 상스럽게 뱉고 돌아왔다. 그러다가 동생 반 담임 선생님에게 불려 가 일 년간 동생네 교실 청소를 한 적도 있다.

동생과 사이가 틀어진 건 그 뒤의 일이다. 동생이 중학교 입학을 앞둔 겨울 방학에 엄마는 소심한 동생이 자기주장을 하면서 살도 빼길 바라는 마음으로 검도 도장에 보냈는데, 정말 검도에 그런 효과가 있는 것인지 아니면 그즈음 그냥 그렇게 될 일이었는지 모르겠지만 동생은 정말로 말도 잘하고 싸움도 잘하게 되어서 더 이상 내가 지켜주지 않아도 괜찮았다. 자연스럽게 동생은 친구도 많아졌고, 우리는 각자의 친구들과 노느라 함께 지내는 시간이 줄어들었다. 그럼에도 오랜 시간 엄마가 없을 땐 언니가 엄마라고 생각했기 때문에 나는 그것을 핑계로 고작 두 살 많은 권력을 휘둘러 아무 때나 동생을 때리곤 했다. 그러던 어느 날 동생과 싸우다가 아무거나 손에 잡히는 대로 집어던졌는데, 허리띠를 빼지 않은 옷이어서 버클이 정확하게 동생 머리를 가격했다. 순간 아차 싶어 괜찮아? 하고 물었더니 동생이 서럽게 울면서 벌떡 일어섰다. 그러고는 내가 던진 옷에서 허리

띠를 뺐다. 앉은 채로 뒷걸음을 치며 미안하다고 했지만 동생은 "너도 한번 당해봐" 하면서 버클로 내 머리를 내리쳤다. 그 바람에 나는 뒤통수가 찢어져 피가 났고 무섭고 쪽팔린 마음에 화장실로 들어가 문을 잠갔다. 밖에선 나를 편애하는 할머니가 저년이 제 언니를 잡아먹는다며 동생을 잡았고, 억울한 동생이 "나도 맞았단 말이야" 하며 울고 있었다. 그 모든 걸 들으며 피가 좀 더 나기를, 그래서 퇴근한 엄마도 보고 동생이 죽도록 혼나기를 바랐다. 하지만 피는 금방 굳어 딱지가 앉았고 엄마가 들어오는 소리를 듣고서 밖으로 나갔을 땐 함께 죽도록 맞았다. 그래도 이 사건 이후로는 동생을 때리지 않았다. 이제 더 이상 싸움으로는 동생을 이길 수 없다는 것을 알게 된 것이다.

동생은 아직도 이 사건을 종종 이야기한다. 언니가 그 뒤로 나를 때리지 않았다고, 언니가 나를 정말 많이 때렸다고, 진짜 못되게 굴었다고. 이제는 그날이 안줏거리가 되어서 친구들을 만나거나 함께 술을 마시면 꺼내곤 하는데, 동생은 내가 동생을 때리지 않게 된 이유를 우리 둘 다 기억하는 게 재미있고 신기하다고 한다. 왜냐하면 동생은 어릴 때를 거의 기억하지 못하기 때문이다. 나는 이상하게 어릴 때 일들이 하나도 기억나지 않아. 동생이 그런 말을 천진난만하게 해서 나는 슬프게 안심한다. 동생이 기억하지 못하는 시간은 '엄마가 없을 땐 언니가 엄마'라는 말이 왜곡되어 사용되기 전인데, 겨우 다섯 살이던 동생이 감당하기엔 너무 버거운 기억들이다. 엄마가 보고 싶다고 울었다가 함께 고아원 입구까지 끌려간 일이나, 엄마를 찾아 무작정 집을 나섰다가 길을 잃어 캄캄한 길 위에서 부둥켜안고 울던 기억. 그리고 집에 잡혀 와 매를 맞던 기억. 그때 내게 제일 큰 공포는 동생과 떨어지는 것이었다. 엄마가 없을 땐 내가 엄마랬는데. 엄마가 다시 우리를 데리러 왔을 때 동생을 지키지 못해 영영 잃어버릴까 봐 언제나 두려웠다. 그래서 그즈음 나의 일기에는 내가 어떻게 해서 동생이 웃었다는 이야기가 강박적으로 들어가 있었다. 나는 안 먹고 동생에게만 떡꼬치를 사줬다는 내용이나, 많이 걸어서 다리가 아픈 동생을 업고 왔다는 내용을 봤을 땐 동생이 잘해준 건 기억하지 못하고 때린 것만 기억하는 것이 서운하다가도 역시 다행이라는 생각이 든다.

그런데 동생이 언제부터 나를 돌보기 시작한 걸까. 몸을 동그랗게 말고 동생에게 등을 맡긴 채 생각했다. 도대체 언제부터 동생이 이렇게 어른스러워진 것일까. 그런 생각 끝엔 언제나 집 밖에 나가지도 못할 만큼 심각한 우울증을 앓았던 내가 있었다. 그리고 해외 출장지에서 매일 연락을 걸어오던 동생과, 독감 치료도 거부하고 앓던 나를 간호했던 동생과, 언니가 죽을까 봐 무섭다고 했던 동생과, 넌 나를 미쳤다고 생각하지? 내가 정신병자라고 생각하지? 하고 동생을 자극했을 때, 눈물을 왈칵 쏟으며 언니를 그렇게 생각한 적 없어, 정말이야,라고 했던 동생이 있었다.

마지막으로 몸을 헹구면서 동생은 워킹 홀리데이를 떠나고 싶다고 했다. 나는 다녀와,라고 했다. 동생은 그렇게 쉬운 일이 아니라고, 어느 정도 돈이 필요하다고 했다. 얼마나 필요한데? 하고 물으니 적어도 오백만 원은 있어야 하지 않을까? 하는 동생에게 엄마에게 빌리라고 했다. 동생이 엄마 돈 없어,라기에 이제 내가 양아치 짓 덜할 테니 네가 하라고 했다. 동생은 이번에도 한심한 표정을 지었고, 그럴 땐 정말 엄마 같았다.

엄마의 집

—

엄마의 평생 소원은 집을 짓는 것이었다. 손님이 없는 한가한 시간이면 미용실 소파에 앉아 이런 집을 지어야 하는데, 이런 집도 괜찮고,라고 중얼거리며 전원주택 잡지를 보는 것이 엄마의 오랜 취미였다. 그런데 그런 말을 하며 엄마가 보여준 집들은 내가 보기엔 어마어마하게 비싸 보인다는 것 외에는 별다른 공통점이 없었다. 엄마는 도대체 어떤 집을 짓고 싶었던 걸까. 나는 도통 짐작할 수 없었는데, 이제는 그 집들 사이에서 어떤 공통점도 찾을 수 없던 이유를 알 것 같기도 하다.

어린 나는 언젠가 꼭 멋진 집을 지을 거라는 엄마를 보며 아마도 엄마는 평생 집을 짓지 못할 거라고 생각했다. 그런 생각은 내가 이십 대 초반이었을 때 집안 사정이 어려워지면서 더욱 견고해졌다. 그래서 그즈음 수강하고 있던 소설 창작 수업에서는 엄마가 영원히 집을 짓지 못할 거라는 내용으로 소설을 쓰기도 했다. 하지만 놀랍게도 올봄, 엄마는 땅을 계약하고 왔다며 상기된 목소리로 전화를 걸어왔다.

엄마의 집은 어마어마한 시골에 지어지고 있었다. 주변은 모두 배 과수원이었고 무려 '리' 단위의 동네였다. 그런 곳에 집을 지으면서도 온갖 빚을 끌어 모은 엄마는 쉰 살까지만 돈을 벌고 더 일할 생각이 없다더니 일흔까지 그 기한을 연장했다.

무리해서 집을 짓는 엄마를 보며 나는 어떤 간섭도 하지 않았다. 다만 저 빚이 내게 오지만 않기를, 하고 바랐다. 빚을 지든지 일흔까지 일을 하든지, 당신의 삶을 당신 하고 싶은 대로 한다는데 내가 거기에 끼어들 자격 같은 게 있을까 싶었다.

집을 짓기 시작하면서 엄마는 자꾸만 이런저런 기대에 부풀었다. 어째서인지 집이 완성되면 예전과 달리 내가 자주 내려올 거라 생각하는 것 같기도 했다. 그래서 자꾸만 무슨 나무를 심고 싶은지 묻고, 내 방의 벽지 색을 묻고, 책상과 책장의 위치를 물었다. 나는 그냥 엄마 마음대로, 온전히 엄마가 하고 싶은 대로 하라고 했다. 엄마가 원하는 일을 하면서 내게 무언가를 해주고 있다는 만족감 같은 걸 느끼게 하고 싶지 않았다. 아무리 무관심으로 일관해도 꾸준하게 보내오는 공사 현장 사진을 볼 때면 괜히 짜증이 났다. 많은 것들을 포기하고서야 겨우 지을 수 있게 된 그 집이 나는 마음에 들지 않았다. 엄마가 집을 짓는 것이 싫었다. 하지만 내 마음이 그러거나 말거나 땅을 계약하자마자 공사는 시작되었고, 예정된 이사 날짜는 9월 초였다.

입주 날짜를 받은 날, 이번 추석은 새집에서 보낼 거라며 엄마는 기대에 차 있었다. 하지만 엄마가 보내오는 현장 사진들을 보고 있으면 도무지 제 날짜에 완공될 것 같지가 않았다. 추석이 겨우 한 달 남은 즈음에야 어찌어찌 골조가 마무리된 수준에 이르렀는데, 엄마는 지반을 다지고 뼈대를 세우는 것까지가 오래 걸리지 나머지는 금방이라며 자신했다. 하지만 뉴스에서는 매일같이 111년만의 기록적인 폭염을 보도했고, 그런 더위 속에서 공사는 지지부진했다. 결국 이사 예정일이 되자 엄마는 오갈 데 없는 신세가 되었다. 살던 집에 이사 올 사람들이 대기하고 있었기 때문이다. 하는 수 없이 엄마의 짐들은 이삿짐센터의 보관 창고에 맡겼고, 엄마는 당분간 미용실에서 지내기로 했다.

그래서 이번 추석에는 우리가 내려가는 대신 엄마가 올라오기로 했다. 연휴 당일, 엄마는 오전 영업만 하고 일찍 올라왔다. 오랜만에 엄마를 봐서 신이 난 강아지가 빙글빙글 돌았다. 우리는 강아지를 데리고 공원으로 나갔다. 숲길이라는 이름이 붙은 공원 입구에는 아늑한 느낌의 오래된 아파트가 있었다. 그곳을 지나며 엄마, 나는 나중에 나이 들면 저런 곳에서 혼자 살고 싶어, 하고 말했다. 그러고는 혼자 멋쩍어졌다. 집 욕심을 부리는 엄마를 비난했으면서 우습게도 나 역시 어떤 건물들을 보며 자주 그런 생각을 했던 것이다. 내 속을 모르는 엄마는 멀리 커다란 나무에 시선을 둔 채로 그래, 좋지. 능력만 되면 혼자 사는 것도 나쁘지 않지,라고 했다. 그런 엄마를 말없이 바라보다가 문득, 엄마랑 단둘이 밖에서 낮 시간을 보내는 건 처음이라는 생각이 들었다. 별다른 근심 없이 이렇게 여유롭게 산책하는 것이. 나는 괜히 평소에 잘 가지도 않는 인스타그램 핫플레이스로 엄마를 데리고 갔다. 그리고 무리해서 비싼 메뉴를 골랐다. 잠시 후 예쁘게 플레이팅된 브런치가 나왔다. 여기는 어떤 곳이고, 이건 이렇게 먹으면 된다고. 강아지를 안고 테라스에 앉아 있는 엄마에게 어린아이를 챙기듯 그런 말들을 했다.

우리는 한 시간쯤 더 산책을 했다. 집에 돌아오자마자 엄마는 나 대신 강아지를 씻겼다. 내가 손바닥을 네 바늘이나 꿰맸기 때문이다. 하필 연휴를 앞두고 다치는 바람에 매일 드레싱을 받을 수도 없어 그때까지 손을 거의 쓰지 못하고 있었다. 엄마의 잔소리를 듣지 않기 위해 끝내두려 했던 집안일도 당연히 그대로였다. 다친 손으로 꾸역꾸역 한다고는 했지만 엄마 눈에는 부족해 보일 게 뻔했다. 아니나 다를까 엄마는 강아지를 다 씻기자마자 땀을 뻘뻘 흘리며 집 안 구석구석을 자기 식대로 치우기 시작했다. 별말은 없었지만 젖은 옷을 벗은 채로 분주하게 움직이는 엄마가 불편했다. 엄마가 나 좀 씻을게,라고 했을 때에야 긴장을 풀 수 있었다. 그런데 화장실 문을 닫다 말고 엄마가 너도 들어와, 하고 말했다. 손에 물이 닿지 않게 봉지로 잘 싸매고 들어오라고.

잠깐 망설이는 사이 꾸물대지 말라며 엄마가 재촉했다. 나는 붕대를 만 손 위에 위생 장갑을 끼고 다시 그 위에 봉지를 씌운 채로 따라 들어갔다. 좁은 화장실에서 엄마는 내 머리를 감기고 온몸을 꼼꼼하게 씻겼다. 어릴 땐 엄마가 매일 씻겨줬을 텐데. 내가 작은 욕조 안에서 해사하게 웃고 있는 오래된 사진이 떠올랐다. 어린 나를 깨끗하게 씻긴 뒤 새 물로 갈아준 다음 복숭아 하나를 주면 그걸 먹다가 물에 담갔다가 다시 먹으면서 한참을 놀았다는 이야기를 엄마는 종종 들려주었다. 그런 생각을 하고 있자니 눈앞의 장면들이 오히려 비현실적으로 느껴졌다. 이렇게 엄마에게 몸을 맡길 수 있는 날이 이제 얼마나 더 남아 있는 걸까. 장갑에 물이 들어가지 않게 오른팔을 든 채로 다 커버린 내 몸뚱이를 내려보고 있자니 그런 생각이 들었다. 나를 다 씻긴 엄마는 화장실 청소까지 하고 나간다며 먼저 나가 있으라고 했다. 간만에 제대로 씻은 나는 상쾌한 기분으로 시키지도 않은 맥주상을 차렸다.

우리는 침대에 반쯤 드러누운 자세로 맥주를 마시고 텔레비전을 봤다. 얼마나 지났을까. 낮게 코 고는 소리가 들려 고개를 돌려보니 엄마가 자고 있었다. 갱년기 때문에 엄마는 자면서도 덥다고 했다가 다시 몸을 웅크리며 춥다고 하기를 반복했다. 그런 엄마를 위해 선풍기를 켰다 껐다 하고 있는 나는, 나를 향한 엄마의 모든 바람이 뭉개지기를 바랐었고 엄마가 미워 나를 망가뜨리기까지 했었다.

해외 출장 중이던 동생의 전화에 잠에서 깬 엄마는 다음 날 저녁에 내려가려고 했던 일정을 오전으로 앞당기겠다고 했다. 동생의 입국 일정이 하루 밀려서 저녁까지 기다려도 얼굴을 못 보게 되었단다. 일찌감치 내 밥만 차려주고 가야겠다는 말이 어쩐지 서운해서 왜, 더 있다 가지,라고 했지만 엄마는 싫어, 불편해,라며 다시 눈을 감았다. 셔터 내린 미용실에서 지내는 건 편한가 싶었지만 말하지 않았다. 어쩐지 구질구질했다.

뭐든 서두르는 엄마는 다음 날 아침 일찍 밥을 짓기 시작했다. 입맛이 없던 나는 갈 거면 그냥 가지 무슨 밥이냐고 구시렁거렸지만 한 공기를 모두 비웠다. 밥을 먹고 상을 치운 뒤 엄마는 정말로 떠났다. 서둘러 떠나버렸다. 강아지와 함께 엄마를 배웅하고 돌아오니 산뜻하게 정돈된 집 안 곳곳이 눈에 들어왔다. 나는 침대에 드러누웠다. 그런 내 몸을 밟고 강아지가 올라탔다. 아, 너무 좋다, 하고 혼잣말을 했다. 그리고 동시에 엄마 없는 집은 역시 허전하다는 생각을 했다.

돌이켜보면 어린 나는 엄마를 마음껏 안아본 적이 없었던 것 같다. 엄마 냄새가 사무치게 그립고 엄마를 가득가득 안아보고 싶었는데 엄마의 삶은 내게 품을 넉넉하게 내주기에는 지나치게 팍팍했다. 돈도 벌어야 했고 나와 동생도 키워야 해서 엄마는 늘 바빴다. 생존 본능에 따라 나는 눈치 빠른 애늙은이로 자랐다.

10월 초에는 이사할 수 있을 거라며 엄마는 돌아가는 날 아침까지도 내 방 벽지로 어떤 색이 좋을지 물었다. 엄마가 10월 초라고 했으니 11월쯤에는 이사할 수 있으려나? 12월은 돼야 하나? 그땐 추워서 고생일 텐데. 밥을 먹으며 시큰둥한 표정으로 알아서 하라는 나에게 엄마는 그렇게 잡지를 많이 봤는데도 막상 고르려니 모르겠다고 했다. 모르겠다니. 내 의견을 묻는 이유가 단순한 생색내기라고 생각했던 터라 뭐가 좋은지도 모르겠다는 말에 나는 잠시 할 말을 잃었다. 그렇게 원했던 집이면서 구체적인 모습 하나 없다는 게 도무지 이해되지 않았다. 엄마는 도대체 어떤 집을 짓고 싶었던 걸까. 오랫동안 궁금했던 그 질문에는 애초에 누구도 대답을 해줄 수 없었던 것이다.

분주하게 설거지를 하는 엄마의 뒷모습을 바라보며 생각했다. 엄마는 단지 누구나 부러워할 만한 크고 좋아 보이는 집이 갖고 싶었던 것뿐일까. 고작 타인의 부러움을 사는 것이 그토록 오래되고 간절한 바람이었던 걸까. 그게 뭐라고. 날선 말로 엄마를 내내 불편하게 만들고 싶었다. 그리고 거의 동시에, 엄마를 뒤에서 가득가득 안아주고 싶었다. 엄마가 힘내서 남은 날짜를 기다릴 수 있도록. 당신이 찾던 행복이 그곳에서 역시 보이지 않더라도, 다시 힘낼 수 있도록. 엄마가 그 긴 세월 동안 간직해온 어떤 마음이 나 같은 딸 때문에 의미도 없이 깨져버리지 않도록.

아침이 밝아도,

—

야채는 나의 오랜 적이었다. 얼마나 야채를 싫어했냐면 제일 좋아하는 음식인 김밥에서도 언제나 당근과 우엉, 시금치를 빼고 먹었고 파나 양파가 들어갈 확률이 높은 볶음밥류는 밖에서 사 먹을 수 없었다. 토마토는 토 맛이어서 토마토인 줄 알았고 급식을 먹던 시절에는 카레라이스나 짜장밥 나오는 날이 제일 싫었다. 야채가 너무 많이 들어갔기 때문이다. 당근, 호박, 감자, 양파 중 내가 먹을 수 있는 건 아무것도 없었다. 그런 날에는 반찬도 김치와 단무지뿐이어서 야채를 걷어내고 소스만 밥에 조금씩 얹어 먹다가 포기하곤 했다. 피자 위에 올라간 야채를 일일이 골라낼 수 없어 치즈를 다 걷어낸 후 도우만 먹었고, 라면 건더기 스프는 뜯지도 않고 버렸다. 어쩌다 야채를 먹으면 구역질을 해서 나중에는 딱히 맛에 영향을 끼치지 않아도 야채가 들어갔다는 생각만으로도 구역질이 났다. 그래도 엄마는 어떻게 해서든 내게 야채를 먹이고 싶어 했다. 그러다 보니 식사 시간은 언제나 전쟁이었다. 건강하게 차린 엄마의 밥상에서 내가 먹을 만한 반찬은 없었다. 그럼에도 내 할당량의 밥은 먹어야 했으므로 김에 얇게 밥을 깔고 먹다 남은 과자를 그 위에 올렸다가 음식 가지고 장난친다고 파리채에 맞아 죽을 뻔한 뒤로는 무언가 먹기만 하면 배가 아팠다. 비위가 약해 야채 외에도 못 먹는 음식이 많았던 나는 점점 먹지 않는 애가 되었고, 언제나 키가 작았다.

그럼에도 엄마는 포기하지 않았다. 엄마가 유일하게 교육에 열성이었던 유치원 시절 편식하는 아이들을 개선하는 프로그램에 나를 등록한 적이 있다. 그곳에서 나는 직접 호박전을 부치기도 하고 게임을 하기도 했다. 커다란 말판에서 참가 어린이들이 직접 말이 되어 움직이는 게임이었는데 신나게 움직이다가 얼굴에 오이를 붙여보고, 당근을 맛보고 하는 등의 미션이 중간중간 섞여 있었다. 직접 만든 음식을 먹고, 게임을 하면서 야채와 친해지고 자연스럽게 야채를 먹도록 만든 프로그램이었는데 그날도 곧 죽을 애처럼 눈이 빠지도록 구역질을 했더니 담당자가 열외시켜주었다. 프로그램 내내 흥, 저렇게 하면 내가 먹을 줄 알고? 하는 마음으로 임하다가 열외 당하고 나서야 긴장을 풀 수 있었다.

그 뒤로도 많은 고비가 있었지만 그나마 다행인 건 동생이 있다는 점이었다. 뭐든지 잘 먹는 동생은 좋아하지 않는 음식도 잘 먹었다. 한번은 함께 다니던 유치원 점심시간에 감자볶음이 나왔는데 동생 옆에 앉아 밥을 먹는 척하다가 동생이 고개를 돌려 다른 아이와 이야기를 나눌 때 동생의 식판에 감자볶음을 옮겨놓았다. 다시 식판으로 고개를 돌린 동생이 고개를 갸우뚱하며 "어? 감자가 다시 생겼네? 이건 맛없는데" 하고 말했다. 나는 들킬까 봐 일부러 동생 쪽을 보지 않았는데 동생은 다시 그것들을 다 먹고 싱글벙글 웃으며 식기를 반납했다.

요즘의 엄마는 미용실에 오는 손님 중 식사로 아이와 씨름하는 사람들에게 그냥 두면 저절로 해결된다는 말을 하곤 한다. 엄마의 가장 큰 후회는 내게 억지로 밥을 먹인 것과 동생에게 끝도 없이 먹인 것이라고. 그때 재를 그냥 굶겼어야 했는데 저러다 굶어 죽을까 봐 억지로 먹였더니 이가 다 망가졌다며 아무 때나 낯선 손님에게 내 앞니를 보여주라고 한다. 저녁에 애가 말도 안 하고 뭔가를 입에 물고 있길래 에

퉤 해봐, 하고 손을 갖다댔더니 아침에 한 술 떠 넣었던 밥이 삭아서 물이 되어 나왔다고. 그때 이가 다 병든 것 같다고. 그런 나를 키우다가 잘 먹는 동생을 보니 너무 예뻐서 계속 계속 먹였더니 통통해졌다고. 평생 통통하다고.

그래도 엄마가 이런 말을 할 수 있는 건 내 키가 평균을 넘을 만큼 컸고 이제는 정말 잘 먹기 때문이다. 내가 다닌 중학교는 번호가 키순이었는데 그때 너무 작은 키가 스트레스여서 엄마에게 보약을 해달라고 떼를 썼고, 키에 대한 강한 열망 때문이었는지 역겨운 보약을 어떻게든 참고 먹었다. 보약을 먹으면서 입맛이 좋아져 많이 먹는 애가 되었고, 뭐든 먹으니 키가 확 컸다. 중학생 때에만 20센티미터가 자라서 입학할 때 올려다보던 친구들을 내려다보며 졸업했을 정도였다. 하지만 잘 먹는 것과 별개로 야채는 여전히 내게 높은 장벽이었다. 그래도 아주 어릴 때보다는 조금 나아져서 피자에서 야채 토핑을 모두 골라내더라도 도우만 먹지는 않는 수준에 이르렀고, 나물이나 양상추 정도는 먹을 수 있게 되었다. 하지만 여전히 샌드위치 가게에서 "야채는 다 빼주세요" 하고 주문할 때나 김밥집에서 "당근, 우엉은 빼주세요"라고 주문할 때 당혹스러운 표정을 마주해야만 했다. 그래도 오랜 편식 경력으로 요령이 생겨서 어려운 식사 자리에서는 알레르기가 있다고 자연스럽게 거짓말을 했다. 나는 콩 알레르기를 앓다가 굴 알레르기를 앓기도 했고, 고추 알레르기나 팥 알레르기를 앓기도 했다. 그런 게 존재하기나 하는지 알 수 없었지만 아무래도 상관없었다. 대학 MT에서는 남들보다 일찍 일어나 라면을 끓였는데, 열 봉지가 넘는 라면을 끓이면서 건더기 스프는 하나만 넣었다. 건더기가 많아 보이도록 마지막에 넣는 게 포인트였다. 그러면 드물지만 간간이 보이기 때문에 아무도 건더기 스프를 거의 버렸다는 사실을 눈치채지 못했다. 성인이 되고 나서도 안 먹는 요령만 늘고 편식에 조금도 차도가 없자 엄마도 나를 포기했다. 잡채를 만들 땐 내 전용으로 당면만 비벼서 덜어놓은 뒤 야채를 부어 가족용을 만들었고, 콩밥을 지어도 한쪽에는 콩이 전혀 섞이지 않게 했다. 그런 내가 야채를 먹기 시작한 건 스물세 살 때 마늘에 입문하면서부터였다.

내가 마늘 먹는 모습을 처음 보여줬을 때 엄마는 좋아하기보다는 놀라서 무슨 일이냐고 물었다. 마늘이라니. 그것도 생마늘이라니. 마늘을 먹게 된 일은 생각보다 간단했는데 애인이 내게 쌈을 싸주면서 몰래 마늘을 한 쪽씩 넣었던 것이다. 처음 마늘이 들었단 것을 눈치챘을 땐 바로 쌈을 뱉고 쌍욕을 한 뒤 분해서 울었다. 그는 정말 맛있는데 이 맛을 몰라 속상하다며 움츠러들었고, 나는 너나 많이 처먹으라며 다시 한 번 이러면 헤어지는 거라고 경고했다. 그럼에도 그는 불규칙적으로 쌈에 마늘을 넣어 건넸다. 마늘이 있을 때도 있고 없을 때도 있어서 나는 일단 받아먹었고 마늘이 씹히면 미친 새끼야, 하며 애인에게 숟가락을 집어던졌다. 그런 일이 몇 번 있고 난 뒤, 다시 쌈을 받은 어느 날 나는 눈을 흘기며 마늘이 들어 있는 건 아닌지 물었고 그는 "진짜 아니야, 그럼 내가 먹을까?"라고 했다. 늘 그런 식이었지만 나는 이번에도 입을 벌려 쌈을 받아먹었고 또 마늘을 씹어버렸다. 그런데 어쩐 일인지 그날은 생각보다 괜찮았고 사실은 괜찮은 정도가 아니라 맛있기까지 했다.

속은 게 분해서 뭐야 안 넣었다며, 하고 괜히 인상을 썼지만 욕은 하지 않았다. 애인은 미안하다고 했다. 마늘이 나오기만 해봐라, 하고 씹던 중이라 마늘을 감지하자마자 멈칫한 것을 그도 보았는데. 평소와 다른 반응이라는 것을 분명 눈치챘을 텐데. 만약 그가 씩 웃고 맛있지?라고 했다면 나는 자존심이 상해 이번에도 쌍욕을 하고 몰래 마늘을 먹었겠지만 내가 괜찮다는 것을 눈치채고도 그가 모른 척해주어서 그 뒤로도 꾸준히 싫은 티를 내며 마늘을 먹을 수 있었다.

마늘을 좋아하게 되면서 나는 마늘을 먹은 뒤 애인에게

하, 하, 하고 입 냄새 풍기는 취미를 갖게 되었다. 그러면 그는 으악, 하면서도 다정하게 내 어깨를 안아주었다. 그리고 머리를 쓰다듬으며 야채를 먹게 되어서 기특하다고 말해주었다. 그게 좋아서 나는 더 자주 하, 하, 하며 그를 괴롭혔다. 그런 방식으로 나는 양파와 토마토도 먹을 수 있게 되었다. 고추냉이와 겨자, 초밥, 멍게, 전복, 햇대추와 파, 버섯과 가지도 먹을 수 있게 되었다. 어느 여름날, 외식을 하고 돌아와 샤워 후 침대에 누운 채로 그에게 하, 하고 입김을 불었던 적이 있다. 보송보송한 이불이 맨몸에 닿는 느낌과 그의 피부가 내 피부에 닿는 느낌이 좋았다. 아직도 마늘 냄새가 나? 하고 묻자 그가 당연하지, 하고 말했다. 마늘 냄새가 얼마나 지독한데. 양치해도 잘 지워지지 않아. 어쩌면 내일 아침까지 날지도 몰라. 나는 뒤에서 안아주는 기분이 좋아 다짜고짜 그를 등지고 누웠고, 그는 자연스럽게 나를 안았다. 나는 그 상태로 고개만 살짝 돌려 말했다. 있잖아, 나중에 우리가 헤어진다면 나는 마늘을 먹을 때마다 네 생각이 날 것 같아. 그러자 그는 그럼 엄청 자주겠다며 좋네, 하고 말했다. 그런 말을 하면서도 나는 우리가 헤어질 수 있을까, 그게 가능하기는 할까, 하고 생각했었다.

이제는 마늘 먹는 일이 새삼스럽지도 않아서 외식을 할 때면 몇 번이고 마늘을 리필하곤 한다. 그런데 사람들은 대부분 고기를 구울 때 마늘을 불판에 모두 쏟아버리곤 한다. 그럴 때마다 난 구운 마늘은 안 먹는데,라고 하면 다들 생마늘은 먹으면서 구운 마늘 못 먹는 사람은 처음 본다고 한다. 그러면 나는, 생마늘로 입문해서 마늘은 먹는데 구운 마늘은 감자 맛이 나서 못 먹는다고 말한다. 감자는 아직 어렵다고. 마늘을 너무 자주 먹게 되어서, 그 사람으로 인해 먹을 수 있게 된 음식이 너무 많아서, 그런 음식을 먹을 때마다 그가 떠오르지는 않는다. 그런데 마늘을 먹지 않아도 마음 한구석이 부서지는 날에는, 마늘을 잔뜩 먹고 입 냄새를 풍겨도 입을 맞춰주었던 얼굴이 떠오른다.

그런 사랑을 받아보았기 때문에 나는, 어쩔 수 없이 영영 외로울 거라는 생각을 하게 된다.

살아지는 시간

—

내가 속해 있는 단체 채팅방 중 하나는 '성산동 술방'이라는 그룹이다. 이 친구들을 모두 알게 된 건 2017년 성탄절 밤, 동네의 작은 나무집에서였다. 제일 처음 만난 사람은 나무집 주인이었다. 되도록 바깥바람을 쐬고, 자꾸만 몸을 움직이라는 의사 선생님의 지시에 따라 밤이 되어서야 겨우 돌아다니기 시작했던 그해 초, 동네에 나무로 외관을 꾸민 작은 가게가 생긴 것을 발견했다. 뭘 하는 곳인지 기웃거리다가 어느 날 '빵꽃잠'이라고 적어놓은 입간판과 유리창 너머로 보이는 쇼케이스를 보고 빵집인가, 했다. 며칠 뒤 그 앞을 지나가는데 스콘이 진열된 것을 보았고, 안에서 복닥거리던 사람들이 들어오라고 손짓했다. 그런 살가움과 온기, 호기심과 식욕 같은 것이 너무 생경해서 나는 조금 망설였다. 그 모습을 보고 이미 헤어진 애인이 먹어볼래? 하고 물었다. 나는 아무 대답도 하지 않았다. 여섯 시간 동안이나 편지를 써서 기껏 헤어지자고 했더니 여전히 나를 걱정하고 내 상태를 살피는 그가 고맙고 미웠다. 우리는 나무집 문을 열었다. 안에서 진한 버터 향이 쏟아졌다. 스콘 하나를 주문하자 친구로 보이는 사람들이 더 들떠서 포장 과정을 숨죽여 지켜보았다. 그사이 나는 눈만 굴려 작고 노란 나무집을 구경했다. 한쪽 벽 아래 알록달록한 꽃이 종류별로 정리되어 있었고, 아기자기한 화분과 소품 들이 곳곳에 놓여 있었다. 빵꽃잠이라니. 빵과 꽃을 파는 곳인가? 잠도 여기에서 주무시는 건가. 자고 가도 된다는 건가. 이런 생각들을 하며 과하게 포장된 스콘을 받아서 근처 카페로 향했다. 그리고 단가에 맞지 않아 다시는 볼 수 없었던 그날의 과대 포장은 뜻밖에도 나를 하루 종일 밖에 있을 수 있게 만들어줬다. 고작 스콘 하나를 이렇게 포장해주다니. 멍든 마음을 토닥여주는 기분이어서 눈물이 조금 났고, 그래서 얼마간 울었고, 그 힘으로 하루를 보낼 수 있었다.

그러던 어느 날 동네 술집에서 빵꽃잠 사장님과 마주쳤다. 그즈음 나는 거의 매일 술을 마셨는데, 술을 마시지 않아도 울었고 술을 마시면 더 울었다. 그날도 친구들과 바에 앉아 엉엉 울고 있는데 누군가 해맑게 다가와 오늘 만들었다며 예쁘게 포장한 머랭 쿠키를 건넸다. 이미 취한 터라 체면 같은 건 없었다. 고마운 건 진심이니까, 정말 고마우니까, 울면서 고맙다고 말했다. 그런데 제가 지금 조금 취해서요, 하면서. 그런 식으로 그녀와 술집에서 몇 번 마주쳤다. 나중에야 그녀는 그날을 회상하며 친구들이 저분 우는 것 같으니 나중에 드리라고 했는데 본인도 취해서 빨리 주고 싶었다고 고백했다. 그녀의 이름은 정진. 정진을 알게 되고 계절이 두 번 더 지나 가을이 되었을 때, 여느 날처럼 집 앞에서 술을 마시다가 그녀를 또 만났다. 그날 술집에서 정진의 일행이 빵꽃잠 브라우니를 선물해주었고, 우리는 함께 술집을 나와 나무집에서 조금 더 마시고 헤어졌다.

며칠 뒤 동네의 다른 술집에서 술을 마시고 있는데 정진의 일행이던 재진이 들어왔다. 우리는 동시에 어? 하고 알은 체를 했다. 이렇게 빨리 다시 만날 줄은 몰랐기에 정말 반가웠다. 작은 술집이 많은 동네이기도 하고 매일 술을 마시기도 해서 재진과는 그 뒤로도 종종 마주쳤다. 나는 오래된 친구들과 오랫동안 만나지 못해 전하지 못한 근황을 재진에게 털어놓았고 대체적으로 슬픈 표정의 재진은 자꾸만 무언가를 주려 했다. 그런 것들의 대부분은 쓸모없었지만 위로가 되었다. 나는 장난으로 언니라고 부르는 재진에게 계속 그렇게 불러달라 했고, 그는 흔쾌히 그러겠노라 했다. 재진이 부르는 언니는 누나보다 다정하게 들린다.

그해 성탄절, 정진은 시간이 되면 빵꽃잠에 놀러 오라고 했다. 가고 싶은 마음과 별개로 몸이 뜻대로 움직이지 않아 느지막이 도착했다. 그때 나무집에는 정진과 은지, 규원, 현정이 있었다. 모두 재진과도 친구라고 했다. 은지는 빵꽃잠에서 자주 만나 이미 인사를 하고 지내던 사이였다. 술을 마시지 않는 사람인데 술집에서도 몇 번 마주쳤고, 해맑게 웃으며 잔인한 농담을 하는 모습이 귀여워서 나는 자꾸만 은지의 말에 귀를 기울이게 됐다. 규원과 현정은 처음 보는 얼굴이었다. 내 동생을 똑 닮은 규원과, 내가 되고 싶은 모습을 재현해놓은 것 같은 현정에게 나는 첫눈에 반했다. 우리는 인도 여행 중인 재진에게 영상 전화를 걸었고 재진 없는 자리에서 재진의 친구 모임을 가졌다.

그 후 재진이 귀국한 날, 우리는 다시 나무집에 모여 선물 증정식을 가졌다. 물욕 넘치는 사람들이 모여서 치열한 쟁탈전을 벌였는데, 재진이 늘어놓은 물건 중 탐나는 것들은 대부분 재진 본인 것으로 자랑용이었다. 찍은 사진을 공유

하기 위해 단체 채팅방이 개설되었고, 그 뒤로도 그 방은 하루 종일 시끄러웠다. 영양가 없는 이야기가 쉬지 않고 오갔지만 그런 부산스러움이 나쁘지 않았다. 그렇게 일 년 넘게 이어진 채팅방에서 한 달 전쯤에는 누군가 정선에 있는 오래된 산장에 다녀오자고 제안했다. 대부분의 대화를 놓치는 탓에 한참 뒤에야 산장 이야기가 오간 것을 발견한 나는 뒤늦게 남은 자리에 합류했다. 확정된 사람은 규원, 현정, 재진, 나, 네 사람이었다. 열 시쯤에 성산동에서 출발하자고 했으나 열두 시가 지나서야 일어났고, 그럼에도 아무도 뭐라 하지 않았다. 막연히 산장에 가자는 계획이어서 세부 일정이랄 게 없었다. 나는 일어나자마자 대충 짐을 챙겨 나왔다. 해발 700미터에 위치한 산장에 도착했을 때에는 저녁 일곱 시가 조금 지나 있었다. 개가 요란하게 짖었고, 캄캄한 하늘에 별이 촘촘히 박혀 있었다. 그리고 정말 추웠다. 겨울에 취약하지만 이번 겨울은 견딜 만하다고 생각했는데 잠시도 바깥에 서 있기 힘들었다. 그래도 이렇게 근사한 집에 묵는다는 사실만으로 많이 들떴다. 우리는 서둘러 저녁을 차려먹고 방에서 술을 마시기로 했다.

산장은 외관도 훌륭했지만 방이 정말 근사했다. 방문을 열면 입구에 아궁이가 있고, 그 옆으로 넓게 장작이 쌓여 있었다. 가만히 앉아 있으면 장작 타는 소리가 들렸고, 나무 냄새, 불 냄새, 흙벽 냄새가 은은하게 번졌다. 그 냄새를 잔뜩 맡고 싶어서 나는 자꾸만 숨을 크게 들이마셨다. 그리고 아궁이 불로 데워놓은 아랫목에 앉아 맥주와 와인을 마셨다. 노트북에 스피커를 연결해서 영화도 틀어놓았다. 영화의 선정 기준은 가볍게 볼 수 있는 것이었다. 가볍게 볼 수 있다는 것은 이야기하고 술 마시면서 보아도 내용을 크게 놓치지 않을 수 있다는 말이어서, 지나치게 슬프거나 진지한 내용이어도 안 됐다. 그렇다고 터무니없이 유치한 영화도 안 됐다. 그러나 깐깐한 선정 기준을 마련해놓고 우리는 "이거 어때? 괜찮은데?" 하고 순식간에 영화를 골라버렸다. 우리가 고른 영화는 〈연애의 온도〉였다. 김민희와 이민기의 진부한 연애와 이별을 지켜보면서 우리는 자주 탄식했다. 아, 저러면 안 되는데, 겪어야 알아, 얼마나 괴로워, 저러면서 성숙하는 거야, 하면서. 그사이 나는 취해서 영화를 보다 울었는데, 그게 어떤 장면인지는 기억나지 않는다. 내가 눈을 떴을 땐 나란히 누워 모두 잠들어 있었다. 몸을 일으켜 앉은 채로 언제 잠든 건지, 술자리는 언제 끝이 났는지 사태 파악을 하고 있는데 방에서 낯선 목소리가 들렸다. 무슨 말인지 알아들을 수 없었지만 잠꼬대 같은 것이 아니라 분명 누군가의

'말소리'였다. 화면이 멈춰 있는 걸로 보아 노트북에서 나오는 소리도 아닌 것 같았다. 모니터에는 〈연애의 온도〉 대신 다른 영화가 떠 있었다. 그래서 김민희와 이민기는 어떻게 된 거지? 헤어졌겠지, 헤어졌을 거야. 어지러운 머리를 부여잡고 끝까지 보지 못한 영화의 결말을 짐작하면서 보이지도 않는 공기가 하얀색일 것 같다고 생각했다. 취기 때문인지 술을 마시는 동안 점점 진해지는 것 같았던 연기 냄새가 그사이 더 짙어진 기분이었다. 이러다 일산화탄소에 중독되는 건 아니겠지. 그런데 아궁이에서 나오는 연기는 일산화탄소가 맞나? 여전히 몽롱한 상태로 나는 다시 누웠다. 그러자 끊겼던 말소리가 짧게 이어졌다. 영화는 여전히 일시 정지 상태였다. 문득 노트북 불빛이 닿지 않는 넓고 캄캄한 공간에 낯선 누군가가 있는 상상을 했다. 말도 안 된다고 생각하면서도 무서워서 이불을 뒤집어썼다. 이불에서도 연기 냄새가 났다. 그 냄새를 맡으며, 어쩌면 우리 모두 벌써 죽은 것은 아닌가 생각했다. 다시 졸음이 몰려왔고 지금이라도 친구들을 깨워야 하나, 아닌가, 이미 죽은 건가, 죽어가는 건가, 걱정하면서 좀 더 누워 있었다. 한참 뒤에 다시 말소리가 들렸고 나는 급하게 몸을 일으켰다. 그제야 연결 상태가 좋지 않아 영화에 버퍼링이 발생했음을 알아차렸다. 일시 정지가 아니라 재생 중인데 재생보다 정지에 가까운 상태로 재생 중이라는 것을. 친구들은 여전히 잘 자고 있었고 나는 목소리의 정체가 귀신이 아니라는 것을 알게 된 것과 별개로 일산화탄소 중독이 계속 걱정되었다. 그렇다고 할 수 있는 것도 없어서 일단 손으로 바닥을 짚어가며 핸드폰을 찾았다. 그리고 핸드폰 불빛으로 가방을 뒤져 칫솔을 찾았다. 한참을 찾아도 없어서 세수라도 해야겠다는 생각으로 화장실에 갔더니 화장실 앞에 내 칫솔 케이스가 있었다. 그 정신으로 이도 닦고 자다니. 스스로를 기특해하며 연기가 빠져나갈 수 있게 방문을 열어두었다.

다음 날 우리는 정오가 한참 지나서야 일어났다. 그때까지 방은 캄캄해서 커다란 동굴 같았다. 우리는 정선에서 가장 오래된 카페에 가기로 했다. 카페에 가기 전 친구들은 전날 내가 취한 모습을 영상으로 보여주었다. 기억나지 않는 내 모습이 어이없고 황당해서 자꾸만 헛웃음이 나왔고 친구들은 이렇게 취한 모습은 처음 본다며 눈물을 흘려가며 웃었다. 내가 잠든 긴 시간 동안 영화도 한 편 더 보고, 마니또도 뽑았다고. 그런 이야기와 귀신이 무서워 혼자 떨던 시간이 어쩐지 다 거짓말 같았다. 카페에서는 가져온 책을 읽고 각자의 일을 했다. 나는 책을 보다가 내 어깨에 머리를 기대며 언니 좋아, 하고 말하는 규원의 다정한 목소리와 골몰하는 현정의 표정을 보며 아랫입술을 깨물었다. 아픈 감각이 선명해서 다행이라고 생각했고 오래오래 이 장면을 기억하고 싶었다.

다시 산장에 돌아왔을 때 아주머니는 아궁이에 불을 붙여주시면서 이걸로 입구를 꼭 막고 자야 해,라고 하셨다. 아주머니가 손으로 가리킨 곳에는 판자 같은 것이 놓여 있었는데, 입구를 막지 않으면 아궁이의 연기가 방 안으로 흘러들어 간다고 했다. 그렇게 중요한 걸 이제 말씀해주시다니. 따져 묻고 싶었지만 아주머니는 이 집이 6.25 전에 지어졌다고 말을 이었고 나는 아, 정말요? 하며 고구마와 감자를 포일로 쌌다. 지난밤 먹다 남은 음식과 새로 장 본 것들을 뜯어 간단하게 저녁을 먹고 난 뒤에는 다소 피곤해 앉은 채로 떠들며 놀았다. 그때 재진이 방귀를 뀌었다. 이틀간 과하게 먹고 움직이지 않아 우리 모두 배에 가스가 차서 방귀를 마음껏 뀌자고 하긴 했지만 일단 재진이 뀌었으니 우리는 아, 너무해, 하고 말했다. 그러자 재진은 자기는 방귀 냄새도 안 나고 똥 냄새도 안 난다고 했다. 알고 싶지 않으니 제발 그만하라고 했는데도 재진은 멈추지 않고 자신의 똥에 대해 설명했다. 그러다가 요강 이야기가 나왔다. 화장실에 가고 싶은데 너무 춥다며 몸에 이불을 돌돌 말고서, 요강이 필요하다고. 그런데 요강에 얌전히 일을 봤는데 다른 사람이 실수로 쏟으면 그건 누가 치워야 할까? 우리는 깔깔 웃다가 진지해졌다. 그건 너무 끔찍하잖아. 당연히 쏟은 사람이 치워야 하겠지만, 으으, 정말 끔찍해. 아니지, 애초에 싸지 않았으면 요강을 넘어트려도 상관없지 않나? 그렇지만 요강은 똥 싸라고 있는 거 아닌가? 우리는 뭐든 끔찍해, 하며 불을 껐다. 아침에 있을 재진의 토익 시험 때문이었다. 여행 날인지 모르고 신청했다가 취소할 수 없어 강원대에서 보기로 했는데, 그 바람에 우리는 팔자에도 없는 새벽 기상을 해야 했다. 일찍 일어나야 하는 압박 때문에 나는 뜬눈으로 밤을 새웠고, 친구들의 숨소리를 들으면서 엎어져버린 요강에 대해 생각했다. 그리고 여섯 시가 되자마자 친구들을 깨웠다. 짐을 싸서 밖으로 나오니 아직 사방이 캄캄했다. 여전히 별이 많았고, 여전히 개가 짖었다.

우리는 서둘러 시동을 걸고 차창에 낀 성에가 걷히길 기다렸다. 아직 잠이 덜 깬 데다 추워서 얼마간 아무 말도 하지 않았다. 오 분쯤 지났나. 앞 유리가 보이기 시작했고 우리는 산장을 빠져나왔다. 나는 가만히 창밖을 보다가 별 진짜 많다, 하고 말했다. 그 말을 들은 규원이 우리가 보고 있는 저

별은 어쩌면 아주 오래전에 죽은 별일 수도 있다고 했다. 나는 맞아, 하고 맞장구를 치면서도, 그런데 너무 선명한 거 아닌가, 하고 생각했다. 곧 별과 별 사이로 푸른빛이 돌더니 날이 밝았다. 해가 뜨기도 전에 날이 밝아지는구나. 멀리 해의 정수리가 보이기 시작했고 우리는 잠시 졸음 쉼터에 내려 해돋이를 보았다. 해 뜨는 건 애국가 방송에서나 보는 거라고 생각했는데. 토익 때문에 의도치 않게 마주한 풍경을 얼마간 넋 놓고 바라보았다. 진부하다고 생각하는 순간에 진부한 감정이 일어서 해가 다 뜨고 나서는 조금 웃겼다.

돌아오는 길에는 잠깐 바닷바람도 쐬고, 휴게소에 들러 밥도 먹었다. 휴게소를 기점으로 나는 조수석에서 뒷자리의 현정과 자리를 바꿨다. 뒷자리에 앉아 배낭을 안고 패딩을 덮고서 그제야 조금 졸았다. 그러다가 잠이 든 것도, 깬 것도 아닌 상태로 있잖아, 내 몸에서 노인 냄새가 나, 하고 말했다. 그 말에 모두 나도, 나도,라고 했다. 온몸에서, 모든 물건에서 노인 냄새가 난다고. 집도 오래되면 노인 냄새가 나는 건가. 노인 냄새는 몸에서 나는 게 아니라 시간의 냄새인 건가. 졸음을 쫓기 위해 신맛이 나는 껌을 씹으며 빨리 집에 가서 모든 것을 빨고 샤워를 해야겠다고 생각했다. 서울에 도착해서는 제일 먼저 현정이 내렸다. 현정의 집은 창동. 다음은 규원이었다. 규원은 DMC에서 내렸다. 규원은 버스를 타고 일산까지 가야 했다. 마지막은 성산동에 사는 나였다. 성산동 골목에 차가 들어섰을 때 나는 나무 대신 유리문으로 바뀐 예전의 빵꽃잠 자리를 보면서 여기를 지나갈 때마다 무언가를 잃어버린 기분이 든다고 말했다. 재진은 나도,라고 했다. 재진은 나를 내려주고, 남가좌동으로 떠났다. 그러고 보니 성산동 술방의 대부분은 성산동 사람이 아니구나. 집에 도착해서는 바로 샤워를 했다. 몸을 써서 논 것도 아닌데 지독하게 피곤했고 오랜만에 졸린 기분으로 누웠다. 그렇다고 바로 잠이 오는 것도 아니어서 익숙한 냄새가 나는 이불을 덮고 산장에서의 이박 삼일을 떠올렸다. 문득문득 오래된 산장 냄새가 나는 것 같았지만 정말 나는 건지, 그런 기분이 드는 건지는 확신할 수 없었다. 따뜻한 전기장판과 안락한 침대에서 조금 전까지의 시간들이 어쩐지 비현실적으로 느껴졌다. 순간 웅웅-거리던 냉장고 소리가 멈췄다. 갑작스러운 정적 때문에 오히려 누가 찾아온 것만 같았다. 나는 이불 속에서 몸을 잔뜩 웅크리고 귀신을 상상하던 새벽을 떠올렸다. 어쩌면 정말 누군가가 영화가 끊기도록 장난친 것은 아닌지. 거기 정말 우리 말고 다른 누가 있던 것은 아닌지. 말도 안 되는 상상을 하면서 이제는 사라진 나무집을 생각했다. 빵꽃잠을 나무집이라고 불렀던 사람들과 언제까지 다정할 수 있을까. 소멸한 별처럼 사라진 자리를 알아차리지 못할까 봐 나는 언제나처럼 오랫동안 잠들지 못했다.

안나

—

안나를 만난 건 거의 일 년 만이었다. 이제는 한 해에 한 번 만나는 것도 어려운 관계가 많아서 이 정도면 꽤 돈독하다고 할 수 있지만 그런 것과 상관없이 내게는 안나를 보고 싶은 마음이 항상 있다. 그리고 무엇보다 일 년은 정말 너무 오랜만이었던 것이다. 여전히 고향에서 지내는 안나와, 고등학생 때부터 타지에 나와 살게 된 나는 주로 명절 연휴 중 하루 날을 잡아 만나곤 했다. 정기적으로는 일 년에 두 번 정도. 그 외에도 아주 가끔이지만 안나가 나를 보러 서울에 와서 놀다가 자고 가기도 했고, 고향 친구들의 커다란 경조사가 있을 때 만나기도 했다. 그러니까 안나를 일 년이나 못 본 것은 정말 드문 일이었는데, 일 년 전의 만남도 순식간이어서 나는 그동안 안나와의 만남에 목말라 있었다.

우리가 이렇게 만나지 못한 가장 큰 이유는 안나의 건강 때문이었다. 안나는 '백혈구 수치', '혈액 내과' 등의 단어를 사용하며 자신의 상태를 설명했다. 그래서 이번에는 못 만날 것 같다고. 미안하다고. 그때마다 나는 무슨 소리인지 정확하게 이해하지는 못했지만 안나가 걱정되었고, 우리에게 날은 많으니 일단 건강부터 챙기라고 했다.

그렇게 계속 만나지 못하다가 작년 이맘때 내가 친구의 결혼식 때문에 본가 근처에 가게 되었을 때 아주 잠깐 만나서 근황을 나누었다. 나는 안나가 누워 있지 않고 돌아다닌다는 것에 대해서, 안나는 내가 울지 않고 말을 할 수 있다는 것에 대해서 안심하며 우리는 꼭 안은 채 곧 다시 만나, 하고 헤어졌다. 그건 진심이었지만 진심인 것과 별개로 우리는 그 말을 지키지 못하리란 걸 알고 있었다.

얼마 전에도 안나는 대학 병원에서 치료를 받았다고 했다. 그래서 만날 때마다 취해서 돌아갔던 우리는 카페나 가자, 하고 약속을 정했다. 이번 명절 연휴는 무조건 안나에게 맞춘다는 생각으로 내려갔던 터라 만나서 무엇을 할지는 중요하지 않았다. 그렇게 일 년 만에 안나를 만난 것이다. 먼저 도착해 있던 안나는 다리를 쩍 벌리고 앉아서 바깥 구경을 하고 있었다. 그 모습을 보자마자 역시 조안나다, 생각하며 웃음이 터졌는데 나를 발견한 안나도 야, 눈썹이 그게 뭐야, 하며 뒤로 넘어갈 듯 웃었다. 전날 반영구화장 시술을 받았는데 눈썹에 딱지가 까맣게 앉은 채로 나갔더니 안나는 누가 봐도 어제 눈썹 문신한 사람이라며 내 얼굴을 똑바로 보지도 못하고 웃었다. 그리고 형제여, 일단 안아보자, 하고는 꽉 안아주었다. 우리는 다시 자리에 앉아 근황을 나눴다. 나는 안나가 왜 그렇게 아픈 건지, 도대체 뭐가 문제인 건지부터 물었다. 안나는 원인은 아직 모르지만 장염도 자주 걸리고, 갑자기 막 열이 올라서 병원에 실려 가면 백혈구 수치가 현저하게 떨어져 있었다고 했다. 몸에 염증 반응이 생기면 백혈구 수치가 높아져야 하는데 반대로 떨어진다고. 면역의 문제인 건 알겠지만 원인은 아직 밝혀지지 않았다고 했다. 안나는 아, 나는 정말 건강의 상징이었는데,라며 한숨을 쉬었고 그 모습을 보면서 나는 몇 해 전 작은 목욕탕에서 똑같은 크기의 냉탕과 온탕 사이에 석상같이 앉아 있던 안나를 떠올렸다. 왜 그렇게 앉아 있냐고 물었더니 온탕은 조금 지치는데 냉탕이 너무 차갑다고. 그런 안나를 보며 나는 생각보다 몸이 탄탄하다 했고, 안나는 그런 건 널리널리 알리라고 했다. 미친년, 하면서 웃었지만 나는 체육을 잘했던 안나를 기억해냈다. 체육 시간에 이단 줄넘기를 한 번도 성공하지 못하는 나를 답답하게 바라보던 안나의 표정과, 교복 치마 안에 체육복 바지를 입고 말뚝박기를 하던 안나의 모습을 나는 아직도 생생히 기억한다. 시험 문제를 틀려 매를 맞으면서도 아파요, 하고 돌고래 소리를 낼 줄 알던 안나와, 별거 아닌 것으로도 웃길 줄 아는 안나, 별거 아닌 것에도 잘 웃는 안나를 기억한다. 함께 체육 대회 씨름 반 대표로 나갔던 것도, 그 와중에 자기가 제일 가벼운 상대를 먼저 선택하는 바람에 나는 체급이 두 배나 차이 나는 상대와 붙게 되었던 것도. 우리는 이전부터 서로를 알고 있었지만 3학년이 되어서야 같은 반이 되었고 그땐 이미 각자의 친한 무리가 있어서 밥도 따로 먹었다. 그래도 죽이 잘 맞아서 금방 친해질 수 있었고, 때때로 나는 그 짧은 기간 동안 친하게 지냈던 사이가 지금까지 애틋하게 이어진 것이 신기하고 감사하다.

안나는 그래도 아플 때만 빼면 괜찮다고 했다. 딱 그 시간만 지나고 나면 평소에는 아무렇지도 않다고. 그러고는 에이즈 아닐까, 하는 생각도 했다고 말했다. 에이즈? 하고 묻자 최근 흥행했던 영화 〈보헤미안 랩소디〉를 보면서 그런 생각이 들었다고 했다. 그냥 면역에 이상이 생겼다니까, 그렇게 건강했던 내가 왜 이런 식으로 아플까, 생각하다 보니 어,

이게 에이즈인가? 싶었다고. 이십 대 초반에 너무 막 놀아서 에이즈에 걸린 건 아닐까 했다고. 나는 너 요즘 거의 종교인 아니냐고 물었고 안나는 맞아,라고 했다. 그런데 무슨 에이즈냐 물으니 아프니까 별생각이 다 든다고. 어릴 때 너무 놀았으니 걸려도 이상하진 않은데, 이런 생각을 하다가도 막상 확진을 받으면 감정이 주체되지 않을 것 같아서 검사는 아직 받지 않았다는 안나를 보면서 나는 웃지 말아야 할 것 같은데 조금 웃었다. 웃으면서 그래, 그게 섹스한다고 다 전염되는 것도 아니라더라. 의료 사고로 전염될 수도 있고. 게다가 이제는 죽을병도 아니래. 당뇨처럼 안고 가는 거래, 하고 말해주었다. 안나는 이번에도 맞아, 하고 말했다. 여전히 진지한 안나가 너무 웃겨서 나는 너도 아닌 거 알고 있지? 하고 물었다. 안나는 응, 아닌 것 같아, 하더니 그런데 가끔 혼자 망상할 때 있잖아, 그럴 땐 내가 정말 에이즈라면 내 마음이 어떨지에 대해서 생각해, 하고 덧붙였다. 그 말이, 에이즈라는 병명 때문이 아니라 그렇게까지 방황해야 했던 시간과 사람에 대한 이야기 같아서 나는 순식간에 마음이 서늘해졌다. 우리는 아, 맥주나 한잔 할까, 했고 오늘은 정말 커피만 마시고 돌아가려 했다고 말했다.

술집은 우리가 다녔던 중학교 앞에 밀집해 있었다. 안나는 주문을 하다 말고 핸드폰을 보더니 친구가 상견례 날짜를 잡았대, 하며 울상을 지었다. 그게 왜? 하고 묻자, 이렇게 친구들이 다 떠나는 기분이라고. 나는 고개를 끄덕이며 그러게, 왜 그렇게 다들 결혼을 하지? 하고 맞장구쳤다. 그래도 안나가 여전히 울상이어서 나는 정말 안 할 것 같으니까 걱정하지 마, 하고 덧붙였다. 우리는 한때 예식장 아르바이트를 함께했고, 누구보다 뜨거운 연애를 했었고 아름다운 결혼식을 꿈꿨는데 어느 순간 신기할 정도로 결혼에 대해서 냉소적으로 변해버렸다. 그렇다고 남의 결혼을 축하하지 않는 건 아닌데 나는 못 할 것 같다고 하니 안나도 맞아,라고 했다. 축하는 진심이지만 나는 하고 싶지 않다고. 그래서 친구들을 하나둘 떠나보내는 기분이라고. 나는 도대체 우리가 언제부터 이렇게 변했을까, 하다가 어릴 적 우리 집에 모여 야한 비디오를 보았던 기억을 소환했다. 낮에는 주로 나와 동생만 집에 있어서 그런 걸 보기에는 우리 집이 늘 제격이었다. 그런데 이제 와 생각해보면 그렇게 야한 영화도 아니고 불법도 아니었다. 우리는 열여섯에서 열일곱이 되고 있었는데, 우리가 봤던 영화는 15세 미만 관람 불가였으니까. 고등학교 입학을 앞두고 학교에서도 영화만 틀어주던 무렵이었는데 하교하고 나면 안나의 무리와 내가 속한 무리의 친구 들이 모두 모여 우리 집 거실에서 〈팬티 속의 개미〉나 〈몽정기〉 등을 보았다. 지금은 내용도 잘 기억나지 않을뿐더러 그때에도 그렇게 야한 장면은 없었던 것 같은데 그걸 내내 숨죽여 보다가 라면을 끓여 먹고, 별거 아닌 이야기를 별거처럼 이야기하다 저녁 늦게 헤어지곤 했다. 십 년도 더 된 이야기를 꺼내자 안나는 특유의 말투로 아, 진짜 너무 귀여워,라고 했다. 나는 술이나 똑바로 따르라고 했다. 안나가 따른 맥주는 거품이 반이었다. 이거 정말 술이 이상해,라고 해서 이리 줘봐, 하고 내가 따라보니 정말 술이 이상하긴 했다.

그런데 너 그거 아냐, 나는 술을 따르면서 안나에게 말했다. 비디오 하니까 생각났는데, 나 고등학교 때 백일장 나갔을 때 말이야, 강원도 인제라서 전날 엄마가 모텔 잡아주고 먼저 떠났을 때 기억나? 내가 귀신 나올까 봐 무서워서 너한테 전화했잖아. 안나는 그랬나? 하고 고개를 갸우뚱했다. 응, 그랬더니 네가 거기 어떻게 생겼냐고, 막 설명해보라고 했잖아. 그래서 내가 여기저기 구경하면서 설명해줬는데 그때 비디오도 있다니까 제목 읽어보라고 했잖아. 그제야 안나는 아, 맞아, 하고 다시 고개를 젖혀 웃었다. 그거 무슨 일이 있어도 챙겨 오라고 했잖아. 어차피 거기 오는 사람들은 보지도 않는다고. 안나는 맞아 맞아, 너 그거 어쨌어? 왜 나

안 줬어? 하고 손바닥으로 테이블을 탁 쳤다. 미친년아, 그거 절도야. 걸리면 쇠고랑 차,라고 하니 안나는 이번에도 맞아,라고 했다. 나는 순간 안나가 '맞아'를 몇 번이나 말하는지 세고 싶어졌다. 그런데 나 그때 두 갠가 챙겨 오긴 했어. 케이스는 두고 내용물만. 안나는 다시 열을 내며 그런데 왜 자기한테 보여주지 않았냐고 물었다. 그때 괜히 책도 많이 가져가서 가방이 존나 무거웠는데 다음 날 만난 일행 오빠들이 들어준다고 해도 그 비디오 들킬까 봐 혼자 끙끙거리면서 종일 들고 다녔거든. 가방 문도 못 열고. 그렇게 집까지 어떻게 가져오긴 했는데 다음 날 내가 학교 가야 했잖아. 월요일 아침에 학교 가면 토요일에나 돌아올 텐데, 이걸 어디에 숨기지? 해서 절대 들키지 않을 것 같은 박스에 넣어두었단 말이야. 그런데 그때 가족 모두 엄마 미용실에서 잠깐 먹고 자고 할 때였어. 나중에 알고 보니 그 박스가 입었던 옷을 임시로 넣어놓는 박스였더라고. 학교 갔다가 토요일에 집에 돌아왔더니, 엄마가 혹시 이상한 비디오 네 꺼 아니지? 하고 묻는 거야. 너무 놀라서 응? 비디오? 하니까 아니야, 됐어, 지수 이년을,이라고 하는 거야. 엄마가 거기를 정리하다가 그 비디오를 발견했는데 그 방에 제일 오래 있는 게 동생이니까 동생 꺼라고 생각한 거지. 동생이 절대 아니라면서 울었다는데, 역시 이럴 줄 알았다고 하면서 엄마가 팔을 걷어붙이는데 너무 무섭더라고. 그래서 어떻게 됐어? 아, 지수 너무 불쌍해. 안나는 테이블에 몸을 당겨 앉았다. 네 거라고 했어. 안나는 다시 테이블을 탕탕 쳤다. 뭐라고 이년아? 그럼 어떡해. 나는 웃으며 어차피 우리 엄마는 네가 그 안나인 줄도 모른다고 했다. 그나저나 그 비디오는 어디로 갔을까? 친구가 잠깐 맡아달라고 했는데 너무 흉해서 안 보이게 숨겨놨다고 했더니 그런 미친 애가 다 있냐며 당장 갖다주라고 해서 더 안 보이게 숨겼는데. 하긴, 이사하다가 하나뿐인 피아노 콩쿠르 상패도 잃어버렸는데 오래된 에로 비디오 두 개 없어지는 건 일도 아니지. 우리는 여기 맥주 맛없다, 하면서 2000cc를 더 주문했다.

안나를 만나면 늘 이런 식이었다. 서로가 가장 발랄했던 시절을 알고 있어서, 안간힘으로 살아가고 있는 것 같은 모습을 마주하고 있으면 시간이 왜 이렇게 흘렀지, 왜 이런 방향으로 흘러버렸지 싶다. 그래도 여전한 모습이 조금은 남아 있고, 여전하지 않음도 서로 닮아 있어서 다행이라는 생각이 든다. 안나가 나온 여고 뒷산에 자주 출몰하던 바바리맨이 있었는데, 고추가 너무 커서 별명이 홍두깨였다. 하루는 주말에 안나와 노래방에 갔는데, 아무 생각 없이 안나의 핸드폰 앨범을 넘겨보다가 고추만 달랑 찍혀 있는 사진을 보고 놀라서 핸드폰을 집어던졌다. 안나는 아이씨, 왜 그래 너답지 않게, 하며 핸드폰을 주웠다. 홍두깨가 하도 자랑해서 아저씨 찍어도 돼요? 하고 물으니 찍으라 했다고. 그래서 친구들이랑 다 같이 찍었다고. 최근에는 성인 용품에 눈을 뜬 내가 후기를 캡처해서 안나에게 보내줬더니 안나가 자기 주변 사람들 중 내가 제일 신기하다고 했다. 이번에는 내가 너답지 않게 왜 그러냐고 물었다. 저질스러운 이야기를 나누면서 저질스럽게 웃었던 모습들이 모두 생생하게 남아 있어서 그 모습을 생각하면 여전히 웃긴데, 그런 것들이 다 부질없게 느껴질 때면 알 수 없는 상실감에 휩싸이게 된다. 그래도 안나를 만나면 한동안은 마음이 든든해진다. 쓸쓸함을 동반한 든든함은 누군가에게는 별것 아닌 것으로 여겨질 수 있겠지만, 내게는 종종 커다란 위로가 된다. 안나는 지겨워 죽겠다고 하지만 나는 앞으로도 조안나 아이스크림을 볼 때마다 안나에게 사진을 찍어 전송할 것이다. 이렇게 네가 자주 생각난다고. 우리는 늘 그랬듯 헤어질 때에도 서로를 안아주었다. 안나와 헤어져 돌아오면서 안나가 아프지 않았으면 좋겠다고 생각했다. 안나가 다시 건강해졌으면 좋겠고, 그래서 오래오래 함께 쓸쓸했으면 좋겠다고 생각했다.

귀경 전야

—

작년 이맘때쯤 영화 〈리틀 포레스트〉를 보았다. 티저 영상을 보자마자 끌렸는데, 어쩐지 한밤중에 조용히 봐야 할 것 같은 인상이었다. 그래서 심야 영화를 예매했고 집에 돌아오자마자 잘 수 있도록 씻고 집을 나섰다. 영화는 예상했던 대로 잔잔했다. 보는 것만으로도 마음이 정화되는 영상으로 가득해서 영화가 끝났을 때에는 엄마 집에서 오랜 휴식을 마치고 서울로 돌아가는 기분이었다. 그런데 영화관을 나오면서 함께 영화를 본 J가 왜 그렇게 울어, 하고 말했다. 나는 눈물이 헤프고 어지간한 클리셰에도 쉽게 오열하는 사람이라서 영화를 보고 우는 건 일도 아니었다. 내 딴엔 티 나지 않게 울었다고 생각해서 내가? 하고 물었다. J는 내 얼굴을 쳐다보지도 않은 채로 응, 많이 울더라, 하고 말했다. 운 건 맞는데 그렇게까지 울었나. 나는 내가 울었던 장면과 공감했던 대사를 J에게 이야기해주었다. 나도 저렇게 엄마가 쪽지만 남겨두고 떠났었거든. 다시 돌아온다고 했고 정말로 돌아오긴 했지만. 그냥 그때 생각이 나더라, 하고. 그런데 있지, 한번은 엄마가 나 때문에 돌아왔었어. 그러다 죽을 뻔했지. 이게 다 고모 때문인데, 그래서 "고모는 고모다. 이모가 아니라"라는 대사가 제일 공감됐어. J는 아이고, 그랬구나, 하며 운전을 계속했다.

집에 도착하니 세 시가 넘었고, 나는 바로 침대에 누웠다. 누운 채로 고모는 이모가 아니라는 말을 계속 곱씹었다. 내게는 고모가 셋 있었는데, 그중 둘째 고모는 엄마를 몰래 만날 수 있게 도와주곤 했다. 고모가 다른 어른들에게 고모를 만나는 것처럼 거짓말을 해주면 그 시간 동안 엄마가 나를 만나러 왔다. 그런 날에는 오랜만에 엄마를 실컷 만져볼 수 있었고 엄마와 만난 것을 들켜서 매 맞을 일도 없었다. 그날도 엄마가 학교로 몰래 찾아와서 학교를 땡땡이치고 놀다가 저녁에 고모네로 갔다. 엄마와 고모가 얼마간 이야기를 나눈 뒤 또 오겠다는 말을 남기고 엄마는 다시 떠났다. 그날 고모는 내가 함께 살고 싶다고 하면 엄마가 돌아올 거라고 말해주었다. 그건 너무 솔깃한 말이어서 나는 두고두고 기억하고 있다가 어린이날을 며칠 앞둔 어느 날, 불쑥 나타나 소원을 묻는 엄마에게 고모가 알려준 대로 대답했다. 내 소원은 엄마랑 아빠랑 함께 사는 거라고. 엄마랑 헤어지기 싫다고. 다른 선물은 필요 없다고. 엄마는 나를 안고 한참을 울었다. 그리고 정말 돌아왔다. 나는 마냥 행복했다. 나중에야 엄마가 나 때문에 지옥 불로 다시 걸어 들어왔다는 것을 알게 되었고, 그걸 알았을 때는 후회해도 아무 소용없었다. 엄마가 이유 없이 매를 맞고 숨이 끊기기 직전까지 넥타이에 목이 묶여 끌려 다니는 동안 나는 자고 있었다. 그전부터 이미 몇 달간 엄마는 아빠가 들어올까 봐 안에서 이중으로 잠금장치를 걸어두고 우리 방에서 지냈다. 우리는 밤새 방문을 부술 듯이 두드리고 발로 차는 소리를 들으며 서로를 부둥켜안았고, 낮이 되어 문을 열어보면 어김없이 찍고 부수려 했던 자국이 문 바깥쪽에 남아 있었다.

그날도 엄마가 이불을 덮어주고 재워줬는데 어째서인지 일어났을 땐 엄마가 없었다. 동생도 없고 아빠도 없던 그날 아침, 식탁에 놓인 토스트를 사 먹으라는 짧은 메모와 이천 원을 보고 다시 엄마가 떠났음을 직감했지만 간밤에 무슨 일이 일어났는지는 알지 못했다. 며칠이 지나서야 외가댁 근처의 병원에서 목과 팔에 깁스를 한 엄마를 만날 수 있었다. 엄마는 검게 부은 얼굴로 다 나으면 나도 데리러 오겠다고 했다. 그런 모습을 보면서도 하루 종일 엄마 곁에 있는 동생이 부러운 마음뿐이었다. 학교 때문에 집으로 돌아와 혼자 며칠을 보내고 나서야 엄마가 저렇게 된 것이 나 때문일 수도 있겠다는 생각이 들었다. 그 생각은 시간이 지날수록 나를 옭아맸다. 엄마는 퇴원하자마자 정말 나를 데리러 왔고 내 탓은커녕 미안해하기만 했는데도 나는 종종 나 때문에,라는 생각을 하게 되었다. 그리고 고모는 고모라는 생각도 하게 되었다. 아무리 엄마의 편의를 봐주는 고모였어도 고모는 고모여서 엄마가 다시 맞고 지낼지도 모르는 상황보다 아빠가 혼자 지내는 것이 더 안타까웠을 거라고. 고모가 이모였어도 내게 그런 말을 했을까. 여자 형제가 없는 엄마는 늘 외롭다는 말을 했고, 나와 동생이 부럽다고 했다. 만약 이모가 있었더라면, 엄마는 덜 아플 수 있었을까.

그런데 나는 왜 이 영화를 엄마와 함께 보고 싶다고 생각했을까. 비슷한 점이라고는 고작 그 두 가지가 전부이고 그마저도 맥락은 아예 달랐는데. 다시 이 생각을 했던 건 이번 설 연휴 때였다. 동생이 출장을 가서 엄마와 둘이 보냈는데 엄마는 내내 집 이야기를 들려줬다. 지난봄 짓기 시작한 엄마의 집이 완성되었기 때문이다. 예산이 턱없이 부족해 많은 부분을 포기하고 지은 집의 구석구석을 보여주며 이건 원래 어떻게 했어야 했는데 돈이 없어서 이렇게 했다는 둥의 말과 그래도 이건 정말 좋지 않아? 하는 말을 가만히 듣고 있으니 〈리틀 포레스트〉의 목가적인 장면이 생각났다. 아마도 그때 엄마가 꿈꾸는 삶이 저런 게 아닐까 생각했던 것 같다. 나는 문소리를 보며 우리 엄마도 저렇게 사랑했던 기억이 있었으면 좋겠고, 담배도 피울 줄 알았으면 좋겠고, 좋은 게 좋은 게 아니라 시간이 지나서 돌아보았을 때 그게 이런 뜻이었구나, 할 수 있는 엄마만의 철학이 있었으면 좋겠다고 생각했다. 나는 인생의 많은 부분을 엄마에게 말하지 않는 사람이 되었으니까, 그래도 엄마가 외롭지 않을 수 있게 엄마의 마음속에 자식과 돈이 아닌 다른 무언가가 가득했으면 좋겠다고. 그런데 거실에 앉아 텔레비전을 보는데 설 특선 영화로 〈리틀 포레스트〉가 방영되는 것이었다. 엄마 이거 봤어? 하고 물으니 엄마는 관심 없다는 듯이 어, 너 보고 싶으면 봐, 하고 불을 껐다. 류준열에게 엄마가 감자빵 레시피를 알려주지 않았다고 말하는 김태리를 보다가 나는 선풍기를 안고 전기장판에 누워 있는 엄마에게로 시선을 옮겼다. 엄마는 자고 있었다. 가만히 있다가도 얼굴이 빨개지며 열 올라, 열 올라, 하고 선풍기를 켜는 엄마는 곧 춥다며 이불을 뒤집어쓰곤 했다. 금방 지나갈 거라 생각했던 갱년기 증상이 몇 년째 차도 없이 엄마를 괴롭히고 있었다. 결국 우리는 영화를 거의 보지 못하고 텔레비전을 껐다. 그 상태로 거실에서 함께 자기로 했다. 곧 잠든 엄마의 고른 숨소리가 들려왔다. 나는 엄마가 깰까 봐 뒤척이지 않으려고 애를 쓰느라 거의 자지 못했다.

다음 날 우리는 집 앞 산책을 하며 동네 구경을 했다. 집 앞에 마을회관과 분교가 있었고, 사방에 과수원이 있었다. 닭과 개가 많았고 버스를 타려면 이십오 분을 걸어 나가야 했다. 이런 곳에 집을 짓는데도 일흔까지 일해야 하는 건가? 쉰까지만 일하겠다고 선언했던 엄마는 벌써 쉰을 훌쩍 넘겼고 집을 지으면서 그 기한은 일흔이 되었는데, 요즘의 엄마를 보면 정말 일흔까지 일할 수 있을까 싶다. 그런 걱정을 하고 있는 내게 엄마는 얼른 네가 대박이 터졌으면 좋겠다고 했다. 나는 그런 건 꿈도 꾸지 말라고, 희망을 버리면 마음이 편안하다고 했지만 어째서인지 엄마는 내게 건 기대를 놓지 않는다. 엄마가 꼬부랑 할머니가 되어도 나보다 더 잘 벌 것 같은데. 작가는 되기도 어려울뿐더러 된다 해도 유명해지는 게 얼마나 어려운데 자꾸만 대박을 외치는 건지. 못 들은 척

포기해, 하고 말하면 엄마는 안 돼, 절대 포기 못해,라고 대답한다. 그럴 때면 나는 서울로 돌아갈 때가 되었다고 생각한다.

저녁에는 근처에 있다는 라이브 카페에 들렀다. 차도에 위치한 개여울은 모든 것을 비싸게 팔았다. 외식도 거의 하지 않는 엄마는 이 동네에 이런 근사한 곳도 있다는 것을 알려주고 싶다며 나를 그곳에 데려갔다. 그리고 유자차를 주문하더니 내가 생강차를 주문하자 너도 유자차를 마시지, 하고 말했다. 완강하게 싫다고 하자 엄마는 키위 스무디로 주문을 바꿨다. 자리에 앉아 생강차는 집에서도 마실 수 있다고 속삭이는걸 보고서야 아마도 같은 가격의 유자차보다는 키위 스무디가 더 이득이라고 생각했구나 싶었다. 손님은 우리밖에 없었다. 엄마는 너도 한번 나가서 연주해봐, 하고 말했다. 피아노는 그만둔 지 이십 년이 다 되어가고 기타는 배운 지 일 년이 조금 지났는데 내가 들어도 형편없는 연주를 두고 엄마는 내가 어렸을 때부터 음악적 재능이 남달랐다고 했다. 정작 집에서 연주를 들려주겠다고 하면 어떻게든 피하려고 하면서 왜 그러는 걸까. 그러고는 너는 글도 쓰고 피아노도 치고 기타도 치는데 왜 노래를 만들지 않느냐고 했다. 대박 노래를 만들어서 엄마 돈 좀 주라고. 나는 아무 대답도 하지 않았다. 아주 잠깐 내가 얼마를 벌어야 엄마를 행복하게 해줄 수 있을지 생각해봤지만 아무래도 나는 엄마를 만족시킬 자신이 없었다. 엄마의 가장 큰 자부가 우리를 포기하지 않은 것에서 비롯된 게 아니라 엄마 자신으로부터 기인했다면 어땠을까. 나한테 쓸 돈을 엄마한테 썼으면 엄마는 이렇게 가난하지도 외롭지도 않았겠지. 엄마는 개여울을 나오면서 라이브 카페라더니 노래는 한 곡도 안 하네, 하고 구시렁거렸다. 집에도 있는 차를 비싸게 마시고 돌아와서는 맥주를 마시며 다시 텔레비전을 보았다. 육아 프로그램에 나오는 아이들을 넋 놓고 보고 있으니 그렇게 예쁘냐고 엄마가 물었다. 응, 너무 예뻐, 하면서도 나는 절대 아이를 낳고 싶지 않다고 말했다. 엄마처럼 할 자신이 없는데, 그럼에도 엄마처럼 될까 봐 무서웠다. 나 자신보다 소중한 존재가 생기는 상상은 언제나 두려워서 그런 사랑이라면 영영 모르고 싶었다. 엄마는 여전히 얼굴이 빨개졌다 가라앉기를 반복했다. 그럴 때마다 선풍기를 엄마 쪽으로 틀어줬다 껐다 하면서 엄마가 나를 놓았으면, 하고 생각했다. 그러면서도 나는 오랜만에 만난 엄마에게 차비를 받고, 여행자금을 도와달라 하고, 엄마가 더 많이 벌어서 내가 일하지 않고도 먹고살기를 바랐다. 내가 없었으면 엄마의 삶은 더

윤택했겠지 싶은 마음과 그래도 엄마가 좀 더 버텼으면 하는 마음이 어지럽게 섞였다. 가만히 누워 있던 엄마가 느닷없이 너무 복잡하게 살지 마, 하고 말했다. 응, 하고 대답하면서 내일은 정말 서울에 가야겠다고 생각했다.

잊지 않을게

—

지혜 언니를 처음 만난 건 고등학교에 막 입학한 2005년 3월이었다. 언니는 2년 선배로, 내 3학년 짝언니의 단짝이었다. 우리 학교에는 '짝'이라는 말을 붙여 관계를 맺는 짝문화가 있었는데, 학교에서는 금지했지만 거의 대부분의 학생들이 짝언니와, 짝오빠, 짝친구, 짝동생 등 다양한 짝 관계를 만들었다. 더러는 짝남매나 짝친구끼리 사귀게 되는 애들도 있었지만, 대부분은 짝문화의 취지대로 서로 챙겨주며 가족처럼 지냈다. 학년마다 딱 한 명씩만 맺을 수 있는 관계였고, 그래서 더 특별한 사이가 되곤 했는데, 신학기에는 익숙한 사이가 되기 위해 특히 자주 만났다. 나도 가족 대신 나를 챙겨주는 짝언니가 좋았다. 언니가 내게 해줬듯 틈틈이 쪽지를 써서 언니를 보러 갔고, 그때마다 지혜 언니도 함께 만났다. 지혜 언니는 때때로 짝언니보다도 나를 귀여워해줘서 나도 무척이나 언니를 따랐다. 처음에 언니는 어딘가 일진스러운 인상을 풍겼다. 오로지 공부만 하려고 들어온 학교 안에서도 몸에 딱 맞는 교복을 입고, 귀밑 5센티미터라는 두발 제한에도 불구하고 샤기 컷을 고집했으며, 그냥 생긴 게 그렇기도 했다. 그건 나도 마찬가지여서 묘한 동질감이 들었고, 막상 가까워지자 언니는 무섭기는커녕 마주칠 때마다 나를 안아주어서 나도 덩달아 언니를 꼭 안고 괜히 계단을 한 번 더 오르락내리락하거나 살 것도 없으면서 매점에 들르곤 했다. 그때마다 언니는 동방신기 콘서트에 갔다가 압사당할 뻔한 이야기나, 부모님 몰래 저지른 일 등에 대해서 이야기해주곤 했는데, 그럴 때면 나는 언니가 대학은 어쩌려고 저러나, 하고 걱정했다. 내 마음을 알 리 없는 언니는 언제나 해맑았고, 나는 그런 언니가 좋았다. 욕을 차지게 하는 언니가 좋았고, 대놓고 교칙을 무시하는 언니가 좋았고, 될 대로 되라지, 하는 언니가 좋았다. 고3 특유의 불안감은 있었지만, 언니의 행동에는 언제나 내가 갖지 못한 여유가 있었다. 그건 사랑받고 자란 사람만이 가질 수 있는 무언가였다.

서로를 좋아했지만 두 학년이나 차이 났던 우리는 함께 보낸 시간이 일 년도 채 되지 않았다. 게다가 학생들이 경기도 전역에서 모인 고등학교 특성상 다른 지역에 살던 우리는 언니의 졸업 후 거의 만나지 못했다. 서로의 싸이월드를 오가며 안부를 전하는 것과 이따금 메시지를 주고받는 게 전부였다. 그마저도 싸이월드가 망하고 페이스북이 뜨면서 자연스럽게 줄어들었다. 언니의 소식을 다시 듣게 된 건 내가 대학원에 다니던 2014년이었다.

언니의 소식을 듣기 며칠 전, 나는 소설 수업을 듣고 있었다. 그날은 내가 합평을 받는 날이었다. 그래서 나는 연애를 시작한 지 육 년 만에 처음으로 계획한 제주도 여행에 애인을 먼저 보냈다. 전날 제주도에 먼저 도착한 애인은 그답지 않게 본인의 페이스북에 흥분을 감추지 못했고, 합평을 받기 직전까지 내게 바다와 돌담 사진 등을 보내주었다. 다음 날이면 나도 제주에 있을 것이기에 덩달아 기분이 방방 떴다.

그날 합평받은 소설은 애인의 이야기였다. 나 네 이야기 써도 돼? 하고 물었을 때 그가 마음대로 해,라고 해서 나는 어떻게 저렇게 재수 없을 수가 있지, 하고 생각했던 그의 불행을 하나하나 옮겼다. 이런 삶도 있다고. 무슨 이유 때문이었는지는 기억나지 않지만 악에 받쳐 싸울 때마다 나는 네 불행이 내 불행이 되는 게 지겹다 했었고, 그건 사실이었다. 하지만 그런 말을 하고 나서는 그가 죽을까 봐 늘 겁을 먹었다. 그의 불행은 진부했지만 막상 주위를 둘러보면 이렇게까지 불행한 경우는 정말 드물어서 나는 진심으로 그가 죽을까 봐 자주 두려웠다. 그만큼 곁에서 지켜본 그의 삶은 힘들다는 말로는 부족한 무엇이었다. 하지만 그는 나보다 강한 사람이었고, 오히려 내 불행으로 인해 그가 불필요한 고통까지 감수해야 하는 날이 많았다. 그런 와중에 어렵게 여행 자금을 모아 처음으로 꿈꾸던 제주도에 가게 된 것이다. 강의실로 향하면서 그에게 다녀오겠다는 메시지를 남겼고, 그는 잘하고 오라는 말과 함께 바닷가를 걷고 오겠다고 했다. 그리고 수업이 시작되기까지 남은 몇 분 동안 별생각 없이 핸드폰으로 인터넷을 켰다. 그런데 포털 메인에 눈에 띄는 기사 제목이 보였다. 350명 탄 여객선 진도 해상서 침몰 중. 놀라서 클릭했더니 전남 앞바다에서 제주행 여객선이 좌초되어 침몰 중이며, 거기에는 수학여행을 떠난 안산 단원고등학교 학생 등 350여 명이 탑승 중이라고 했다. 그래도 다행인 건 '전원 구조'라고 했다. 곧 '전원 구조'가 들어간 제목의 속보들이 올라오기 시작했고, 나는 안도했다.

교수님과 다른 분들도 기사를 보셨는지 우리는 수업을 시작하기에 앞서 속보에 대한 이야기를 나누었다. 그래도 빠짐없이 구했다니 정말 다행이라고. 우리나라 정말 대단하지 않으냐고. 그 애들, 수학여행은 망쳤어도 평생 대단한 안줏거리가 생겼다고. 원래 사고가 나면 배가 생존율이 제일 높다고. 그렇게 얼마간의 이야기가 오간 뒤 합평 수업이 시작됐다. 몇 가지 질문이 들어왔고, 나는 애인을 모델로 한 화자가 술을 마시고 울면서 '죽고 싶다'고 했던 일을 기억하지 못하는 장면을 두고 어떻게 구상하게 되었는지 설명해야 했다. 나는 언제나 애인이 죽고 싶다는 생각을 할지도 모른다는 불안감에 싸여 있었기 때문에, 무의식적으로 쓰게 된 장면이어서 제대로 대답을 하지 못했다. 그 질문을 받았을 때에야 어쩌면 내가 그런 생각을 해서 애인도 마찬가지일 거라고 여기고 있던 건 아닐까, 하고 처음으로 생각했다. 소설 역시 화자가 사라진 동생이 자살했을 거란 공포에 싸여 있다가, 무사히 귀가하는 모습을 보고 안도하는 내용이었다. 다행히 합평은 무난하게 끝났고, 나는 그 학기의 커다란 숙제를 마친 기분이어서 홀가분한 마음으로 서둘러 강의실을 빠져나왔다. 머뭇거렸다가는 뒤풀이에 끌려갈지도 몰랐다. 합평자는 그날의 수업 뒤풀이에 무조건 참석하는 거라고 모두가 당연하게 생각했지만, 그때의 나는 누구와도 잘 어울리지 못했기에 그런 게 다 피곤했다. 그래서 같이 안 가냐는 사람들에게 어색하게 웃어 보인 뒤 주문을 외듯 제주도, 제주도, 하면서 버스 정거장으로 향했다.

그리고 버스에 타고 나서야 긴장을 풀었다. 자리에 앉자마자 애인에게 수업이 끝났다는 메시지를 보낸 뒤 다시 인터넷 창을 켰다. 그사이 아까와 조금 다른 내용의 기사들이 포털 메인을 도배했다. '생사 불명', '사망자' 등의 표현이 곳곳에 보였다. 전원 구조는 오보였다. 350명도 오보였다. 어떻게 그런 오보가 나올 수 있었는지 도저히 이해할 수 없지만 정말 그랬다. 그날 여객선 세월호에는 476명이 탑승했고, 겨우 172명만이 살아남았다. 곳곳에서 낮게 탄식하는 소리가 들렸다. 간간이 훌쩍이는 소리도 들렸다. 그날은 집에 돌아와서도 뉴스에서 눈을 뗄 수 없었다. 그때까지만 해도, 생존자가 더 있을지 모른다는 희망을 품고 있었기 때문이다. '에어 포켓', '골든타임', '조명탄', '저체온증' 같은 단어들이 실시간 검색어에 올랐다. 애인의 페이스북에는 더 이상 아무 사진도 올라오지 않았다. 그날 우리는 통화를 하면서 오랫동안 말이 없었다. 침묵을 깨기 위해 겨우 꺼낸 말은 어떡해,였다. 그 말밖에는 할 수 있는 말이 없었다.

다음 날 나는 저녁 비행기로 제주도에 가야 했다. 낮에는 조교 근무가 있어서 저녁 시간으로 잡은 것이었다. 밤새 실시간으로 올라오는 기사를 지켜보다가 출근하니 사무실 공기가 무거웠다. 그날은 어딜 가도 세월호 이야기뿐이었다. 어떤 사람은 "이제는 가망이 없다고 봐야 해. 저체온증 때문에 에어 포켓이 있다 해도 살아남기 힘들어. 4월 바다가 얼마나 찬 줄 알아?" 하고 말했고, 어떤 사람은 더 극한 상황에서도 살아남은 사례를 가져와 보여주었다. 어떤 이야기를 들어도 눈물이 나고 괴로웠다. 그렇게 반나절을 보내고 나니 도저히 제주에 갈 자신이 없었다. 다른 곳도 아니고 제주에 가던 사람들이었는데. 함께 출발하는 일정이었다면 표를 취소했겠지만, 혼자 있을 애인을 생각하니 그럴 수도 없었다. 그래서 나는 실연당한 사람처럼 울면서 택시를 타고, 공항 철도를 타고, 비행기를 탔다. 그래도 아무도 이상하게 보지 않았다. 그해 4월은 그런 날들이었다.

그날 우리는 밤 열 시가 넘어서야 만날 수 있었다. 예민한 상태로 혼자 밤 운전을 하다가 가벼운 접촉 사고가 났고, 그 일로 나는 애인을 만나자마자 화를 냈다. 네가 면허가 없어서 내가 이런 일을 겪는 거잖아, 하는 둥의 말도 안 되는 이유를 대면서. 여행은 이미 의미가 없어진 지 오래였다. 애인은 여기에서만큼은 잠시 잊고 지내자고 나를 다독였지만,

불가능하다는 걸 우리는 알고 있었다. 다음 날에는 근처 식당에서 늦은 점심 식사를 했다. 식당 텔레비전에서는 뉴스가 방영되고 있었다. 팽목항에서 현장 보도 중인 기자는 세월호가 수면 아래로 완전히 잠겨버렸다고 했다. 나는 전날 화낸 것이 미안하기도 하고, 애인이 불편할까 봐 애써 시선을 거두었다. 그런데 몸국을 두 숟갈 정도 뜨던 애인이 갑자기 고개를 숙였다. 놀라서 왜 그러냐고 물었더니 고개를 뒤로 돌렸다. 우는 모습을 보이기 싫을 때 그가 하는 행동이었다. 왜 그러는데, 하고 다시 한 번 물으니 그는 잠긴 목소리로 아니야, 먹어,라고 했다. 계속 빤히 쳐다보자 그냥, 나는 뜨거운 밥을 먹으니까, 하고는 몸국에 얼굴을 박다시피 고개를 숙이고 다시 천천히 숟가락을 들었다. 그 모습을 보면서 나는 전날보다 차분해질 수 있었고 지금 이 사람과 있음에 안심했다. 그렇게 우리의 첫 제주 여행은 끝났다. 돈이 없어서 일정을 짧게 잡은 것이었지만, 그래서 다행이라고 생각했다.

그런데 서울로 돌아오던 날, 고등학교 선배로부터 메시지 한 통을 받았다. 지혜 언니의 아버지가 세월호에 타셨다고. 돌아오지 못하셨다고. 메시지를 받고 나는 한참 동안 아무것도 할 수 없었다. 아수라장인 팽목항을 떠올리며 어떤 말을 해야 할지, 지금 연락하는 것이 맞긴 한 건지, 그럼 아무 연락도 안 하는 것이 맞는 건지, 계속 생각했지만 좀처럼 답을 얻을 수 없었다. 며칠 뒤에야 언니에게 이야기는 들었지만 무슨 말을 해야 할지 모르겠다고, 도움이 필요하면 언제든 말하라는 메시지를 남길 수 있었다. 언니는 바로 답장을 보내왔다. 가족들과 함께 기다리고 있다고. 언니로부터 이런저런 상황에 대해 듣고 나서는 오래전 언니를 떠올렸다. 아빠한테 엄청 깨졌다고 푸념하는 언니의 표정을 보면서 나는 언니가 정말 사랑받고 있구나, 하고 생각했다. 그때의 나는 언니가 절망에 빠진 모습 같은 건 조금도 상상해본 적이 없었다. 그런 건 언니와 어울리는 단어가 아니었다.

그 후 한동안 시신 수습에 대한 보도가 이어졌다. 너무 많아서 수습한 시신에는 번호가 매겨졌다. 시간이 지날수록 수습한 시신의 특징에 대한 정보가 줄어들었고, 그마저도 추상적으로 변했다. 더 이상 생존자에 대한 희망은 없었다. 제발 살아주길 바라던 마음은 조금이라도 온전한 모습으로 작별 인사를 나눌 수 있기를 바라는 마음으로, 온전하지 못한 모습이라도 발견할 수 있기를 바라는 마음으로, 아주 일부라도 찾을 수 있기를 바라는 마음으로 변했다. 그 참담한 광경을 지켜보면서 그래도 언니의 아버지는 곧 나오실 거라 생각했다. 그때까지만 해도 언니의 아버지가 476명의 탑승자 중 다섯 명의 미수습자 명단에 들 줄은 몰랐다. 슬프지만 모든 사람을 찾을 순 없을 거라 생각했는데, 그게 언니의 아버지가 되리라고는 생각하지 못했다. 언니는 미수습자의 수가 줄어들면서 아빠의 이름이 매스컴에 자주 등장하게 되었다고, 그래서 아빠가 더 보고 싶다고 했다. 나는 그 슬픔을 짐작조차 할 수 없었다.

이 년 전, 세월호 수색 종료에 대한 뉴스가 보도되자마자 나는 언니를 떠올렸다. 그럼 언니의 아버지는 어떻게 되는 건지, 장례식은 치르는 건지. 궁금한 것이 넘쳐났지만 선뜻 물어볼 수 없었는데, 다음 날 언니에게서 부고 문자가 왔다.

문자를 받기 이 주 전에 나는 언니를 만났었다. 언니는 여전히 화사했다. 화장이 진했고, 좋은 향기가 났고, 풍만한 가슴으로 나를 힘껏 안아줬다. 하지만 나는 환하게 웃는 언니의 모습에서 설명할 수 없는 부자연스러움을 느꼈다. 언니는 내 근황에 대해 물었고, 나는 우울증으로 고생했던 지난 시간들에 대해 털어놓았다. 여전히 괜찮지 않은 상황에 대해서도. 언니가 물어서 대답은 했지만, 그런 말들을 늘어놓으면서 어쩐지 죄책감이 들었다. 언니는 내 어깨를 쓸어내리면서, 그래도 이렇게 나아져서 다행이라고 했다. 그러나 정작 언니는 상담받기가 무섭다고 했다. 세월호 참사가 있은 뒤로 한 번도 상담을 받아본 적이 없다고. 나는 놀라서 언니, 그러지 말고 한번 받아봐요,라고 했는데 언니는 그 일에 대해 자꾸 기억하고 싶지 않다고 했다. 최대한 들춰보고 싶지 않다고. 그래야 그나마 버틸 수 있을 것 같다고. 그날 언니는 최근의 연애에 대해, 하고 있는 일에 대해, 고등학생 때 서로 알고 지내던 사람들에 대해 이야기했다. 그런 언니에게서 나는 언니의 여전한 모습과, 지난 몇 년 사이 언니에게서 영영 멀어져버렸을 어떤 모습을 보았다.

돌이켜보면, 언니의 철없음이 빛을 발할 수 있었던 건, 그 철없음에도 언니를 향한 가족의 무조건적인 사랑이 있었기 때문이라는 생각이 든다. 그로 인해 언니는 언제나 당당할 수 있었을 것이다. 그런데 최근에 만난 언니는 고해성사를 하듯 근황을 늘어놓으면서 자꾸만 "나 좀 그렇지?" 하고 물었다. 나는 언니가 전해주는 이야기들이 정말로 아무렇지 않아서 그럴 수도 있죠, 하고 대답했는데, 언니는 "너는 정말 아무렇지 않다는 표정이네" 하고 웃었다. 그런 언니를 보며 언니가 여전히 제멋대로였으면 좋겠다고, 망나니 같았으면 좋겠다고 말하고 싶었다. 그런 언니를 내가 꽤 좋아했다고. 하지만 그날 결국 나는 언니와 헤어지며 또 봐요,라고밖에 하지 못했다.

장례식에 다녀와서는 기운이 쭉 빠졌다. 안산까지 다녀오는 일이 체력적으로 고되기도 했고, 타인을 위로하기 위해 개인적인 슬픔을 누르느라 기운이 빠진 상태였다. 빨리 집으로 가서 내 문제로만 슬프고 싶었다. 그래서 집에 돌아오자마자 침대에 엎어져 울었다. 언니의 손을 잡고서 언니 밥 잘 먹어야 해요,라고 했고, 그건 진심이었는데도 불구하고 나 자신은 이대로 사라졌으면 좋겠다고 생각했다. 마침 헤어진 애인이 전화를 걸어와서 언니를 보고 왔다고 하니 그는 잘했다고, 수고했다고 말했다. 그리고 내게 약은 잘 먹고 있는지 물었다. 나는 질문에 대한 대답 대신, 이게 정말로 효과가 있는 걸까, 하고 말했다. 계속 복용하는데도 자꾸만 괴롭다고. 조금도 나아지지 않는다고. 나는 이제 영영 이렇게밖에 살 수 없을 것 같다고. 그는 잠시 말이 없다가 먹고 싶은 건 없는지 물었다. 그 생뚱맞음이 조금 귀찮고 짜증 났지만, 어떤 마음으로 그랬는지는 알 수 있을 것 같았다. 그가 언제 죽어도 이상하지 않다고 생각했는데, 오히려 절대 죽지 않을 거라 자부했던 나를 염려하고 다독이는 게 신기했다. 그는 내가 조금 차분해진 것을 느꼈는지 장례식은 어땠냐고 물었다. 나는 장례식장의 상황에 대해 설명했고, 그러다 보니 다시 슬퍼졌다. 그건 조금 전까지의 슬픔과는 다른 문제였다. 나는 자세를 바로잡고 앉아 말을 이었다.

그런데 있잖아, 그래도 살아야 하잖아. 울기만 하는 날들만 이어진다 하더라도. 지금 내 모습이 이럴 줄 열여덟에는 조금도 몰랐어. 알았다 하더라도 나는 일단 살아보고 싶었을 거야. 거기 탔던 사람들, 다 그랬겠지?

가만히 듣고 있던 그가 맞아, 하고 말했다. 나는 오래전 몸국을 먹다가 울던 그를 떠올렸다. 그는 그냥 등 뒤에서 흘러나오는 뉴스에 울컥했을 뿐일 것이다. 너무 비현실적이어서 슬프지도 않던 일이 그제야 현실로 다가왔을지도. 그럼에도 나는 그때 그에게서 어떤 위로를 받았다. 그건 일종의 유대감이었다. 이 시간을 나 혼자 견디고 있는 게 아니라는 안도. 함께 슬플 수 있다는 건 그 자체만으로도 서로에게 커다란 힘이 되었다. 나는 느닷없이 너는 절대 죽지 마, 하고 말했다. 그는 너도, 하고 말했다.

2014년 이후로 4월이 되면 필연적으로 세월호에 대한 기사를 찾아보게 된다. 그건 언제나 괴로운 일이다. 4월은 오랫동안 얼어 있던 날이 풀리고 모든 게 생동하는 계절이어서 나도 모르게 들뜨게 되는 날이 많고, 그래서 더 견디기 힘들기도 하다. 그럼에도 괴로울 수 있어서 진심으로 다행이라고 생각한다. 그것이 강박적으로 모든 가방에 노란 리본을 달아놓는 이유이기도 하다. 여전히 슬픈 사람이 있다면, 잊지 말아달라는 말이 하나도 지겹지 않은 사람이 있다면, 노란 리본을 보고 혼자가 아니라는 생각을 할 수도 있지 않을까 싶어서. 당신과 함께 기억하고 있는 사람이 있다는 걸, 당신에게 언제나 어깨를 내어줄 준비가 되어 있다는 걸 알려줄 수 있을지도 몰라서. 그러니까 같이 울고, 함께 이 시간을 통과했으면 좋겠다. 이제 4월도 며칠 남지 않았다. 4월이 아니더라도, 앞으로 무수히 많은 4월이 지나더라도 여전히 괜찮지 않을 사람들이 있을 것이다. 그때에도 나는 어깨를 내어줄 것이다. 나 역시 잊지 않았다면서.

2

아무도 되지 않아도 괜찮고 아무나 되어도 괜찮은

나밖에 모르는 사람

—

'상실'이라는 단어를 자주 생각한다. 작게는 매일, 때로는 커다란 상실감을 느껴보았지만, 그래도 나름 버텨볼 만한 것들이었다. 적어도 '만'을 잃어버리기 전까지는 그랬다. 만이 사라지고 난 뒤로 나는 그 애를 잃은 상실감을 감당할 수 없었다.

우리가 처음 만난 건 고등학교 1학년 때였다. 같은 학교 출신이 아무도 없었던 나는 모두가 낯설어서 먼저 다가와주는 사람 위주로 친구를 만들어나갔다. 만도 다가오는 성격이 아니었기 때문에 우리는 한동안 서로의 이름도 알지 못했다. 그러다가 1학기 중간고사 즈음에야 서로를 조금씩 궁금해하기 시작했다. 어쩌다 보니 둘 다 반에서 웃기는 역할을 맡고 있었고, 개그 코드도 잘 맞아서 만은 어땠는지 모르겠지만 나는 만이 좋았고 만과 친해지고 싶었다. 하지만 그때에는 이미 각자 함께 다니는 친구가 있었다. 내 경우 짝언니가 친한 친구의 짝동생이 나와 같은 반이라며 소개해준 Y가 그랬다. Y는 온몸이 작고 눈이 커다랬다. 그 애는 내가 어깨동무를 하면 딱 편할 정도로 작았는데도 자기보다 훨씬 커다란 나를 늘 귀여워해줬다. 지금에야 하루쯤 다른 애랑 밥 먹는 게 뭐 어떻다고, 할 수 있지만 그때에는 말도 안 되는 일이어서 만과는 쉬는 시간에나 잠깐씩 말을 섞곤 했다.

하지만 Y와 나는 오래가지 못했다. 두루두루 친하게 지내고 싶어 했던 나와 달리 Y는 오직 나하고만 다니길 원했고, 내가 좋아하는 애들에 대해 종종 이런저런 평가를 내렸다. 대부분 험담이어서 그런 이야기를 듣는 건 너무 괴로웠지만 뭐라고 해야 할지 몰라 꾸역꾸역 삼켰다. 그러다 보니 일요일 밤에는 늘 우울했다. 학교에 가면 월요일 아침부터 다시 집으로 돌아오는 토요일 오후까지 Y로부터 벗어날 수 있는 방법이 없었다. 일주일 내내 그런 이야기를 들어야 하는 것과, 둘이서 식사를 해야 하는 일 등을 생각하면 숨이 턱 막혔다. 돌이켜보면 이런 건 하지 말아달라고, 힘들다고 이야기했으면 될 일이었다. 하지만 나는 아무 말도 하지 못했고, 그 결과 관계는 더 악화되었다. 둘이 밥을 먹으면서도 대화를 하고 싶지 않아서 나오지도 않는 이어폰을 낀 채 식사했고, 쉬는 시간이면 밖으로 나가거나 자는 척을 했다. 불쾌했을 텐데도 Y는 나한테만은 좀처럼 화를 내지 않았다. 사소한 것에도 불만을 갖고, 그런 것마다 노골적으로 화를 내던 애였는데도 말이다. 만득이는 노래 듣는 걸 좋아하니까, 잠을 잘 못 자니까, 하고 넘겨주었다. 어쩌면 내 속마음을 대강 눈치채고도 봐준 것일지도 모르겠다. 고등학교 삼 년 내내 모두에게 이름 대신 불렸던 '만득이'라는 별명도 그 친구가 지어준 것이었다.

그러다 한번은 만과 오랫동안 이야기를 나눌 기회가 생겼다. 우리 학교에는 '조기 귀교'라는 제도가 있었는데 말 그대로 빨리 학교로 돌아오는 것이었다. 집이 먼 학생들을 위해 월요일 아침 대신 일요일 저녁에 학교로 돌아와 자습을 하다가 기숙사에서 자고, 다음 날 아침 식사까지 먹는 시스템이었다. Y는 학교라면 질색을 하던 아이여서 절대로 조기 귀교를 하지 않았다. 나는 중간고사가 임박했을 즈음 처음으로 조기 귀교를 했고, 그때 만도 조기 귀교를 했다. 만과 저녁도 먹고 아침도 먹고 쉬는 시간 틈틈이 이야기도 나누는 게 너무 즐거웠다. 그때부터 나는 자주 조기 귀교를 했다. 만과 아침밥을 먹고 교실에 올라오면 이제 막 교실에 도착한 Y가 내게 폭 안겼다. 그렇게 2학기가 되었다. 그즈음 Y는 내게 만에 대해서도 이런저런 평가를 하기 시작했다. 나는 여전히 아무런 대꾸도 하지 않았지만 그런 이야기가 너무 듣기 싫어서 화장실에서 몰래 우는 지경에 이르렀다. 그러다가 수학여행을 앞둔 어느 날, 만이 자기네 숙소에 한 자리가 남는다는 이야기를 해주었다. 나는 충동적으로 나 그 방에 들어갈래, 하고 말했다. 그리고 다음 날, 내가 말하기도 전에 그 사실을 알게 된 Y는 격분하여 내게 따졌다. 우리는 다른 아이들이 보는 앞에서 큰 소리로 싸웠고, 더 이상 나는 Y와 단둘이 다니지 않아도 되었다.

그 뒤로 나는 만과 마음껏 지낼 수 있었다. 만은 당시 유행했던 개그 캐릭터 '만사마'에서 따온 별명이었는데 줄여서 다들 '만님' 혹은 '만'이라고 불렀다. Y와 다니지 않았음에도 나는 여전히 Y가 지어준 '만득이'로 불렸고, 다른 친구들은 만과 나를 '만자매'라고 불렀다. 반면 Y는 교실에서 급격하게 존재감이 사라졌다. 본인이 무시하던 애들에게 함께 밥을 먹자 했고, 오로지 공부만 했다. 웃음기가 사라졌고 아무에게도 마음을 열지 않았다. 그런 모습을 볼 때마다 많이 불편하고 미안했지만, 사실은 행복한 것이 더 컸다. 내게 만과 같은 친구가 생겼다는 사실이 불안한 미래나 크고 작은 역경도 다 견딜 만한 것으로 만들어주었다. 2학년 때에는 만과 같은 반이 되고 Y하고는 다른 반이 되어서 더욱 마음 편하게 지낼 수 있었다. 우리는 교실 뒤편에서 이상한 춤을 추고 아무 데서나 노래를 부르고 방귀도 북북 뀌면서 눈만 마주치면 깔깔대고 웃었다. 3학년 때에는 다시 Y와 내가 같은 반이 되고 만과 떨어지게 됐지만 여전히 나는 만과 밥을 먹고 함께 움직이곤 했다. 이따금 Y와 화장실 입구나 교실 구석 같은 곳에서 몇 마디를 주고받기도 했지만 그때마다 나는 Y의 눈을 잘 마주치지 못했다. 결국 Y는 졸업식에도 오지 않았다. 졸업식 당일 아침 나는 만과 미리 만나서 학교에 갔다. 정신없이 돌아다니다가 교실에 도착해서야 찬찬히 Y를 찾아보았다. Y가 보이면 인사라도 나누고 싶었기 때문이다. 하지만 Y는 보이지 않았다. 속으로 안 왔네, 했지만 사실 나는 Y가 오지 않을지도 모른다고 자주 생각했다. 짐작했다고 해서 마음이 불편하지 않은 건 아니었지만 나는 곧 다른 아이들과 사진을 찍느라 바빠졌고, 학교를 나와서는 만을 포함한 밥 친구들과 학교 근처에서 외식을 하고 노래방에도 갔다가 헤어졌다.

그해 만은 재수를 했다. 나는 원하던 대학에 가지 못해 우울했지만 그새 적응해서 즐길 건 다 즐기고 있던 터라 최대한 만에게 먼저 연락을 하지 않으려고 애썼다. 그러나 만은 매일 늦은 밤 전화를 걸어왔고, 내가 잠들 때까지 끊지 않았다. 내가 졸면 대답 없는 수화기에 대고 야, 씻고 자,를 반복하다가 응? 하면 깼냐? 하고 그제야 전화를 끊었다. 애초에 최상위권 학생이었기 때문에 만의 재수 생활은 현재의 성적을 유지하는 것에 가까워서 만은 이듬해 무난하게 대학생이 되었다. 그리고 우리는 하루 종일 연락을 주고받게 되었다. SNS에도 서로가 자주 노출되다 보니 만의 모든 친구가 내 이름과 얼굴을 알았고, 내 모든 친구가 만의 이름과 얼굴을 알았다. 내 친구 있잖아,라고 하면 모두 아 걔, 하고 말하는 정도였다. 그때까지도 나는 일 년에 한 번씩 Y에게 연락했다. 생일 축하 메시지였는데, 1월 초 생일이어서 새해 인사까지 하곤 했다. Y와 같은 학교에 간 친구를 통해 잘 지내고 있다는 소식을 듣기는 했지만 여전히 내게는 Y에 대한 부채감이 남아 있었다. 한번은 Y가 나와 다니지 않게 된 이후로 함께 밥을 먹었던 친구가 "나는 걔가 필요해서 같이 다닌 거지만, 너는 정말 좋아했던 것 같아" 하고 말했다. Y가 나를 좋아해준 건 내가 제일 잘 알고 있었다. 이기적이고 할 말 다 하는 성격이어서 작은 체구에도 불구하고 대부분의 아이들이 Y를 어려워했는데 나에게만은 Y가 참고 양보하는 것이 보였다. 그리고 내가 웃어주면 Y가 행복해하는 것을 어렵지 않게 알 수 있었다. 그게 나를 힘들게 한 행동을 정당화할 순 없겠지만, 그렇다고 해서 내가 한 행동 또한 결코 잘한 일이 아니라는 것을 그때에도 나는 어렴풋이 알고 있었다. 그래서 어색하게 생일 축하나 새해 덕담을 전했고, 그때마다 Y는 여전히 만득아 고마워, 하고 말했다. 그런 인사를 받을 때면 내가 비겁하게 느껴졌지만, 그거라도 해야 마음이 덜 괴로웠다. 게다가 그 불편함은 아주 잠깐이었다. 잠깐이 지나가면 나는 대부분의 시간을 행복하게 보냈다. 만과 있으면 심심한 것조차 좋았기 때문이다. 카페에 앉아 각자 핸드폰을 하거나, 침대에 누워 낮잠을 자다 깨다 하거나, 멍 때리고 앉아 있기만 해도 일단 같이 있다는 이유만으로 그 시간들이 조금도 싫지 않았다.

한번은 애인이 커플 요금제를 사용해보지 않겠냐고 물어서 요금제를 바꿨다가 나만 요금이 배로 나온 적이 있었다. 그는 거의 나하고만 연락했던 반면, 나는 만과 훨씬 많은 연락을 주고받았던 것이다. 만하고는 하루 종일 할 이야기가 넘쳐났고, 했던 이야기를 하고 또 해도 지루하지 않았다. 결국 커플 요금제는 한 달 만에 해지했다. 그때의 나는 주로 애인 아니면 만을 만났지만 그 둘을 동시에 만났던 적은 없었다. 낯가림이 심한 만이 그런 만남을 꺼려했기 때문이었다. 그래서 나는 종종 애인을 두고 만을 만나러 다녀왔다. 집이 망해서 엄마가 아무도 데리고 오지 말라고 했을 때에도, 내가 폐렴에 걸렸을 때에도 우리 집에 와서 자고 간 건 만이 유일했다. 그런데 그런 만이 사라진 것이다. 그것도 나로부터만.

만이 사라진 이유를 아무리 생각해봐도 짐작할 수 없었다. 만이 나를 떠날 어떤 전조도 보지 못했기 때문이다. 마지막으로 만을 만난 날에도 만이 나를 불렀었다. 팥빙수가 먹고 싶은데 혼자는 쑥스럽다는 만을 위해 팥을 먹지도 않으면서 왕십리에 갔었다. 만의 자취방 근처 카페에서 팥을 반만 달라고 했더니 반달 모양으로 팥을 가득 얹은 팥빙수가 나왔다. 소심한 우리는 감사하다고 인사한 뒤 자리로 돌아와 이 반이 아닌데, 하며 한참을 웃었다. 다음 날 엄마가 카드를 줬다며 만이 점심까지 샀고, 우리는 또다시 빙수를 먹고 헤어졌다. 오후 세 시쯤 헤어졌는데 저녁이 되자 만에게서 다시 연락이 왔다. 닭볶음탕이 먹고 싶다고. 전날 함께 본 예능에서 만들어 먹은 음식이었다. 나는 몸살 기운이 있는 것 같다는 애인을 두고 다시 만에게 갔다. 그렇게 밤새 만의 작은 원룸에서 과일을 먹고 춤을 추고 놀다가 아침 일찍 애인이 걱정되어 나 먼저 갈게, 하고 나왔다. 아직 잠이 덜 깬 만이 잠깐 고개를 들어 손을 흔들고 다시 베개로 머리를 떨어트렸다. 그게 마지막이었다. 그래서 나는 갑작스러운 만의 잠수를 납득할 수 없었다. 마음에 들지 않는 건 바로바로 이야기하는 성격이었기 때문에 더더욱 그랬다.

처음 만에게서 이상한 낌새를 챘던 건 내 생일 무렵인 8월부터였다. 생일이면 항상 둘이 외식을 하곤 했는데, 전날부터 별말 없던 만이 생일 당일 늦은 오후가 되어서야 메시지를 보내왔다. '야, 생축'이라는 의미의 자음 세 자(ㅇㅅㅊ)만 달랑 적혀 있었는데, 그 문자가 서운해서 전화를 걸었더니 만은 왜 집에서 궁상을 떨고 있냐고, 나가서 애인과 놀라고 했다. 나는 애인보다 만을 만나고 싶었다. 그래서 더 불쌍한 척, 궁상맞은 척을 했지만 통하지 않았다. 그래도 그때까지는 아주 힘들게나마 연락이 닿았다. 하루는 혹시 내가 뭘 잘못했거나 나한테 화난 일이 있는지 물었더니 만은 그런 게 아니라고 했다. 로스쿨 준비 때문에 전처럼 놀지 못한다고, 그래서 그런 거라고 했다. 나는 로스쿨 관련 시험을 망친 만을 위로하기 위해 만났던 일을 떠올렸다. 그래서 그 말을 듣고 안도했다. 하지만 시간이 지날수록 그게 아니라는 생각이 들었다. 재수 때에도 매일매일 먼저 전화를 걸던 애였는데. 잠들 때까지 끊지 않던 애였는데. 이렇게까지 연락이 안 된다고? 하는 생각이 하루 종일 나를 괴롭혔다. 아무것도 모르는 애인이 요즘은 만 안 만나네? 하고 말했을 땐 내가 염려하고 있는 것들을 그대로 말하는 것이 자존심 상해 만이 말한 대로 응, 로스쿨 시험 때문에 바쁘대, 하고 말했다.

그 학기에 나는 대학원 입학을 준비 중이었다. 한 과목이라도 학점이 어그러지면 전액 장학금을 놓치게 되는 상황이었다. 매주 시험대에 오르는 기분으로 수업에 들어가면서도 만에 대한 생각을 떨쳐버릴 수가 없었다. 뭐가 문제지, 도대체 뭐가 문제일까. 그러던 중 만에게서 느닷없이 전화가 왔다. 고등학교 때 만과 사이가 나빠 자연스럽게 나까지 서먹해졌던 애가 있었는데, 그 애가 형제상을 당했다고 했다. 그래서 가야 하나 말아야 하나 고민된다고 했다. 무조건 가야지! 하고 나는 말했다. 만은 우리가 함께 만났던 H에게도 물어보고 다시 연락을 주겠다고 했다. 그사이 심장이 빠르게 뛰었다. 누군가는 감당할 수 없는 슬픔을 통과하고 있을 텐데 나는 그 일을 이용해서 만을 만날 기회만 생각하고 있다는 게 소름 끼쳤지만 그보다 보고 싶다는 마음이 앞섰다. 다시 전화를 걸어온 만은 부르지 않으면 안 가는 거래,라고 했고 나는 망연자실해서 야, 그래도 어떻게 그래, 당연히 가야지, 하고 말했다. 만은 그럼 너나 가, 난 안 갈래, 하고 전화를 끊었다. 그 뒤로는 아무 연락이 없었다. 그러다가 너무 답답해서 사장되어가는 싸이월드에 들어가 보았는데 거기에 만이 매일 일기를 쓰고 있었다. 별 내용은 아니었지만, 내 메시지에는 아무런 대답이 없었기 때문에 나는 다시 긴 메시지를 썼다. 나는 네가 내 연락을 보지 못했다고 생각하지 않는다고. 무슨 큰일이라도 있는 건지, 그게 아니라면 왜 그러는 건지, 전화도 안 되고 메시지도 안 오는데 공부에 방해될까 봐 계속 연락을 하지도 못하겠다고. 그런데 싸이월드에 일기를 쓰고 있는 걸 보니 내게 답장할 정도의 시간은 있는 것 같다고. 봤으면 봤다고만이라도 대답해달라고. 하지만 여전히 만은 아무 말이 없었고, 다음 날 다시 만의 싸이월드에 들어갔을 때에는 일촌이 끊겨 있었다.

나는 만의 엄마에게 전화를 걸었다. 만과 다투면 내게 전화해서 하소연을 하시던 분이었다. 내가 아플 땐 오골계를 고던 분이었다. 그때까지만 해도 혹시 집에 무슨 일이 있는 건가, 하고 생각했다. 만의 엄마는 흥겨운 음악이 나오는 곳에 계셨는데, 얼떨결에 전화를 받으신 듯 조금 당황한 목소리였다. 만에게 무슨 일이 있는지 여쭤보니 어머님은 응, 직접 물어볼래? 미안하다, 하고 황급히 전화를 끊으셨다. 이제는 만이 정말 나를 피한다는 걸 받아들여야 했다. 기말고사가 한 주 남은 상황이었다. 전액 장학금을 놓치면 대학원은 포기해야 했다.

며칠을 혼자 고민하다가 H에게 연락했다. 그 애는 내가 했던 추리를 차례대로 했다. 혹시 집에 무슨 일이 있는 건 아닐까? 하기에 어머님과 통화했단 이야기를 했더니 정말 이상하다고, 자기가 한 번 연락해보겠다고 했다. 너희가 어떤 사이인데, 별일 아닐 거야, 하면서. 그때는 모두 대학 4학년이어서 한번 연락하는 게 일이었다. H도 하루 동안은 자기도 연락이 안 된다며 일단 시험에 집중하라고 했다. 그 하루 동안 나는 '국제정세의 이해'와 '한자의 세계'를 공부했다. 시험을 치르고 나면 일주일도 안 돼서 잊어버릴 내용들을 꾸역꾸역 암기했다. 다음 날 H는 만과 연락이 되었다고, 그런데 이유를 말해주지 않는다고 했다. 절대 말할 수 없다 했다고. H는 조금도 짐작 가는 이유가 없냐고 물었다. 나는 없다고 했다. 조금 서운한 일이 있어도 내가 서운하고 말지, 내가 맞추지, 했기 때문이었다. 공격적인 만의 말투에 이따금 상처받을 때도 있었지만 그게 만의 매력이기도 해서 한 번도 내색하지 않았다.

그렇게 기말고사를 마치고 나니 몸에서 무언가가 빠져나간 것 같았다. 시험을 마치는 날에 맞춰 엄마 집에 가기로 해서 일단 홍대로 나갔고, 아직 이른 시간이니까 애인과 일없이 롯데시네마 건물을 돌아다녔다. 그에게조차 내 불안을 티 내고 싶지 않았다. 그때 만에게서 장문의 메시지가 왔다. 그동안 나와의 관계에서 사소한 것들이 쌓였는데 시간도 많이 지났을뿐더러 너무 사소해서 말할 수가 없다고. 그러니 앞으로 연락하지 말라고. 아무에게도 자기 소식을 묻지 말고, 이 문자에도 답장하지 말라고. 다시 심장이 쿵쾅거렸다. 나는 다급하게 집에 가야겠다고 했고, 애인은 걱정스러운 표정으로 나를 지하철까지 데려다주었다. 애인이 시야에 들어오지 않을 때부터 여태까지 참았던 눈물이 터졌다. 오래전부터 짐작했던 일이었는데 결국 이렇게 되고 나니 어떻게 해야 할지 조금도 알 수 없었다. 답장을 하지 말라고 했지만, 나는 구구절절하게 답장을 보냈다. 오산역에 도착했을 때에는 가족들이 눈치채지 못하게 역사 내 화장실에서 세수를 하고 집에 갔다. 식탁 앞에서는 과장되게 웃고 과하게 먹었다. 그리고 가족들이 잠든 뒤 모두 게워냈다.

그 뒤로 만은 8월쯤 탈퇴했던 카카오톡에도 다시 가입했다. 이제 대놓고 쌩까도 된다는 건가 싶었지만 차단당할까 봐 한동안 연락을 참았다. 수일 내에 만을 만나러 갈 계획을 세우고 있었기 때문이다. 만나러 왔다는 이야기를 전해야 하니까 차단을 당하면 안 됐다. 그사이 새해가 밝았다. 12월 31일 밤엔 연남동의 작은 술집에서 애인과 술을 마셨다. 나는 아무 말도 하지 않았다. 그런 나를 보며 애인이 너 이대로 만을 안 볼 생각이야? 하고 물었다. 봐야지, 하고 대답했다. 작고 조용한 술집인데도 열두 시가 가까워오자 사람들이 흥분했고, 다들 소리 높여 카운트다운을 외쳤다. 우리 둘만 조용했다. 곧 2013년이 되었고, 나는 애인에게 표정 없이 새해 복 많이 받아,라고 했다. 그가 슬픈 얼굴로 웃었고, 그런 애인을 보며 차라리 저 사람이 강남 한복판에서 나를 발로 차고 주먹으로 때려도 이렇게까지 고통스럽진 않을 거라고 생각했다.

그날 집으로 돌아와 밤새 편지를 썼다. 낯 뜨거워 우리끼리는 그런 편지를 주고받은 적이 없는데, 낮에 한 시간 동안 골라서 산 편지지에 그동안 만으로 인해 느꼈던 행복과, 만이 내게 어떤 존재인지, 나만 행복해서 미안했다는 말과, 지금까지도 이유를 알지 못해서 미안하다는 말을 적었다. 말로는 다 할 수 없을 것 같아서였다. 그렇게 뜬눈으로 밤을 지새웠다. 편지를 쓰고 조금 울다 보니 새벽 여섯 시가 되었고,

오랫동안 외출 준비를 했다. 그리고 인덕원으로 향했다. 여름에 막연히 만의 본가가 산본에서 인덕원으로 이사했다는 이야기를 들어서 전날 인덕원에 사는 동기에게 조용히 이야기할 만한 카페가 어디인지 물어놓은 상태였다. 여름 방학 때 이사한 만네 집에 가자 가자 해놓고, 각자 졸업 준비와 취업 준비로 바빠서 못 간 것이 두고두고 후회됐다. 주소를 몰라 동기가 알려준 대로 인덕원역 4번 출구로 나갔더니 커다란 카페베네가 있었다. 그곳에 자리를 잡고 만에게 메시지를 보냈다. 인덕원역 4번 출구 앞 카페베네에 있다고. 안 보더라도 이런 방식은 아닌 것 같다고. 얼굴 보고 이야기를 나누자고. 나올 때까지 기다리고 있겠다고.

만은 바로 확인했고, 나는 곧 만을 만날 생각에 긴장되어 호흡을 가다듬었다. 하지만 몇 시간이 지나도 만은 나오지 않았다. 그날 나는 세 통의 메시지를 보냈고, 만은 모두 바로 확인하고 아무 대답도 하지 않았다. 기다리지 말라는 말도 없었다. 도대체 뭐가 잘못된 건지 막막해서 나는 중학교 친구들에게 메시지를 남겼다. 우리도 어릴 때 많이 싸웠잖아, 그런데 그때 너희들은 내 어떤 점이 그렇게 싫었어? 하고. 친구들이 전화를 걸어왔지만 받지 못했다. 조금 진정한 뒤에 전화를 걸어 사정 설명을 하니 수화기 너머에서 친구가 만? 네 친구? 하면서 같이 울었다. 그때까지만 해도 '만'이라고 하면 내 주변 사람들이 다 알아들을 수 있었다. 친구에게 네가 왜 울어? 하고 물으니 너희가 그렇게 날 떠난다고 생각하니까 너무 슬퍼서,라고. 친구는 내게 울지 말라고, 그 자리 대신 다 채워주겠다고 했다. 정말 고마운 말이었지만 위로가 되지는 않았다. 그건 아무도 메워줄 수 없는 자리였다. 심지어 다시 만이 돌아온다고 할지라도 불가능했다.

아침 아홉 시부터 기다리다가 밤 열 시가 되어 카페에서 나왔는데, 진눈깨비가 내리고 있었다. 나는 H에게 전화를 걸었다. H는 너 정말 거길 간 거야? 하고 혀를 찼다. 그러고는 만득아, 이제 정말 끝난 것 같아. 이건 정말 만이 잘못한 거야. 독한 년. 독한 줄은 알았는데 이렇게까지 독한 줄은 몰랐네. 너도 얼른 기운 차려, 하고 말했다. 나는 누가 보든 말든 엉엉 울면서 홍대입구역까지 왔다. 교통 카드를 찍고 나오니 애인이 기다리고 있었다. 그는 나를 안아주고 등을 쓸어주면서 잘했어, 수고했어, 하고 말해주었다. 그날부터 동생과 함께 살기로 했던 터라, 나는 다시 지하철 화장실에 가서 세수를 했다. 밖에서 기다리던 애인에게 어때? 티 안 나지? 하고 물었더니 그가 응, 예쁘네, 하고 말했다. 우리는 동생을 만나서 동생이 가고 싶다고 한 튀김집에 갔다. 애인은 내 눈치를 살피느라 잘 먹지 못했고, 나는 또 과식을 했다. 그래야 동생이 눈치채지 못할 거라 생각했다.

두 달 후 동생과 나는 신촌으로 이사를 했다. 이사를 마치고 짐 정리를 하던 동생이 느닷없이 그런데 요즘 만 언니 안 놀러 오네? 하고 말했다. 너무 갑작스러운 질문이어서 나는 괜찮은 척을 준비하지 못했다. 울음부터 터지자 동생이 무슨 일이냐고 물었다. 나는 지금까지 있었던 일을 말했다. 마주 앉은 동생이 같이 울면서 씨발년이네, 정말 씨발년이네, 하고 말했다. 그즈음 페이스북에 밀리기 시작하던 싸이월드 애플리케이션에는 매일 '몇 년 전 오늘'을 보여주었다. 그래서 나는 매일 아침 만과 찍은 사진을 봐야 했다. 그래도 알림을 끄지 않았고, 꿈에는 만이 매일 다른 모습으로 나왔다. 멀리서 걸어오는 만을 보며 인사를 해야 하나 말아야 하나 고민을 하다가 만이 먼저 인사를 건네면 안도하는 꿈에서, 만과 친구들에게 따돌림을 당하는 꿈, 만과 싸우는 꿈, 그리고 만이 미안하다고 하는 꿈. 꿈에서 만은 종종 특유의 능청스러움으로 아무 일도 없던 것처럼 굴었고, 나는 좋으면서 화난 체를 하다가 잠에서 깼다. 그러면 한동안 꿈인 것을 자각하지 못하고 기분이 좋아 만에게 전화를 걸다가, 순간적인 깨달음과 함께 허겁지겁 종료 버튼을 눌렀다. 그런 날에는 아무것도 하지 못했다. 벽을 보고 누운 채로 울기만 하다가 동생이 퇴근할 즈음이면 겨우 세수를 하고 잠든 척을 했다.

아주 가끔씩 사람을 만났는데 만나는 사람마다 만의 안부를 물었다. 정말 몰라서 모른다고 하면 싸웠는지 물었고, 싸운 건 아니니까 아니라고 했다. 그럼 왜?라는 질문이 이어졌다. 여태까지 있었던 일을 말할 수도 없어서 대충 유학을 갔어요, 멀리 떠났어요, 거짓말을 했다. 이런 이야기를 하던 끝에 차라리 죽었다면, 하고 생각했다. 차라리 내 눈앞에서 덤프트럭에 치여 죽었다면 나는 이렇게까지 망가지지 않았을 것 같았다. 내가 얼마나 하자가 많으면 그렇게 사랑해주던 친구가 이런 방식으로 나를 떠났나, 하는 생각을 떨칠 수가 없었다. 그런 식으로 가끔 만나던 사람들까지도 만나지 않게 되었다. 매일 아침 눈을 뜨면 저장된 연락처를 하나씩 지웠다. 서울에서 함께 집에 가다가 헤어졌던 금정역이나, 만이 자취했던 왕십리 근처에는 가지도 못했다. 새로 만난 대학원 사람들에게는 늘 날이 서 있었고, 걸어 다니면서 우는 게 일상이 되었다. 그제야 Y가 생각났다. 내가 Y에게 했던 일이 어쩌면 고작 부채감 따위로 정의할 수 없는 일이었을지도 모른다고. 나는 Y에게 연락을 했다.

Y는 이번에도 애교 섞인 목소리로 만득이, 하고 전화를

받았다. 나는 우리 만날까, 했고 Y는 좋지, 하고 말했다. 우리는 홍대의 한 곱창집에서 만나 어색하게 근황을 나눴다. Y는 술을 잘 마시지 못했다. 우리는 식어가는 곱창을 앞에 두고 이따금 흐르는 어색한 정적을 견뎌야 했다. 나 혼자 술을 조금 마셨고, 그 기운으로 Y에게 고등학교 때 일에 대해 이야기했다. 이래서 나는 힘들었다고. 그래도 그러는 게 아니었는데, 미안하다고. Y는 눈시울을 조금 붉혔고 환하게 웃으면서, 그랬구나, 네가 드디어 말해주는구나, 하고 말했다. Y는 그 이유에 대해 한 번도 묻지 않았지만 내내 궁금했던 것이다. 당연한 건데 여태 그 생각을 하지 못한 게 미안했다. Y는 연기를 시작했다고 했다. 연기를 하다 보니 다양한 사람을 이해하게 되었고, 그래서 자신의 모습에 대해서도 많이 반성하게 되었다고 했다.

그 뒤로 Y와는 종종 연락을 주고받는다. 어쩌다 우리가 글을 쓰고 연기를 하게 되었을까, 가난 대체 뭘까, 우리 후회하면 어떡하지? 하면서. 만이 사라지고 나는 만과 함께 만나던 친구들도 더 이상 만나지 않게 되었다. 그건 내가 노력한다고 해서 막을 수 있는 일이 아니었다. 이따금 고등학교 친구들을 만나 내가 Y와 연락한다는 이야기를 하면 깜짝 놀랐다. 걔 이야기는 정말 오랜만이다, 걔 진짜 이기적이었는데, 하면서도 그 끝엔 항상 그래도 걔가 너는 정말 좋아했었지, 하고 입을 모았다. 그러면 나는 Y가 배우를 하고 있다는 소식과, 그래서 이런 생각을 하게 되었대, 하는 등의 이야기를 전했다. 나는 내가 수시에 합격했다는 소식이 담임 선생님을 통해 공식적으로 알려지고 난 뒤, 식사를 하고 돌아왔을 때 책상에 붙어 있던 Y의 메모를 떠올렸다. Y는 진심으로 축하한다고 했다. 메모를 보고 Y의 자리를 쳐다보니 Y는 등을 동그랗게 말고 문제집을 풀고 있었다. 그때 시기나 부러움 없이 축하만 해준 건 만과 Y뿐이었다. 여전히 내가 건네는 사소한 메시지와 연락에도 행복해하는 Y를 보며, 나는 자주 미안한 마음이 든다.

만이 사라지고, 혹시 내가 양성애자는 아닐까? 어쩌면 레즈비언이 아닐까? 하고 생각했던 적이 있다. 사실은 양다리였는데 만이 여자라서 몰랐던 건 아닐까 하고. 그래서 레즈비언 바에도 기웃거려 보았지만 그 꼴을 본 동생이 언니는 이성애자야, 남자를 그렇게 좋아하는데, 하고 말했다. 여전히 내 팔에 매달려 만득앙, 하고 부르는 Y를 보면 이상하게 그때 생각이 난다. 이제는 오랜만에 만난 친구들 중 누구도 나를 만득이라고 부르지 않는다. 학교 다니는 내내 이름으로 불렸던 적이 거의 없어서 호명되는 내 이름을 듣고 있으면 어쩐지 외롭고 쓸쓸해진다.

얼마 전까지만 해도 나는 만을 원망했었다. 아무리 내가 싫어도 그렇지 이런 식은 정말 아니지 않나, 하고. 하지만 그보다 자주 사라진 이유를 궁금해했고, 그럴 때마다 그건 정말 알 수 없는 일이라는 생각을 했다. 이제 와서 만이 이야기해준다 한들, 믿을 수도 없을 것 같았다. 어쩌면 만은 가장 잔인하게 나를 벌주기 위해서 오랫동안 고민했을지도 모른다. 고민 끝에 이런 방식을 택했을지도. 거기까지 생각이 가 닿으면 더 이상 만을 탓할 수만은 없게 된다. 만이 그렇게밖에 할 수 없게 만든 것은 결국 나였을 테니까.

요즘은 떠나간 누군가보다는 그가 떠난 텅 빈 자리와 멈춰버린 시간에 대해서 자주 생각한다. 그 끝엔 필연적으로 상실이라는 단어를 떠올리게 된다. 열일곱의 내가 Y에게 남긴 상실은 앞으로의 내가 아무리 노력해도 완전하게 메우지 못할 것이다. 만이 남긴 상실의 기억을 아직까지도 선명하게 기억하는 것처럼. 요즘 들어 Y는 좋은 대학에 가서 모든 것을 포기하고 배우의 길을 택한 것을 후회할까 봐 자주 두렵다고 한다. 그런 이야기를 나눌 때면 돌이킬 수 없게 되어버린 것들이 너무 많다는 생각이 든다. 그리고 한편으로는 Y와 이런 이야기를 나눌 수 있다는 것이 감사하기도 하다. Y

는 내게 미안해하지 않아도 된다고 하지만, Y는 내가 뭘 미안해하는지, 얼마나 미안해하는지 모를 것이다. 가능하기만 하다면, 다시 열일곱 살로 돌아가 Y를 안고, 나를 좋아해줘서 정말 고맙다고 말할 것이다.

그러나 그런 생각 끝에는 언제나 떠오르는 얼굴이 있다. 정말 열일곱 살로 돌아갈 수 있다면, 나는 어떤 선택을 하게 될까. 눈만 마주쳐도 웃음이 터지는 시간들이 분명히 있었지만, 새해 첫날 진눈깨비가 내리던 인덕원역의 낯선 풍경도 차갑고 선명하게 남아 있다. 그래도 나는 역시 만과 다시 친구가 될 것 같다. 지금까지 있었던 모든 일이 반복된다 하더라도, 잠시도 깨어 있기 싫었던 시간들을 다시 겪어내야 할지라도, 그 선택 말고는 어떤 모습도 떠올릴 수 없다. 나는 여전히 내 욕심이 우선이라서, 나밖에 생각할 줄 모르는 사람이라서.

껍데기의 의미

—

충냉자는 충헌과 래홍을 합쳐 부르는 말이다. 충헌은 내 친구 중에 제일 못생긴 애고 래홍은 내 친구 중에 제일 멍청한 애로, 이건 어디까지나 내 친구 중에서지만 상당 부분 보편적인 기준이기도 하다.

우리는 모두 다른 고등학교에 진학했다. 그래도 둘은 동네 학교여서 자주 만날 수 있었는데 나는 아니었다. 주말에만 잠깐 집에 오면서 자연스럽게 만날 수 있는 사람이 좁혀졌고, 그나마도 못 보고 학교로 돌아가는 날이 많았다. 그래도 충냉자는 간간이 만났다. 공부 좀 했던 충헌은 내게 새로운 입시 정보에 대해 꼬치꼬치 물었지만 나는 별 도움을 주지 못했다. 내가 갖고 있는 정보는 이미 충헌도 알고 있는 정보였다. 우리는 하나 마나 한 이야기를 계속했고, 그런 이야기를 나눌 때면 래홍은 지루한 표정으로 핸드폰만 했는데, 모의고사를 망치고 전화를 걸면 언제나 세상 해맑게 전화를 받아주었다. 나는 울 준비를 하고 있다가 래홍이 여보세요? 하면 냉자, 나 전학 가야 하나 봐, 하며 준비한 울음을 터트렸다. 그러면 래홍은 왜 또 지랄이야 미친놈아,라고 했다. 누가 들을까 봐 쉬는 시간 대신 자습 시간에 몰래 전화를 하곤 했는데, 매점 공중전화 앞에서 주위를 살피며 나 아무래도 우리 반 꼴찌인 것 같아, 어쩌면 전교 꼴찌일 수도 있어, 지금까지 나보다 점수 낮은 애를 못 봤어, 하고 엉엉 울었다. 래홍은 몇 점인데? 하고 물었다. 내가 점수를 말하면, 래홍은 흥분된 목소리로 야 씨발, 너 우리 반 1등보다 점수 높아, 하고 말해주었다. 래홍은 나를 위로할 생각이 아니라 정말 신기해서 말한 것이지만, 그 말을 들으면 나는 안심했다. 그리고 듣고 싶은 말을 들었으므로 남은 시간 동안 편안하게 공부를 할 수 있었다.

대학에 가서도 우리는 자주 보지 못했다. 나는 서울에 자리를 잡았고 충냉자는 동네에 남았기 때문이다. 동네에서도 서로의 집이 조금씩 떨어져 있어서 주로 번화가에서 만나고 헤어졌다. 그래도 애들이 돈을 벌기 시작한 뒤로는 그냥 술이 마시고 싶다거나, 한강에 가고 싶다거나, 포켓몬을 잡고 싶다는 둥 갖은 이유로 불쑥불쑥 서울에 왔다. 그런 날이면 나는 평소에 자주 갔던 술집이나, 가고 싶었던 술집으로 애들을 안내했고, 애들은 촌놈답게 해외여행이라도 온 것처럼 그 기분을 만끽했다. 이 애들이 본격적으로 서울에 자주 오기 시작한 건 2017년 초부터였다. 매주 주말이면 두 시간 넘게 지하철을 타고 올라왔다. 그때 나는 고작 남자 하나 때문에 애들이 평소처럼 놀려도 아무 반응도 하지 못했다. 반응은커녕 가만히 앉아서도 눈물이 줄줄줄 흘러서 애들은 심각한 얼굴로 이 새끼야, 하며 한숨을 쉬었다.

그날 아침에는 래홍의 전 여자 친구 N의 결혼식이 있었다. 그 애도 동창이었지만 결혼식은커녕 집 앞에 잠깐 나가는 것도 힘들어서 나는 암막 커튼을 쳐놓은 방에서 그냥 시간을 견디고 있었다. 그런데 충냉자가 갑자기 서울에 온다고 했다. 몇 시냐고 물으니 밤이라며 거의 다 왔다고. 싫어, 그냥 너희 둘이 놀아,라고 했지만 애들은 아 그러지 말고 나와, 너희 집으로 가면 돼?라고 했다. 하는 수 없이 벗어놓은 옷을 그대로 주워 입었다. 일주일에 한 번 병원 갈 때만 잠깐 입는 것들이었다. 잠깐 입고 벗어놓기를 반복해서 몇 주째 외출할 땐 똑같은 차림이었다. 나는 롱패딩을 뒤집어쓰고 눈만 내놓은 채로 집을 나섰다. 주머니에 손을 넣고 허정허정 걷다 보니 멀리서 야, 하고 부르는 소리가 들렸다. 고개를 들어보니 충냉자의 실루엣이 보였다. 그렇다고 뛰지는 않았다. 애들이 저 새끼 걸어오는 꼴 좀 봐, 하면서 혀를 쯧쯧 찼지만 아랑곳하지 않고 느릿느릿 걸어갔다.

우리는 신청곡을 틀어주는 분위기 좋은 술집에 갔다. 그래도 애들이 왔으니까 나는 아무 말이라도 했다. 그즈음 나는 말을 잃어버렸다는 생각을 종종 했다. 내가 얼마나 힘든지 어떤 말로도 표현할 수가 없었기 때문이다. 그냥 슬퍼요, 비극인 거예요, 하고 말할 뿐. 그런 말들로는 내 슬픔을 다 담을 수 없다는 게 언제나 괴로웠다. 하지만 그 말밖에 달리 할 수 있는 말도 없어서 말을 잘 못하는 사람이 되었다고 생각한 것이다. 그래서 애들을 앞에 앉혀두고 너네는 도대체 왜 온 거냐, 나는 그래도 네 친구라서 N의 결혼식에 안 갔어, 하는 둥의 실없는 말만 해댔다. 그럼 래홍은 지가 안 가놓고 왜 내 핑계를 대냐며 성을 냈고, 충헌은 나도 네 친구라 안 갔어, 그런데 신랑이 되게 잘생겼대, 하고 나를 거들었다. 그래도 막상 그렇게 마주 앉아 있으니 나는 실실실 잘도 웃었고, 힘들지 않은 건 아니었지만 힘을 조금 낼 수는 있었다. 그런 와중에도 속이 너무 갑갑해서 자주 씨발, 씨발, 혼잣말을 했고 그럴 때마다 충냉자는, 얘 틱 장애가 생긴 것 같은데? 하고 심각한 표정으로 나를 쳐다보았다. 나는 씨발, 아니거든? 하고 래홍을 위한 곡을 신청했다. 신청곡은 슈퍼키드의 '청첩장'이었다. 그걸 틀고 창밖을 내다보고 있으니 애들은 저 새끼 이제 괜찮은가 보네, 하고 술을 마셨다.

우리는 술집 몇 군데를 더 전전하고 함께 집으로 돌아왔다. 이미 많이 취했지만 집에 오니 동생이 새로운 술판을 깔았다. 그렇게 넷이 앉아 이런저런 이야기를 나눴다. 나는 좀 힘에 부쳐 벽에 등을 기대고 동생과 애들이 웃으며 주고받는 이야기를 들으면서 눈물이 나면 닦고, 또 나면 또 닦았다. 애들은 울지 말라는 말 대신 그냥 휴지를 던져주거나 동생에게 쟤 평소에도 저래? 하고 물었다. 동생은 응, 많이 힘든가 봐, 하면서 내 등을 쓸었고, 그럼 나는 얼마간 소리를 내며 울다가 지쳐서 그쳤다. 그전까지 충냉자는 내게 따뜻한 말 한마디 건넨 적이 없었는데 그즈음에는 일부러 나한테 져주고, 맞춰주고, 때때로 다정한 마음을 돌려 말하지 않기도 해서 고맙기도 했고 더 슬프기도 했다. 내 팔뚝을 잡고, 아휴 이 새끼야, 팔이 이게 뭐냐, 하는 말과 표정 속에 정말 속상함이 묻어 있어서 너희가 이런 말도 할 줄 아는구나, 이런 말까지 하게 되었구나, 하고 생각했다.

그날 동생과 애들이 방에서 자는 동안 나는 잠이 오지 않아 오랜만에 노트북을 켜고 글을 썼다. 시련을 견디는 동안 기억이 흐릿해지기 전에 좋았던 시간을 오롯이 기록하고 싶었기 때문이다. 아마도 그때까지 나는 상대를 오해했고, 그래서 그 사람도 나를 존중해줄 거라 기대했던 것 같다. 그러니까, 언젠가 어지러운 마음이 정돈되면 다시 나를 찾아와 미안하다고 해줄 거라 생각했다. 나에게 예의를 갖춰줄 거라 착각했다.

한 달 동안 맥락 없는 잠수가 여덟 번 있었다. 큰맘 먹고 내가 정리하겠다고 하니 그제야 녹초가 된 나를 찾아왔다. 그때 부탁했으니까. 나를 보지 않아도 괜찮으니 잠수만은 타지 말아 달라고. 나를 납득시켜주기만 하면 힘들겠지만 건강하게 이겨낼 수 있다고 했으니까. 그때 나를 보고 알았다고, 그럴 일은 절대 없을 거라고 했으니까. 그러니까 조금 시간이 걸리더라도 한 번은 찾아와 줄 거라 믿었다. 그럴 가능성이 전혀 없어 보였음에도 마음 한편에는 그래도, 하는 믿음이 단단하게 자리했다.

방에서 흘러나오는 세 명의 코골이 소리를 들으며 나는 거실에 마른 장작처럼 앉았다. 그리고 그 사람과 만났던 첫날부터 기억나는 모든 것을 적기 시작했다. 그는 나를 좋아하지 마,라고 했을 때 잠깐만 만나달라며 집 앞 계단에 앉아 새벽 내내 기다리던 사람이었다. 왜 그렇게 마음을 안 열어주는 거야? 하고 묻기에 나는 두 시간 동안 사라진 만의 이야기를 들려주었다. 제일 사랑한 친구가 이유도 알려주지 않은 채 나로부터만 사라졌다고. 그래서 나는 자꾸만 내가 미웠다고. 도대체 내게 얼마나 큰 문제가 있으면 그렇게 친밀했던 친구가 이런 방식으로 나를 떠났나, 하루에도 수십 번씩 자책했다고. 그러니까, 혹시 나를 가지고 장난을 치는 거라면, 지금이라도 그만해달라고. 그러자 그가 슬픈 눈으로, 내가 사라질 것 같아? 하고 물었다.

내가 글을 쓰는 동안 셋은 화장실에 가기 위해 번갈아 거실로 나왔다. 눈을 비비며 안 자? 하고 동생이 쉬를 하고 들어가면, 한 시간쯤 지나 래홍이 얼굴을 잔뜩 구기고 나와서는 여태 안 자냐? 하더니 변기에 얼굴을 박고 토했다. 조금 더 있으니 충헌이 일어났고 미친년아 잠 좀 자, 하고 화장실에 들어갔다. 그 집 화장실은 책상과 가까이 있었는데 문이 제대로 맞물리지 않아 완전히 닫히지 않았다. 나는 미세하게 벌어진 틈 사이로 충헌이 설사하는 소리를 들으며 정말 더럽다고 생각했다. 잠은 달아난 지 오래였다. 기록하는데 속도가 붙자 마음이 급해져서 점점 정신이 또렷해졌다.

그러다 보니 배가 고팠다. 충헌이 나오면 밥을 먹자고 해야지, 생각했는데 충헌은 좀처럼 나오지 않았고 자꾸만 뿌지직뿌지지직 하는 소리만 들렸다. 한참 뒤에야 물 내리는 소리가 들렸고, 그사이 충헌에게 편의점에 가자고 할 마음이 부풀어서 충헌이 나오자마자 충, 충, 우리 편의점에 가자, 하고 말했다. 나 김밥이랑 짜파게티가 먹고 싶어. 충헌은 뭔 개소리냐는 표정으로 나를 보더니 턱 끝으로 화장실을 가리키며 방금 소리 못 들었냐? 하고 방으로 다시 들어갔다. 하는 수 없이 나는 아침까지 글을 썼다. 그리고 언젠가 이것을 소설로 쓰겠다고 다짐했다. 그 소설은 다신 없을 사랑에 대한 기록일 것이라고. 그런 징그러운 생각을 하면서 일곱 시쯤 혼자 편의점에 가서 먹을거리와 애들에게 먹일 숙취 해소제 세 병을 샀다. 내가 김밥과 라면을 다 먹을 때까지 아무도 일어나지 않았고, 그때까지도 나는 졸리지 않았다. 열두 시쯤이 되자 한 명씩 일어나기 시작했고, 그제야 나는 조금 멍해져서 좀 자야겠는데, 하고 말했다. 배고프다고 투덜대는 애들한테 응, 삼십 분만, 하고 침대에 누웠다. 그렇게 한 시간쯤 선잠을 잔 뒤에 우리는 늦은 점심을 먹으러 갔다. 주문한 식사가 나오기까지 배고파죽겠다고 하도 칭얼대서 그 정도는 아닌데,라고 하자 애들은 지 혼자 뭘 먹어서 재가 느긋한 거라고 했다. 그러니까 내가 편의점에 가자고 했잖아, 하며 나는 된장국을 떠서 한 명씩 나눠주었다. 그날 동생은 출장을 떠났고, 애들은 오산으로 돌아갔다. 다시 혼자가 되니 집이 전보다 적막한 느낌이었다. 나는 바로 눕는 대신 노트북을 켰고, 어제 적어놓은 메모를 토대로 소설을 쓰기 시작했다. 그리고 그날 쓴 글을 충냉자에게 보여주었다. 애들은 지랄을 한다면서도 잘 읽히네,라고 해줬다.

그 후로도 나는 자주 무너졌다. 헛된 기대를 품었다가 현실을 자각하게 될 때마다 끝도 없이 서러워졌다. 왜 나에게 이렇게까지 하지? 따져 묻고 싶었지만 어딜 가야 그를 만날 수 있는지 알 수 없었다. 그렇게 대책 없이 눈물이 나올 때면 충냉자에게 번갈아가며 전화를 걸었다. 그러고는 아무 말도 하지 않고 가만히 울었다. 우리끼리 다정한 말을 건네기에는 여전히 너무 낯간지러워서 애들은 대부분 들어주기만 했는데, 때때로 그래 쉬어, 들어가,라고 말해주기도 했고, 또다시 서울에 찾아와서 술을 사주고 밥을 사주기도 했다. 게다가 그즈음에는 엄마가 이사를 했는데, 마침 애들과 같은 동네여서 우리는 굳이 시내가 아니더라도 오 분 거리에서 모였다가 헤어질 수 있었다. 동생이 출장에서 돌아왔을 때 나는 엄마에게 내려갔고, 동네의 오래되고 작은 주점에 셋이 모여 하릴없이 시간을 보냈다. 애들은 번갈아가며 불쌍한 새끼, 하고 술을 마셨다. 그럴 때마다 나는 정말 다시는 안 찾아올까? 지난번에도 이런 식으로 사라졌는데 결국엔 다시 나타났잖아, 하고 말했다. 애들은 그 새끼라면 또 올지도 모르는데, 와도 받아주지 마. 진짜 소시오패스 같아,라고 했다. 그 말을 듣자마자 와? 연락이 와? 하고 물었다. 애들은 미친년, 하면서 고개를 젓더니 단, 걔한테 연락이 올 때까지 너는 한 번도 연락을 해선 안 돼, 네가 연락을 하면 절대 안 와, 하고 말했다. 그건 너무 어려운 일이었다. 그러다 그가 나를 영영 지워버릴까 봐 무서웠다. 아무래도 안 올 것 같아, 다시는. 나는 고개를 푹 숙였다. 그러자 충헌이 내기할래? 하고 말했다. 2월 초였는데, 3월 31일까지 연락이 오지 않으면 내가 이기는 걸로, 오면 충냉자가 이기는 걸로 하자고. 우리는 오만 원씩 걸었고, 만약에 내가 이기면 둘이 돈을 모아 내게 십만 원어치 옷을 사주기로 했다. 꼬까옷 입고 꽃놀이 가서 훌훌 털어버리자고. 나는 피식 웃었고, 녹음을 하자고 했다. 우리는 술집 앞에서 헤어졌다. 데려다주지 않아도 괜찮겠냐는 물음에 그냥 손을 흔들었다. 그렇게 세 갈래로 흩어져 각자 집으로 향했다. 애들이 멀어지는 것을 확인하고 나서야 나는 엉엉 울었다. 그리고 당장 병원비도 없는 주제에 십만 원을 써도 좋으니 제발 내기에서 지기를 바랐다. 하지만 몸이 녹는 기분으로 한 달 동안 연락을 참았음에도 불구하고 그는 아무 연락이 없었고, 나는 내기에서 이겼다. 31일 자정까지 꽉꽉 채워 기다렸지만 결국 승리를 인정해야만 했다. 자정이 지나니 4월 1일 만우절이었다. 이 모든 게 거짓말이었으면 좋겠다고 생각했지만, 애들은 자기들도 거지인 주제에 약속대로 옷을 사주겠다고 했고, 나는 긴 새벽 내내 〈중경삼림〉을 보다가 정말로 십만 원을 꽉꽉 채워 옷을 골랐다.

그 시간을 견디면서 썼던 글은 중간에 멈춘 채로 삼 년째 묵히고 있다. 그 글을 쓸 때까지만 해도 다신 없을 사랑에 대해 기록하려고 했는데, 그게 빈껍데기라는 걸 알아버렸기 때문이다. 몇 번이나 차갑게 대했는데도 꾸준히 좋아한다고 했던 사람이니까, 그 사람을 알고 나서부터는 신기하게도 만 생각이 조금도 나지 않았으니까, 나도 다시 행복해질 수 있을 거라 기대했다. 몇 번이나 돌다리를 두드려봤다고 생각해서 마음을 활짝 열어버렸더니, 그는 너무 똑같은 방식으로 사라졌다. 이미 열어버린 마음을 닫는 방법은 여전히 알지 못해서 나는 전에 그랬던 것처럼 이번에도 막연히 그를 찾아 나섰다. 하지만 막상 밖으로 나오니 어디로 가야 그를 만날 수 있는지 몰랐다. 그래서 발이 닿는 대로 무작정 걸었다. 대흥역 주변으로 이사했다고 했으니까 대흥역으로 갔다가, 여의도에서 일한다고 했으니까 여의도로 가보는 식이었다. 그렇게 칼바람을 맞으며 한참을 서 있어도 그를 만날 수 없었다. 그제야 그에 대해서 아는 게 아무것도 없다는 것을 알았다. 그건 너무 충격적인 자각이었다. 그가 했던 말, 지었던 표정, 행동, 모든 게 거짓이었다는 것, 심지어 어디 살고 있는지, 친구가 누구인지조차 모른다는 것이.

그런데 그렇게 접어두었던 소설을 최근 다시 꺼내보았다. '다신 없을 사랑' 대신 '껍데기'라고 생각했던 것에 대해서 쓰고 싶어졌기 때문이다. 계절이 두 번 더 바뀌고 나서야 그가 사라진 이유가 고작 양다리였다는 것을 알게 되었고, 그때 그는 다른 여자와 결혼을 앞두고 있었다. 그새 아이도 생겼다고 했다. 지금의 나는 그를 생각하면 잔인한 상상밖에 떠올릴 수 없을 정도로 그를 증오한다. 하지만 그때의 나는 그를 진심으로 사랑했다. 물론 그 사랑은 그의 허술한 거짓말과 그에 대한 나의 무지로 축조된 텅 빈 껍데기였지만. 하지만 그것이 껍데기였다고 해서 내가 느낀 감정들까지 가짜가 되는 건 아니었다. 만이 사라지고 다시는 행복할 수 없을 거라고 생각했는데, 그 사람과 함께 있을 때에는 이대로 시간이 멈춰버리기를 자주 바랐으니까. 그건 다신 없을 사랑도 아니었지만, 그렇다고 아무 의미 없는 껍데기 역시 아니었다. 그 이중성에 나는 자주 골몰한다.

그리고 소설을 어떻게 풀어나갈 수 있을지 고민한다. 이어 쓴다 해서 완성할 수 있을지는 잘 모르겠지만. 다시 소설을 쓰겠다는 내 말에 충냉자는, 이걸로 대박 나면 그 새끼는 너를 망치러 온 너의 구원자네, 하고 김칫국부터 마셨다. 물론 생각을 안 하고 사는 편이 가장 편하겠지만, 그건 내 의지로 할 수 있는 일이 아니기 때문에 나는 쓰다 만 글을 자주 들여다본다.

여름을 기다리며

—

대학에 다니면서 딱 한 번 휴학을 했다. 4학년 1학기를 앞둔 때였는데, 학교 다니는 게 딱히 힘든 것도 아니었고, 여행을 하고 싶다거나 돈을 벌어야 하는 이유가 있는 것도 아니었다. 그냥 남들 다 하니까 한번 해보고 싶었다. 생각보다 대학 생활이 순식간에 지나간 것도 한몫했다. 수업을 듣고 공부하고 시험을 치르는 건 모두 적성에 맞았는데, 그 뒤에 뭘 할지는 생각해본 적이 없었다. 계속 이렇게 새 학기가 시작되고, 한 주의 리듬이 적응될 무렵 학기가 끝나고, 방학을 즐기다가 다시 새 학기가 되는 삶을 누리고 싶었다. 그렇게 영원히 대학생이어도 괜찮을 것 같았다. 아무래도 대학생이 체질인 것 같다면서 생각 없이 지내다 보니 쓸데없이 학점만 높았다. 이대로 졸업한다면 어디에 취직할 수 있을지도 모르겠고, 어디에 취직할지 모르니 뭐부터 준비해야 할지도 몰랐다. 그런 걸 생각하고 있으면 막막하니까 일단 쉬기로 했다. 목돈 마련을 위한 장기 아르바이트나 어학연수, 워킹 홀리데이 등 여러 가지 핑계를 두고 고민하다가 내가 고른 휴학 사유는 휴학도 학생 때나 할 수 있는 거니까,였다. 이것도 안 해보면 나중에 후회할 테니까.

휴학 절차는 생각보다 훨씬 간단했다. 휴학 신청서 한 장이면 됐다. 휴학 후의 계획이 없었으므로 나는 여전히 학교 앞 자취방에 살면서 청강도 했다. 아무도 내 휴학을 눈치채지 못했다. 달라진 점이 있다면 카페 오전 아르바이트를 시작했다는 점이었다. 마침 십 년 내내 하고 싶은 걸 찾지 못해 방황하던 애인이 서른이 되던 해였고, 소설이 쓰고 싶어졌다고 하기에 그럼 내가 돈을 버는 동안 글을 쓰라고 했다. 나는 아직 많이 어리니까 내가 먼저 너를 돕겠다고. 애인의 등단 준비는 충동적인 나의 휴학에 이상한 타당성을 만들어줬다. 애인이 아직 자거나 오전 수업을 듣는 동안 나는 카페 오픈 준비를 했고, 오후 두 시에 퇴근하고 나면 애인과 함께 오후 수업을 들었다. 저녁이면 내 방에서 애인이 글을 쓰는 동안 학교 앞에서 동아리나 과 사람들과 술을 마셨다. 학기 중의 모든 행사에 참여했고 그때마다 나는 마지막까지 남았다. 그렇게 한 학기가 또 지나갔고 내 휴학은 별거 없이 막을 내렸다. 돈을 모으지도, 영어 공부나 자격증 공부를 하지도 않은 채 복학하고 나니 마음이 조급해졌다. 그제야 어딜 가도 컴퓨터는 할 줄 알아야겠지 싶어서 전 재산을 털어 컴퓨터 학원에도 다녀보았지만, 기계 머리가 조금도 없는 나는 수강 기간 동안 엑셀 하나 터득하지 못했다. 이럴 줄 알았으면 영어 학원이나 다닐걸, 하는 사이 졸업까지 한 학기밖에 남지 않았다. 그 와중에 취직에 도움이 될 것 같은 편집 기술론 대신 소설 창작 수업을 신청해버렸고, 그 수업은 대학 시절을 통틀어 제일 공들여 들은 수업이 되었다.

그렇다고 이전까지의 소설 창작 수업을 대충 들은 것은 아니었다. 학부 내내 내가 제일 좋아하는 수업은 언제나 소설 창작이었다. 거창한 이유가 있는 건 아니었다. 들인 노력에 비해 학점이 잘 나왔고, 시험을 보지 않아도 됐으니까. 소설 쓰는 과정은 분명히 괴로웠지만 완성했을 때의 희열이 더 컸고, 좋은 글을 읽고 나면 여운 때문에 한동안 아무것도 하지 못했다. 하지만 창작의 기쁨보다는 인정받는 기쁨이 컸고, 책을 읽는 것보다는 핸드폰을 하고 술 마시는 게 훨씬 재미있었다. 문학이 나를 잠 못 들게 하거나, 글 쓰고 싶어서 몸 닮았던 적은 없었다. 당연히 독서량도 친구들에 비해 적었다. 좋아서 읽는 친구들을 의무적으로 읽는 나는 도저히 따라갈 수 없었다. 안 읽고도 읽은 척하는 요령만 키워서 사년 동안 꼭 읽어야 했던 텍스트도 거의 보지 않았다. 그런데 진짜로 좀 더 해보고 싶다는 생각이 들었다. 진로가 막막했던 탓도 있겠지만 4학년 때 만난 선생님의 영향이 컸다. 선생님은 무조건 잘했다가 아니라, 내 문장에서 나도 몰랐던 내 감정을 읽어주셨다. 그냥 썼다고 생각했던 문장이 내 안에서 어떻게 나왔는지를 알게 되니 글 쓰는 일이 훨씬 어려워졌다. 쉽게 쓸 수 있는 문장이 하나도 없었다. 그래도 그렇게 쌓아놓은 문장들을 읽고 있으면 개운하게 운 것 같은 기분이 들었다. 그런 기분을 몇 번 겪고 나니, 쓰는 게 너무 괴로운데 안 쓰는 건 더 괴로운 날이 많아졌다. 선생님은 대학원에 가고 싶다는 나를 만류하며 나를 봐요 진선 씨, 대학원에 가도 별거 없어요,라고 하셨지만 선생님처럼 사람을 깊이 보는 사람이 되고 싶었다. 대학원에 진학한다고 해서 선생님처럼 되는 것은 아니겠지만.

일단 간다고 하니 어쨌든 선생님은 응원해주셨다. 그런데 게으른 내가 원서 접수 기간을 놓쳐버렸다. 이미 접수가 끝났다는 것을 알게 된 날, 내 방에서 글 쓰는 애인을 피해 집 밖으로 나왔다. 그때 나는 학교 쪽문 바로 앞에 있는 술집 2층에 살았는데, 술집 테라스 난간에 걸터앉아 선생님께 전화를 걸었다. 그리고 한 학기를 쉰 데다가 대학원까지 바로 가지 못하면 너무 뒤처지는 것 아니냐며 울었다. 선생님은 진선 씨 이제 겨우 스물넷이라고, 스물넷은 정말 어린 거라고 말씀해주셨다. 전혀 늦지 않았다고. 선생님이 따뜻하게 말씀해주셨고, 잘하고 있다고 해주셔서 네, 하고 전화를 끊었지만 사실은 거의 위로되지 않았다. 스물네 살에게 스물넷은 하나도 어리게 느껴지지 않았으니까. 일 년은 내게 너무 큰 시간이었다.

결국 나는 스물다섯에 대학원에 입학했다. 막상 가보니 선생님 말씀대로 나는 정말 어린 편이었다. 나이는 아무 문제도 되지 않았다. 대신 전혀 다른 이유로 삶의 곳곳에 균열이 일어났다. 사람을 만나는 게 어려워졌고, 당연히 대학원에는 거의 혼자 다녔다. 친한 친구들이 아직 학부에 남아 있어서 저녁이 되면 그 친구들과 술을 마셨고, 그때마다 친구들은 걱정 어린 표정으로 여러 가지를 권유했다. 외국에 나가서 몇 년 살다 온다거나, 여행이나 취직 같은 것을. 그런 이야기를 하면서 친구들은 요즘의 내 모습이 낯설다고 했다. 나는 친구들의 이야기를 들으면서 고개를 주억거렸지만 사실은 아무것도 해낼 자신이 없었다. 능동적으로 어떤 일을 시작할 힘이 내겐 남아 있지 않았다. 그즈음엔 선생님도 외국으로 가셔서 가끔 메신저로 연락하는 수밖에 없었다. 기계적으로 수업을 듣고, 생계를 위한 불규칙적인 일을 하고, 정처 없이 걷다 보니 어느새 대학원 이 년 과정이 끝나버렸다. 남은 건 아무것도 없었다. 다시 진로를 정해야 했지만 어떻게 해야 할지 정말 모르겠어서 일단 졸업을 하기 위해 논문을 쓰기로 결심했다. 하지만 그사이 나는 침대에서 일어나 세수하는 것이 하루의 가장 큰 목표가 될 만큼 병들어버렸다. 솔직하게 근황을 이야기하면 듣는 사람이 참담한 얼굴을 짓는 날이 계속됐다. 집에서 나오기까지, 울면서 돌아다니지 않기까지, 사람을 만나고 대화를 할 수 있기까지 시간을 견디다 보니 수료 후 사 년이 더 흘렀다. 그동안의 삶이 조금도 뒤처지기 싫어 전력 질주하는 것이었다면, 그 사 년 동안의 나는 뒤로 돌아 최선을 다해 거꾸로 달린 것 같았다.

지난주에는 수료 후 처음으로 학사 일정을 알아보았다. 졸업을 하고 어디든 취직해서 밥벌이를 해야겠다는 생각에서였다. 이제야 스물넷은 진짜 어리구나 싶고 스물넷은 이미 너무 먼 일이 되어버렸는데 오히려 조금 여유가 생겼다. 그래도 다시 학교에 가는 건 많이 무서웠다. 학교에 전화해보니 입학한 지 육 년이 지나서 이미 통과한 영어 시험과 종합 시험도 다시 봐야 하고, 연구 등록비도 내야 한다고 했다. 연구 등록비는 무려 내 한 달 생활비와 맞먹었다. 등록 기간은 개강 첫 주 일주일간이었다. 날짜를 받아놓고 막상 개강일이 되니 학교에 가기 싫었다. 정확히는 생기 넘치는 개강 첫 주의 학교에 가는 것이 무서웠다. 가기 싫어서, 너무 가기 싫어서 나는 며칠간 울었다. 학교에 갈 생각만 하면 눈물이 나고 얼굴이 구겨졌다. 그러다가 목요일에 큰맘 먹고 학교에 다녀왔다. 등록 마감일이 금요일이니까 금요일에는 정말 가기 싫을 것 같아서 이왕 가기로 한 거 하루 일찍 다녀오기로 한 것이다. 일어나 씻고, 가방을 꾸리고, 옷을 입고 나오는 데에만 세 시간이 걸렸지만 어쨌든 밖으로 나갔고, 한 정거장 전에 내려서 걸어갔다. 학교는 그사이 많이 변해서 좁은 이 차선 도로는 사 차선으로 넓어졌고, 낮은 주택과 상가가 밀집했던 골목은 모두 주상복합 단지로 바뀌어 있었다. 개강 첫 주라 그런지 사람이 많았고, 그것도 들뜬 사람이 많았고, 그 사이에서 크게 숨을 고르며 걷다 보니 나는 어느새 주저앉아 있었다. 숨이 쉬어지지 않아서 그런 건지, 숨이 쉬어지지 않는 게 처음이라 그런 건지 눈물이 나고 머리가 아팠다. 화장실에서 구토를 하고 양치를 하고 나서야 조금 진정되었고, 행정 조교로 근무 중인 후배가 연락을 받고 찾아와줬다. 그런데 후배와 함께 교학팀에 가보니 신청 기간이 목요일까지였다. 금요일에 왔으면 정말 큰일 났겠다고 안도하면서도 당장 마감 시간이 한 시간 반밖에 남지 않아 우리는 마음이 급해졌다. 일단 연구 등록을 한 뒤에, 승인이 나면 종합 시험과 영어 시험 신청을 해야 했는데, 이 모든 과정에서 문제가 생겼다. 세 개의 건물을 오가며 몇 번이나 서류에 도장을 찍어 와야 했고, 카드가 아닌 현금을 준비해야 했고, 홈페이지에서 시험 신청을 해야 했다. 그런데 홈페이지에서 비밀번호를 찾고 시험을 신청하려 하니 조금 전에 신청한 연구 등록이 아직 전산 처리되지 않아 불가능했다. 전산 처리를 서둘러달라고 부탁하기 위해 교학팀에 전화를 걸었지만 등록 마지막 날이라 연결이 쉽지 않았다. 어렵게 연결된 뒤에는 문제 사항을 전달하고 시험 신청을 했다. 이번에는 이미 예전에 통과 이력이 있어서 불가능하다는 알림 창이 떴다. 다시 교학팀에 전화를 걸어 이력을 지웠고, 학적이 없어 공지 사항을 전달받지 못해 여러 개의 시험 과목 중 무슨 과목을 선택해야 하는지 알아보는 데에만 또 한참이 걸렸다. 접수 마감까지는 십 분도 남지 않은 상황이었다. 압박

감에 모든 생각이 멈췄고 다시 숨이 가빠왔다. 급기야 노트북을 들고 교학팀에 직접 찾아가서 이게 안 되는데요, 하는 민폐를 저지르고 말았다. 하얗게 질린 나를 달래며 담당자가 차분하게 일을 처리해주었다. 담당자와 아는 사이인 후배가 곁에서 이 누나 불쌍한 누나예요,라며 분위기를 풀어준 덕에 죄송합니다, 감사합니다,를 연발하며 겨우 연구 등록과 시험 신청을 마쳤다.

우리는 한숨 돌리기 위해 근처 카페로 갔다. 이래 가지고 앞으로 한 학기 동안 어떻게 다닐지 막막했다. 학교가 체질이라며 학교 밖으로 떠나는 삶을 조금도 상상하지 못했던 날들이 생경하게 느껴졌다. 축제 기간이면 모두들 입을 모아 너는 할머니가 돼서도 학교에서 술 마실 것 같다고 했는데. 살 뺀다고 저녁을 안 먹겠다던 후배가 진한 아이스초코를 마시면서 누나, 아까 진짜 초점이 없어졌었어,라고 했다. 나는 진짜 넋이 나갔었다며 이놈의 학교, 여태까지 괴로웠던 게 아까워서라도 조금 더 괴롭고 반드시 졸업해야겠다고 했다. 후배는 다시 학교로 돌아갔고 나는 기타 수업에 가기 위해 버스를 타면서 얼른 책을 읽고 싶고 소설을 쓰고 싶다고 생각했다. 학부 때 노교수님이 아가, 재주는 그만하면 됐고 더 많이 아프거라, 하신 말씀이 무슨 뜻인지 어렴풋이 알 것 같았다. 버스 뒷자리에 앉아 졸업을 하고 어디든 취직을 해야지, 적은 돈이지만 규칙적으로 주는 회사에 가서 주는 만큼만 일해야지, 그리고 남은 시간에는 글을 써야지, 한 달에 한 번쯤은 내가 좋아하는 비싼 생맥주를 맘껏 마셔야지, 하고 생각했다. 터무니없다는 걸 알면서 어쩐지 그런 생각들을 멈출 수가 없었다. 알 수 없는 기분에 자꾸 눈물이 나서 기타 수업에 일찍 도착해서도 바로 들어가지 않고 좁은 골목에 숨어 친구와 통화를 했다. 내가 들어갔을 땐 다른 분들이 모두 앉아계셨고 아주 오랜만에 한 명도 빠짐없이 모여서 수업을 마치고 간단하게 회식도 했다.

다음 주가 되면 다시 학교에 가야 한다. 곧 몇 가지의 시험도 치르고, 사람들 앞에서 발표도 해야겠지만 어떻게든 되겠지, 하고 주문을 건다. 성년의 날도 스승의 날도 축제도 다 지나갈 테고. 저 들뜬 얼굴들에도 언젠가 각자의 사연이 생기겠지. 일단 제일 먼저 닥칠 영어 시험을 공부하기로 했다. 계획대로 이번 학기에 졸업할 수 있을까. 졸업을 하면 어떤 기분일까. 그땐 어떤 사람이 될까. 어떤 사람이 되어버리게 될까. 잠시나마 아무 근심 없이 물에 둥둥 떠 있을 수 있는 날이 왔으면 좋겠다. 그리고 시원한 맥주를 마시며 학교 좇까, 하고 웃을 수 있었으면 좋겠다. 무사히 졸업을 하게 된다면 내가 좋아하는 여름일 것이다. 가만히 있어도 몸이 녹아 내리는 한여름일 것이다.

너를 기억해

—

날이 많이 풀린 주말이었다. 아침부터 동생이 부산스러웠다. 전날 집에 왔을 땐 이미 만취해서 뻗어 있더니 어쩐 일인지 개운한 얼굴로 온 집을 뒤엎고 있었다. 늦게 잠든 나는 아직 한참 잘 시간인데 그러거나 말거나 동생은 환기한다며 창문까지 활짝 열고 본격적으로 청소를 시작했다. 청소기 돌아가는 소리며, 찬바람까지 뭐 하나 맘에 드는 게 없었다. 쉬는 날마다 아침 일찍 대청소를 하며 잠을 깨우던 엄마가 떠올라 끔찍했다. 그래도 동생이 마음먹고 청소를 하면 집이 눈에 띄게 깨끗해지니까, 왜 꼭 아침부터 지랄일까 생각하면서도 별말 하지 않았다. 그나마 동생은 엄마처럼 억지로 깨우지는 않아서 나는 이불을 뒤집어쓰고 얼마간 얕은 잠을 더 잤다. 잠이 다 깨고도 한참이 지나서야 거실로 나가보니 집이 환했다. 동생은 양 볼이 발갛게 달아오른 얼굴로 언니, 날씨 진짜 좋지? 하고 물었다. 그러고 보니 오랜만에 하늘도 파랗고, 창문을 열어도 옷을 껴입으면 그런대로 버틸 수 있을 만큼 따뜻했다. 3월이긴 하네, 생각하며 동생이 한쪽에 쌓아놓은 옷더미를 가리켰다. "저건 뭐야?" 동생은 이제 패딩은 드라이클리닝 해서 넣어놓을 거라고 했다. 나는 놀라서 쌓인 옷들 중 내 몫의 패딩을 빼왔다. 아무리 따뜻해졌어도 아직은 맡길 때가 아니라고. 이건 나중에 맡기겠다고.

추위에 유독 취약한 나의 겨울은 10월부터 3월까지다. 겨울이 아니어도 일교차가 큰 계절에는 아침저녁으로 추워서 내가 제일 좋아하는 계절은 여름, 그것도 한여름이다. 특히 열대야가 지속될 때에는 아, 더워죽겠다, 미쳐버리겠다, 하면서도 이 더위가 끝나지 않길 간절하게 바란다. 추위 걱정을 하지 않아도 되는 유일한 계절이니까. 그러다 보니 더위에 관한 기억은 미화되는 반면, 추위에 대한 기억은 가감 없이 또렷하다. 언제까지 추웠는지, 얼마나 추웠는지. 그래서 어떻게 고통스러웠는지. 경험상 4월 초까지는 추웠는데, 그래도 4월은 가벼워진 옷차림 때문에 감내해야 하는 추위였다. 3월은 달랐다. 3월은 따뜻해지는 것 같다가도 다시 이렇게 추울 수가 있나 싶을 정도로 추운 날이 많았다. 그 와중에 사람들 옷차림은 산뜻해져서 여전히 겨울 패딩을 입고 있는 나만 우중충해지는 기분이었다.

3월이 추운 이유는 꽃샘추위 때문인데, 이는 삼한 사온이라든가, 시베리아 기단이라든가, 이상 저온 현상 등의 말과 함께 초등학생 때부터 사회 시간마다 질리도록 배운 내용이었다. 뭐 하나 마음에 드는 단어가 없었다. 그렇게 오랫동안 추웠으면서 꽃을 시샘하다니. 겨울이란 놈은 진짜 못돼 처먹었다고 생각했다.

생각이 바뀐 건, 이 년 전 겨울이었다. 혹독한 겨울 안에서 나는 겨울나무처럼 말라갔는데, 시간이 지나서야 그때가 겨울이어서 정말 다행이라는 생각을 했다. 모든 게 움츠러드는 겨울이라서 너무 다행이었다고. 두꺼운 옷에 얼굴을 파묻는 것만으로도 쉽게 표정을 가릴 수 있었고, 사람이 별로 다니지 않았고, 스치는 사람들의 옷차림도 다 우중충했다. 너무 추워서 모르는 얼굴들의 표정도 괴로워 보였고, 나무도 땅도 모두 차갑게 얼었다. 그런 공기 안에서 나만 죽어가는 게 아니구나 싶었다. 꽃 피는 봄이거나 징그러운 생명력을 지켜봐야 하는 여름이었다면 나는 아마도 버티지 못했을 것이다. 좀 더 춥기를, 이 겨울이 끝나지 않기를, 그래서 아무도 행복하지 않기를 간절히 바랐다. 추우면 몸이 쉽게 아파서 마음 대신 몸을 혹사시킬 수 있었던 것도 좋았고, 그 핑계로 실컷 울 수 있는 것도 좋았다. 그러다 보니 새순이 돋고 날이 따뜻해질 무렵 마음이 조급해졌다. 벌써 따뜻해지면 안 되는데. 벌써 겨울이 끝나면 안 되는데, 하고. 나는 아직 한겨울이니까, 너무 추우니까. 그제야 꽃샘추위란 말이 슬프게 다가왔다. 겨울은 싫지만 꽃까지 시샘하는 꽃샘추위는 어쩐지 짠하다고. 여태 같이 지내놓고, 꽃이 피니까 떠나는 모습도 바라보지 않는 사람들을 보며 겨울은 정말 야속했을 거라고. 그래서 시샘을 부렸을 거라는 생각이 들었다. 나도 기억해달라는 마음으로. 어렸을 때 생각했던 꽃샘추위의 표정이 심술 맞은 독불장군의 것이었다면, 이제는 서운함에 그렁그렁한 얼굴이 떠오른다.

때때로 사람들에게 한겨울보다 꽃샘추위가 더 추운 것 같다고 하면 대부분 옷차림이 가벼워져서일 거라고 한다. 나는 그 말이 일리는 있지만 다 맞는 건 아니라고 생각한다. 3월까지 겨울인 내 옷차림은 조금도 가벼워지지 않았으니까. 옷차림이 가벼워져서 춥게 느껴지는 게 아니라 그냥 추운 것이라고.

꽃샘추위가 매서운 건 어쩌면 당연한 일일지도 모른다. 최선을 다해 자기 존재를 기억하게 하고 싶겠지, 한을 품으면 독해지는 법이니까. 그런 생각을 하다 보면 내 몸이야 아프든 말든 3월의 반짝 추위를 응원하게 된다. 온 힘을 다해 나 이렇게나 추웠어, 하는 것 같아서. 나를 잊지 말라고 하는 것 같아서. 그래 봐야 곧 봄이 오고, 여름이 올 테지만. 이렇게 말하는 나조차도 들뜨고 말겠지만. 그래서 요 몇 년 동안은 꽃샘추위가 시작되면 조용히 꽃샘추위를 위로한다. 의식은 간단하다. 일단 너무 추우니까 몇 겹이나 두껍게 껴입은 다음 겨울 음식을 먹으러 가는 것이다. 추워야 맛있는 음식을 먹으면서, 속을 데우고 천천히 곱씹는다. 너를 잊지 않는다고. 살갗이 쓰릴 정도로 추웠던 날들을 기억한다고. 한여름이 되어도 뼈마디가 아프고 모든 게 꽁꽁 얼어붙었던 지독한 날들을 선명하게 기억할 거라고. 그러니 다음 겨울에 다시 만나자고. 그 겨울은 지금의 너와는 다른 너이겠지만.

이번 꽃샘추위는 어쩌면 4월까지 이어질지도 모른다고 한다. 슬픔과 분노가 길어지는 까닭은 좋았던 순간이 너무 강렬했기 때문이라고 생각하게 된 뒤로 단순한 자연 현상에도 나는 의미를 두게 되었다. 아무것에나 슬퍼하고 아무것에나 분노를 느끼고 아무것에 위로를 남발하면서. 그래도 초겨울보다는 초봄의 몸이 추위에 더 적응한 상태니까 나는 막바지 추위도 무난하게 버틸 수 있을 것이다. 여전히 추우면 몸이 아프고, 그럴 때면 씨발 존나 춥네, 추워뒈지겠네, 하겠지만.

당분간은

—

내가 겨울을 싫어하는 이유는 추위를 많이 타서이다. 추위 자체만으로도 충분히 고통스러운데 추우면 몸까지 아팠다. 말 그대로 몸이 부서질 것처럼 아팠다. 살갗이 쓰라렸고 뼈가 욱신거렸고 특히, 젖꼭지가 떨어질 듯이 아팠다. 그 고통에 비하면 면역력이 약해지거나 감기에 걸리는 건 아무것도 아니었다.

젖꼭지가 아프기 시작한 건 초등학교를 졸업하던 즈음부터였다. 몸의 곳곳이 아픈 것으로 시작된 통증이 중학교에 입학하면서 한 부위로 자리 잡았다. 동복이라 해도 교복은 방한에 탁월한 옷이 아니었고, 내 몸은 점점 곱아갔다. 실내에서도 언제나 손과 발이 얼어 있었다. 그러던 어느 날 젖꼭지의 통증이 유독 심해졌다. 너무 아팠지만 손으로 젖꼭지를 만지는 건 어쩐지 부끄러워서 나는 몸을 더 움츠리는 수밖에 없었다. 그리고 당황스러웠다. 젖꼭지가 아프다니. 다른 데도 아니고 젖꼭지가. 처음 얼마간은 어디 부딪치거나 쓸렸나 싶어 이리저리 들여다보기도 하고 연고를 바르거나 반창고를 붙여보기도 했다. 엄마는 성장이 더딘 내가 이제야 가슴이 좀 커지나 싶어 어떻게 아픈지 꼬치꼬치 캐물었지만 멍울과는 다른 종류의 아픔이었다. 만질 때 아픈 게 아니라 어떤 접촉이 없는데도 갑자기 엄청난 통증이 느껴졌다. 오직 젖꼭지에만.

그렇게 얼마간 이유도 모른 채로 아플 때마다 책상에 엎드려 통증이 잦아들 때까지 몸을 동그랗게 말았다. 날이 풀려 춘추복을 입을 즈음이 되자 빈도는 줄어들었지만 여전히 추위를 느끼면 젖꼭지가 아팠다. 그제야 추우면 아프다는 정도의 연결 고리를 알아낼 수 있었다. 그렇다고 해결되는 건 없었다.

통증에 대해 내가 처음으로 고백한 사람은 엄마였다. 이차 성징이 슬슬 발현되던 때라 엄마한테도 조금 쑥스러워서 나는 국기에 대한 맹세를 할 때처럼 가슴 언저리에 손을 대고 엄마, 추우면 여기가 아파,라고 했다. 엄마는 가슴? 하고 물었고 나는 아니이—, 여기 말이야 여기, 하고 손바닥을 조금 더 내렸다. 결국 웃통을 벗은 채로 엄마 앞에 앉았고, 엄마는 이리저리 내 가슴을 들여다보았다. 그러고는 난감한 표정을 지었다. 어느 병원을 가야 할지 엄마도 몰랐던 것이다. 우리는 피부과에도 가보고 한의원에도 가보고 가정의학과와 소아과에도 가보았지만 어느 곳에서도 시원한 대답을 얻지 못했다. 의사들도 당황한 표정으로 처음 듣는 이야기라 했고, 개중에는 엄마처럼 내 몸을 들여다보거나 만지는 사람도 있었으며 본인이 개발했다는 납작한 철 조각을 주면서 유두에 붙여보라는 사람도 있었다. 그런 이야기를 들을 때마다 나는 얼굴을 붉혔고, 그걸 또 놓치지 않고 유두라고 하니 얼굴이 빨개지네, 하고 실실 웃는 의사도 있었다. 이런 일련의 과정들에 지치기도 했고, 병원을 전전하다가 여름이 되기도 해서 우리는 이 일을 조금 내려놓게 되었다. 그리고 다시 겨울이 돌아왔을 때에는 엄마가 털실로 껌 종이만 한 천을 떠서 브래지어 안에 넣어주었다. 그즈음 가족들은 모두 내 통증에 대해 알게 되었다. 우리는 서로의 얼굴을 보며 속상한 얼굴로 별꼴이야, 유난이야, 하다가 어쩔 수 없이 웃고 말았다. 내 통증은 그런 것이었다. 너무 아프지만 너무 이상해서 결국은 어이없이 웃게 되는 것.

증상이 시작된 뒤로 나는 겨울마다 말 못 할 통증을 견디면서 따뜻한 곳을 찾아 헤매게 되었다. 아무리 두껍게 입어도, 엄마가 만들어준 천 조각을 브래지어 안에 넣어도 소용없었다. 병명을 알아내는 것은 이미 포기한 지 오래였다. 금방이라도 눈물이 날 것 같은 통증이었지만 똑똑한 의사들도 전혀 모르겠다니까. 내가 생각해도 젖꼭지가 아픈 건 정말 이상하고 이상해서 내가 다른 부위의 통증을 오해한 것은 아닌지 스스로를 의심하기도 했다. 일 년에 고작 이틀 쉬는 엄마가 함께 가줄 수 있는 병원은 엄마의 가게 근처뿐이어서 여의사를 찾아다니는 건 사치였다. 엄마 손을 잡고 만난 의사들은 모두 남자였고 한결같이 당황한 표정을 지었는데, 그렇다고 엄마 없이 다른 병원에 가서 특이한 통증에 대해 설명하고 대답을 듣는 건 더 끔찍했다. 나는 아무래도 할 수 없을 것 같았다. 어차피 원인을 알 수 없다면 아무 시도도 하지 않고 그냥 견디기로 했다. 견디기로 했다고 해서 견딜 만한 것은 아니었지만 달리 방법이 없었다. 다만 통증에도 익숙해져서 고통스러워도 버틸 수는 있게 되었다.

그 뒤로 나는 이따금 가족이 아닌 사람에게도 통증에 대해 고백했다. 주로 애인이거나 아주 가까운 친구였지만, 가끔씩은 너무 고통스러울 때 앞에 있는 사람이기도 했다. 반응은 크게 다르지 않았다. 처음부터 웃거나 조금 간격을 두고 웃거나였다. 괜찮은 척에는 일가견이 있어서 나는 흐응, 하고 같이 웃었지만 속으로는 많이 부끄럽고 슬펐다. 내 병이 다른 부위에서 발현되었다면 나는 통증에만 고통스러울 수 있었을 텐데, 하고 생각했다. 왜 하필 젖꼭지가 아파서, 이렇게 아픈데 나는 아프기만 하지도 못하는지. 웃는 얼굴들을 보며, 때때로 박장대소하는 애들을 보며, 야릇한 표정을 짓거나 에로틱한 암호처럼 여기는 사람들을 보며 나는 웃는 얼굴로 참담해졌다. 성인이 되고 나서는 그런 날들이 더 많아졌다. 추위와 통증의 관계도 점점 긴밀해져서 빈도와 강도도 잦아지고 세졌다. 비단 겨울이 아니어도 추우면 통증이 시작됐다. 한여름 워터파크에서도 날씨가 조금만 흐려지면 온천을 찾기 바빴고, 에어컨 바람과 실내 온도에 예민해졌다. 주변에서는 진짜 추위를 많이 타는구나,라고 했고 그게 내가 웅크리고 있는 모든 이유는 아니지만 완전히 틀린 말도 아니어서 나는 맞아요,라고 할 수밖에 없었다. 너무 아플 때면 제멋대로 눈물이 났고 그럼에도 여전히 젖꼭지는 입 밖에 꺼내기 어려워서 추우면 몸이 아파요, 하고 얼버무렸다. 그건 특정 부위의 문제여서 다른 단어로 대체되지 않았다. 유두가 아프다고 해서 달라질 건 아무것도 없었다. 젖꼭지가 아프다고 하는 대신 몸이 아프다고 하면 다들 걱정스러운 얼굴로 어디가? 어떻게? 하고 물었고, 나는 그냥 여기저기요,라고 하거나 개중에 집요하게 물어보는 사람들에게는 가슴이 아프다고 했다. 그러면 사람들은 심장? 하고 심각한 표정을 지었다. 그럴 때면 그래, 차라리 심장이 아팠다면 창피하지는 않았을까 싶었다. 걱정만 받고, 빨리 낫기를 바라주고, 희롱을 당할 일도 없을 테니. 무엇보다 얼굴을 붉히지 않으면서 말할 수 있고 원인도 알 수 있었겠지, 하면서.

이유를 알지 못하는 건 통증만큼이나 괴로운 문제였다. 왜 아픈지 알기라도 하면 좀 더 받아들이기 쉬울 것 같았다. 병명도 모르다니. 나는 내 병이 '잠수 이별'과 닮아 있다고 생각했다. 헤어진 이유라도 알면 슬프더라도 건강하게 받아들일 수 있을 텐데. 이유를 모르니까 사람이 미치는 거라고. 원인을 모른 채로 십 년 정도 통증을 견디다 보니 아플 때마다 서러워졌고, 겨울을 극도로 꺼리게 되었다. 그래도 추울 때만 아프니까 일 년 내내 아프거나 하루 종일 아픈 건 아니었는데, 스물네 살 여름에는 춥지 않은데도 통증이 시작됐다. 30도가 넘는 한여름이었고, 너무 더워서 오후 다섯 시가 되기도 전에 샤워를 두 번이나 한 날이었다. 집 앞 카페에서 아이스 음료를 테이크아웃해서 나오자마자 크게 한 모금 마셨다. 너무 시원해서 육성으로 아, 시원해, 하고 말했는데 그 순간 통증이 시작됐다. 놀라서 내가 추운지부터 살폈는데 조금도 춥지 않았다. 시원하다고 느꼈을 뿐인데 아프다니. 정말 심각해졌음을 인지했지만 그렇다고 할 수 있는 것도 없었다. 결국 나는 다시 병원을 전전하기 시작했다. 이 통증을 사계절 내내 달고 사는 것만은 막고 싶었다. 유방암 검사도 받아보고, 산부인과와 내분비내과에도 가보았다. 손가락에 털이 숭숭 난 의사가 제가 한번 만져보겠습니다, 하고 엄지와 검지로 젖꼭지를 세게 눌렀을 때에는 정말이지 죽고 싶었다. 어디까지가 필요한 확인이고 어디부터가 불필요한 과정인지 알 수 없었다. 하지만 이번에도 모두 허탕이었다. 아픈 것보다 두려운 건 앞으로 얼마나 오랫동안, 얼마나 자주, 얼마나 강력한 통증이 찾아올지 모른다는 점이었다. 평생 이렇게 조롱받고 아픈 걸 쉬쉬하며 지내야 한다고 생각하니 우울했다. 최소한 병명이라도 알면 고치지는 못해도 젖꼭지가 아프다는 말 대신 그럴싸한 병명을 댈 수 있을 텐데.

그러던 어느 날 엄마가 다급하게 전화를 걸어왔다. 텔레비전에서 원인 모를 통증에 대한 이야기가 나왔다고 했다. 서울의 한 대학 병원에 특이 질환을 다루는 과가 생겨서 꾀병으로 오인받았던 사람들에게 통증의 원인과 병명을 알려준다고. 엄마는 어렵게 그곳의 정보와 담당 의사 선생님의 성함을 알아왔고, 당장 가보라고 했다. 예약 날짜가 되어 병원에 가보니 이번에도 남자 선생님이 앉아계셨다. 나는 침까지 삼켜가며 긴장했다. 덜 수치스럽기 위해 깨끗한 속옷을 챙겨 입었고, 비교적 쉽게 벗고 금방 입을 수 있는 옷을 입고 있었지만 의사 선생님은 볼 것까진 없다며 문답만 진행하셨다. 그런 사소한 것에 나는 조금 감동했고, 지난 시간들이 스쳐 지나가며 순식간에 화가 치밀어 오르기도 했다. 선생님은 정말 특이하네요, 하더니 내 통증을 컴퓨터 창에 입력하셨다. 그 창은 전 세계 특이 질환 환자들의 정보를 모아 놓은 데이터베이스인데 증상을 입력하면 일치하는 증상들이 결국 어떤 질병으로 밝혀졌는지 찾아볼 수 있다고 했다. 그 프로그램을 토대로 계속 문진이 이어졌다. 선생님은 혹시 집안에 루푸스를 앓고 있는 사람이 있는지 물었다. 아니요, 하고 쉽게 대답한 뒤 생각해보니 엄마의 친척 동생이 오랫동안 투병 중이라는 이야기가 떠올랐다. 의사 선생님은 그렇게 멀리 갈 것까지 없고 직계 가족 중에 없는지 다시 한 번 물었다. 없는데, 하고 곰곰이 생각하다가 겨울이면 손끝이 하얗게 굳는 엄마가 생각났다. 나는 엄마요 엄마. 엄마가 겨울이면 손가락 끝이 하얗게 굳어버려요. 죽은 사람처럼 핏기가 하나도 없이 딱딱하게 굳어버려요. 손가락 전체가요, 하고 말했다. 난로 가까이에 손을 가져가고 따뜻한 물에 담가도 쉽게 돌아오지 않는다고. 그제야 선생님은 밝은 표정으로 찾은 것 같아요, 하고 말했다. 내 병명은 엄마도 갖고 있는 '레이노 증후군'이었다. 레이노 증후군의 유병률은 인구의 10퍼센트 정도인데, 엄마는 레이노 증후군의 증상이 보편적으로 드러난 경우라면 나는 그게 특이하게 발현된 케이스라고 했다. 전 세계에 두 건 정도 보고된 바가 있다고. 작은 혈관들이 수축하면서 통증이 생기는 것이니 혈관을 확장시켜주는 약을 먹으면 되는데, 문제는 내가 저혈압이라는 것이었다. 선생님은 상황을 봐가면서 약을 점차 조절해보자고 하셨고, 일단 두 달 치의 약을 처방해주셨다. 약이 많아 약국에서는 약통 째로 약을 담아주었다. 뚜껑을 열어 작은 캡슐이 빼곡하게 담겨 있는 것을 보고 있자니 마음이 이상해졌다.

다행히 부작용은 없었고, 효과도 좋았다. 그 뒤로 나는 추우면 춥기만 할 뿐 젖꼭지가 아프지는 않았다. 그러다가 미세하게 통증이 시작되면 병원에 가서 약을 받아왔다. 다시 통증을 느끼기까지 주기도 짧지 않아서, 삶의 질은 많이 개

선되었다. 평생 고칠 수는 없지만 죽을병은 아니고, 무엇보다 이유를 알아서 나는 많이 살 것 같았다. 너무 간단하게 해결되어서 그동안의 고통이 허무하게 느껴질 정도였다.

요즘은 약을 먹지 않은 지 꽤 오래됐다. 통증이 스멀스멀 올라오기 시작했지만 오랫동안 강한 통증을 겪어봐서인지 이 정도는 버틸 만하다는 여유까지 부리고 있다. 이따금 통증이 약하게나마 올라오면 떠오르는 얼굴들이 있다. 나는 추우면 젖꼭지가 아파, 떨어질 것처럼 아파, 하고 말했을 때 놀란 표정으로 웃는 건 매한가지였어도 곧 눈썹을 찡그리고 안쓰러움을 담는 얼굴이었다. 타인의 고통에 함께 괴로워하는 듯한 슬픔과 관성에 의한 웃음기가 뒤섞인 이상한 표정들. 듣자마자 슬픈 표정을 지어준 사람은 아무도 없었고, 그럴 때면 세상에 혼자 남겨진 것 같은 외로움이 밀려오곤 했지만 정작 나 역시도 통증에 대해 고백할 때 슬프게 말한 적은 없다. 창피해서 소심하게 말하거나, 그런 게 부끄럽지 않게 되고서도 상대가 민망할까 봐 조심스럽게 말한 뒤 먼저 웃기도 했다. 그러면 황당함에 같이 웃다가도 묘하게 일그러진 표정으로 거기가 아파서 어떡해, 하며 옷을 벗어주고 핫팩을 쥐어주고 따뜻한 물을 떠다주는 사람들이 있었다. 그 사람들로 인해 외로운 와중에 따듯했던 날들이 있었다.

그중에는 자연스럽게 소식을 알 수 없게 된 사람도 있고, '잠수 이별'이라서 왜 그렇게 됐는지 모르겠는 사람도 있다. 그 이유를 몰라 미칠 것처럼 괴로워하던 날들도 있었지만 이제는 잘 사는지, 살아는 있는지 아주 가끔씩 궁금할 뿐이다. 그러다가 통증이 아주 조금이라도 느껴지면 우리가 어쩌다 이렇게 됐지, 생각하기도 하지만. 그들이 더 이상 내 곁에 없어도 분명한 건, 그 사람들 덕에 조금 덜 외로울 수 있었다는 것이다. 그들 덕분에, 너무 지독하게 외롭지는 않을 수 있었고, 외롭더라도 어딘가가 허물어져버리지는 않을 수 있었다. 다음 주부터는 큰 폭으로 기온이 오른다고 한다. 추위가 지나가면 미세하게 올라오던 통증도 가라앉을 것이다. 그리고 당분간은 그 이유를 궁금해하지도 않는 날들이 이어질 것이다.

여전하게 무관하게

—

나는 오랫동안 쉽게 설레는 사람이었다. 열한 살 때에는 객관적으로 진짜 별로라고 생각했던 피아노 학원 오빠가 너 예쁘다,라고 한번 말한 뒤로 그 오빠만 보면 괜히 설렜다. 어른들 외에 남자 사람이 나한테 예쁘다고 한 건 그 오빠가 처음이었기 때문이다. 그래서 다음 날에도 다음다음 날에도 그 오빠는 여전히 뚱뚱하고 못생겼는데 이상하게 잘생겨 보였다. 살이 올라 목뒤가 접힌 모습까지 귀여웠다. 그놈이 정말 쉽게 다른 애한테도 너 예쁘다, 하고 말하는 걸 목격하고서도 콩깍지가 잘 벗겨지지 않아서 왜 잘생겨 보이지? 괴로워하며 하루하루를 보냈다.

시신경이 돌아온 건 나 대신 우유를 마셔준 반장을 좋아하면서부터였다. 동급생보다 한참 작았던 나보다도 작고 마른 애였는데, 마시기 싫은 우유를 보면서 오만상을 찌푸리고 있는 내게 "대신 마셔줄까?" 하고 물어본 그 애가 되게 듬직하게 느껴졌다. 걔는 정말 자기가 마시고 싶어서 그랬을 텐데, 우유를 마셔야 한다는 생각만으로도 배가 아프던 참이어서 심장이 두근대기 시작했다. 걔가 내 우유를 마시는 모습을 지켜보면서 그동안 꼴뚜기처럼 생겼다고 생각했는데 와, 진짜 잘생겼다, 하고 속으로 감탄했다. 그 뒤로 어떤 애가 너 쟤 좋아하냐고 물어보기 전까지 나는 매일 반장의 책상에 내 우유를 놓았다. 좋아하는 건 맞지만 그게 소문나는 건 너무 끔찍해서 반장을 좋아하냐는 질문에 미쳤냐? 하고 쏘아붙인 다음 날부터는 우유를 변기에 쏟아버렸다. 반장은 그 모든 상황에 아무 관심 없는 눈치였다. 그동안 내가 준 우유가 몇 팩인데 눈길 한번 주지 않는 그놈이 야속해서 같은 교실에 있는 것이 괴로울 정도였다. 다행히 곧 학년이 바뀌었고, 반장과 나는 다른 반이 되었다.

열두 살 때에는 처음으로 고백을 받았다. 누가 봐도 잘생긴 전학생이 나를 좋아한다 했고, 태어나 처음으로 화이트데이 때 사탕도 받았다. 재연 프로그램 등에서 단역을 하던 아이였는데, 큰 비중은 아니었지만 한두 컷이 텔레비전에 나오는 것만으로도 그 애는 '연예인'으로 불렸다. 그런 애가 나를 좋아한다고 하니 미쳐버릴 것 같았다. 게다가 그 애는 나와 달리 좋아하는 마음을 부끄럽게 생각하지도 않아서 나는 좀 많이 행복했다. 그런 마음과 별개로 누가 나를 좋아하고 내가 누굴 좋아하는 건 아직 부끄러웠다. 그래서 좋아하는 마음이 커질수록 싫어한다 말했고, 정신을 차렸을 땐 6학년이 되어 있었다. 그리고 전학생은 엄청 잘나가는 애의 남자 친구가 되어 있었다. 그 여자애는 발육 부전인 나와 달리 가슴도 어마어마하게 컸는데 어느 날 내 등을 쓱 만지더니, 어머, 너 브래지어도 안 해? 하고 말했다. 너무 크게 말해서 주변 애들이 모두 나를 쳐다보았다. 나는 정말 할 게 없어서 안 한 거고, 그러니까 그날뿐만 아니라 그때까지 살면서 한 번도 브래지어를 해본 적이 없는데 억울하고 창피해서 죽고 싶었다. 그 커플은 초딩 주제에 유난스럽게도 연애를 했고 나 혼자 아무리 후회해봐야 소용없었다.

그래도 6학년이 되고부터는 몇 번 더 고백을 받아보았다. 저 새끼가 세상에서 사라졌으면, 하고 기도할 정도로 싫어하던 짝이 또 나를 괴롭히기 시작했을 때, 내 친구가 좋아하는 애 괴롭히지 마, 하고 그놈을 패주던 애도 있었고, 신발주머니에 편지와 함께 사탕을 두고 가는 애도 있었다. 신발주머니에 먹을 거라니. 더럽지만 달콤했다. 그런 관심을 받아보아서일까. 이제 예쁘다는 말에 무조건 설레지는 않았다. 반에서 내가 제일은 아니지만 다섯 번째 정도로는 예쁘다 생각했고, 취향이라는 것이 생겼다. 그 뒤로는 설레긴 해도 설렜다는 이유로 몇 날 며칠을 지켜보거나 좋아하지는 않았다. 집 앞에 선물을 가져다놓고 도망가는 애가 누군지 알아도, 색색의 볼펜으로 내 이름을 가득 적어 '사랑해'의 모양을 만든다거나 '사랑해'를 가득 적어 내 이름을 만든 편지 같은 걸 받아도 좋아하는 마음이 생기지 않았다. 어느 순간 그런 게 다 유치하게 느껴졌다.

그런데 K를 만난 것이다. K를 처음 본 건 중학교 2학년이 된 첫날이었다. 나만 앞 반에 배정받고 친한 친구들은 모두 뒤 반으로 배정받아서 위층 복도에 놀러 갔는데 친구와 몸싸움을 하며 노는 애를 봤다. 남자애들이란, 하며 고개를 절레절레 흔들고 있을 때 친구한테 잡혀 있던 상체를 일으킨 K의 얼굴을 보았고, 첫눈에 반해버렸다. 거짓말처럼 주변이 하얗게 변해서 K 외에는 아무것도 보이지 않았다. 그런데 반으로 돌아와보니 K가 앉아 있었다. K도 우리 반이었던 것이다. 그날 친구에게 아까 너랑 놀던 애는 누구냐고 물었더니 친구는 아, K? 우리 초등학교 나왔잖아,라고 말했다.

저렇게 잘생긴 애를 왜 여태 보지 못했는지 신기할 정도로 K는 완벽했다.

그날부터 내 모든 신경은 오로지 K에게 쏠려 있었다. 무섭기로 유명한 사회 선생님 시간에 K만 쳐다보다가 모두가 선생님께 인사할 때 혼자 꼿꼿하게 허리를 펴고 있을 정도였다. 선생님이 너 뭐야? 누굴 보고 있는 거야? 너 혼자 다시 인사해!라고 소리쳤을 땐 수치스러움과 함께 내가 정말 단단히 미쳤구나, 하고 생각했다. 어쨌든 그런 관심의 결과로 나는 K네 집과 우리 집이 같은 방향이라는 사실과, K에게 여자 친구가 없다는 사실을 알아냈다. 그리고 K를 좋아하는 애들도 알아냈다. K는 엄청나게 인기 많은 애는 아니었지만 나처럼 미쳐 있는 애들이 전교에 다섯 명 정도 있는 애였다. 내가 알아낸 애들만 다섯 명이었으니 아마 더 많았지 싶다. 다른 애들도 눈이 있으니까 나 말고도 K를 좋아하는 애들이 있는 건 너무 당연한 일인데도 막상 확인하고 나니 마음이 조급해졌다. 정작 K와는 말 한마디 나눠본 적 없었고 K의 핸드폰 번호도, 버디버디 아이디도 몰라서 뭘 어떻게 해야 할지 막막했다. 매일 누군가 K에게 고백하는 꿈을 꿨다. 그런 아침이면 K는 나를 알기나 할까? 이름이랑 얼굴 정도는 알고 있으려나? 그것도 모르려나? 괴로워하며 학교에 갔다.

그렇게 한 달을 보내고 나니 아무리 생각해도 K가 나 아닌 다른 여자 친구를 사귀는 일보다 더 끔찍한 일은 없을 것 같았다. 결국 친구에게 K의 버디버디 아이디를 물어보았다. K에게 먼저 메시지를 보냈고, 나를 아냐고 물었더니 K는 응, 부반장이잖아,라고 했다. 나를 안다니. 나는 다짜고짜 너를 좋아한다고 했다. 그리고 얼떨결에 K의 여자 친구가 되었다.

K를 만나기 전에도 두 번인가 남자 친구를 사귀어본 적은 있지만 사귀었다고 하기 민망한 정도였다. 누가 사귀자고 하면 무조건 알았다고 해야 하는 줄 알았는데, 좋아하지도 않는 애랑 그렇게 만나다가 걔가 뽀뽀하자고 해서 헤어지자고 한 게 다였다. 이렇게 좋아해서, 좋아죽겠어서, 몇 날 며칠 앓다가 만난 건 K가 처음이었다. 이제 막 열다섯이었지만 나는 앞으로 누구도 K만큼 좋아할 수 없으리라고 확신했다. 하지만 연애란 걸 해본 적이 없으니 막상 사귀기로 해놓고 그다음은 어떻게 해야 할지 몰랐다. 사귀기 전에는 K 주위만 맴돌다가 사귀기로 한 다음부터는 심장이 터질 것 같아서 오히려 K를 피해 다녔다. 한번은 내가 공부하고 있던 독서실로 K가 온다고 했는데 기껏 외출 준비를 다 하고 출발하겠다는 K에게 그냥 다음에 보자고 문자를 했다. 거울을 보니 이 몰골을 보면 K가 나를 좋아하지 않을 것 같아서였

다. K는 크게 화를 내진 않았지만 한동안 말이 없었다. 그런 식으로 학원이 끝나면 멀찍이 떨어져서 아주 잠깐 동네를 산책하는 게 전부인 만남을 몇 번 갖다가 수학여행 첫날 밤, 나는 K에게 차였다.

K는 수학여행 가는 날 아침에 함께 등교하기로 해놓고 전 날부터 연락이 두절됐다. 그럼에도 K만 보면 여전히 쑥스러워서 화는커녕 왜 그렇게 연락이 안 됐냐고 묻지도 못했다. '헤어지자' 꼴랑 네 글자의 이별 통보는 자기 위해 숙소 불을 껐을 때 도착했다. 우리 반에 커플이라곤 우리뿐이라서 내 핸드폰 진동이 울리자 방 애들이 K야? K인가 봐, 하고 호들갑을 떨었다. 눈물이 쏟아질 것 같았지만 아직은 체면이 중요해서 나는 최대한 차갑게 '응'이라고 답장했다. 남자 방에서도 K 옆에 애들이 몰려 있을 거란 계산에서였다. 그날 애들이 자는 동안 나는 화장실에서 '집이었다면, 집에서 차였다면' 하고 생각하면서 엉엉 울었다. 그럼 엄청 매달렸을 텐데, 하고. 수학여행은 이박 삼일인데 첫날 밤에 헤어지자고 하다니. 앞으로의 여행이 최악인 것보다, 하루빨리 매달리고 싶은 마음에 일분일초가 괴로웠다. 다음 날 아침엔 눈이 떠지지도 않아서 버스 맨 앞자리 창가에 앉았다. K는 신나 보였다. 맨 뒷자리에 앉아서 나만큼 K를 좋아하는 애의 무

리와 놀고 있었다. 그렇게 포항제철소에 도착했을 땐 정말 이지 용광로에 뛰어들고 싶을 정도였다.

그 뒤로도 나는 꾸준히 K를 좋아했다. 알고 보니 점잖고 수줍음 많은 줄 알았던 K는 엄청나게 여자를 밝히고 쉽게 질려 하는 애였다. 게다가 이미 상당수의 애들이 그 사실을 알고 있었다. 그러거나 말거나 나는 이미 K를 좋아하기 시작했고 그 마음은 멈출 줄을 몰랐다. 그렇게 K와는 세 번을 만났고, 세 번 다 차였다. 모두 오래가지 못했고, 모두 학교 행사 전날 차였다. 내 전교 석차는 반이 접혀 떨어졌다. 친구들은 모이면 K 욕을 했다. 애들이 뭐라 하건 간에 K만큼 좋은 애는 다신 없을 것 같아서 절망스러웠다. K를 나보다 먼저 좋아하기 시작했으면서 K와 한 번도 사귀어보지 못한 애들을 보며 버티는 날과, 그딴 건 아무 위로도 안 된다고 생각하는 날이 번갈아가며 반복됐다.

K가 내게 다시 관심을 보이기 시작한 건, 내가 K의 친구 H와 사귀기 시작하면서부터였다. 어느 날 H가 문자로 고백을 했다. H는 당시 팬클럽도 있을 정도로 어마어마하게 인기 있는 애였다. 전교에서 H를 모르는 사람이 없었고, 다른 학교에서도 H를 보러 올 정도였다. 인터넷 소설이 유행하던 때여서 잘생긴 H의 인기는 날로 높아졌고 K와 H가 속한 무

리를 추종하는 애들도 생겼다. 그래도 나한테는 오직 K뿐이었는데, 그 고백을 나 대신 친구가 받아버렸다. 내 핸드폰을 갖고 놀던 친구가 제멋대로 그래, 하고 답장을 보낸 것이다. 안 그래도 K를 싫어했던 친구는 내게 핸드폰을 돌려주며 너희 이제 1일이야, 하고 말했다. 기겁하고 없던 일로 하자는 메시지를 보냈지만 H는 받아들이지 않았고, 결국 H와 사귀게 되었다. 그런 게 모두 가능했던 나이였다. 친구의 핸드폰을 하루 종일 갖고 노는 것도, 네 번호로 답장이 왔으니 무를 수 없어,라는 오글거리는 말에 사귀게 되는 것도.

며칠 뒤 H와의 비밀 연애가 역시나 내 핸드폰을 갖고 놀던 우리 반 남자애를 통해 삽시간에 소문났다. 다음 쉬는 시간에는 3학년 언니들이 도대체 누구냐며 내 얼굴을 보겠다고 우리 반에 찾아왔다. 그 소란 끝에 K가 물었다. 정말이야? 하고. 그리고 며칠 뒤 K에게 연락이 왔다. 너를 좋아한다고. 너 같은 애는 없을 것 같다고. 하지만 친구의 대리 대답으로 시작한 연애는 의외로 오래갔다. 22일만 만나도 '투투'라며 기념하던 때였는데 무려 800일이나 만났다. 모든 게 처음인 숫자들이어서 다들 우리가 결혼할 것 같다고 했다. 열여섯이었으니까. 나는 곧 타지에 있는 전교생 기숙사 고등학교에 진학했고 자연스럽게 K도 H도 만나기 어려워졌다.

그렇게 삼 년을 보냈다. 고교 시절을 보내면서 남자 보는 눈도 많이 달라져서 K만큼은 아니지만 나를 설레게 하는 사람도 몇 있었다. 누가 수학 문제를 풀어준다거나, 콘센트에 코드를 대신 꽂아준다거나 하면 웃음이 실실 나왔다. 그렇다고 열병을 앓는 수준은 아니었다. 그런데 수능을 치르고 나서 몇 번이나 K와 우연히 마주쳤다. 수험생 할인으로 롯데월드에 갔다가 마주치고, 지하철 안에서 마주치고 하는 식이었다. 만나고 싶어서 집 근처를 서성여도 볼 수 없었던 K를 생각지도 못한 장소에서 계속 마주치니 신기했다. 정신을 차렸을 땐 K와 손을 잡고 있었다. 여름이었고 스무 살이었다. K가 사귀자고 했다. 여전히 아름다운 K를 보며 마음이 혹했지만, K와 진지하게 만나는 건 너무 무서웠다. 아무래도 결혼은 아닌 것 같은데, K와 제대로 만나면 내 힘으로는 헤어질 자신이 없었다. K의 매력은 엄청나니까. 그래도 '다르다'와 '틀리다'를 구별하지 못하는 K와 결혼할 수는 없었다. K를 만나지 않은 시간 동안 나에게는 그런 것이 중요한 문제가 되어버렸다. 어떻게 진정시킨 마음인데 다시 열병이 날까 두려워서 그 뒤로 나는 K를 멀리했다.

이십 대 후반이 되어서야 그때의 선택을 후회했다. 본가에 내려올 때마다 친구들을 만나면 K와도 한 번씩 마주치곤 했는데, 애인을 사랑하는 것과 별개로 K는 그때까지도 애들 사이에서 돋보였다. 사랑하는 사람과 연애를 하면 결혼으로 이어진다고 생각한 어리석음으로 K와 제대로 된 연애 한번 못했다고 생각하니 어린 날의 내가 원망스러웠다. 결혼은 무슨 결혼. 그때 K를 만났더라면 우리는 뜨겁게 연애하고 진즉에 헤어졌겠지. 어쩌면 생각보다 훨씬 빨리 헤어졌을지도 모르고. 그해 나는 K를 거절하고 기숙사 앞에서 공개 고백했던 동기를 잠깐 만났는데 모든 게 해로운 연애였다. 그때 걔를 만날 거였으면 차라리 K를 만나볼걸, 하고 후회할 때마다 친구들은 아니야, 그랬으면 대학 졸업도 못 하고 독박 육아 하고 있을지도 몰라, 하고 말했다. 아주 틀린 말 같지는 않았다.

K를 마지막으로 본 건 2017년 초였다. 항우울제와 수면제를 잔뜩 받아 본가에 내려갔다가 우연히 K를 만났다. 의사 선생님은 절대 술을 마시지 말라고 했지만 집에서는 마음 놓고 울 수 없어서 나를 염려하는 친구들에게 술을 마시자고 했다. 울면서 술을 마시다 취했고 취해서도 울고 있었는데 K가 들어왔다. 좁은 동네다 보니 술 마시는 곳이 거기서 거기고, 친구들도 그 애들이 그 애들이어서 마침 술 마시러 온 K네 애들과 자리를 합쳤다. K가 오고 나서도 나는 계

속 울었다. K가 보든 말든, 얼굴이야 엉망이 되든 말든. 그런 건 이제 하나도 중요하지 않았다. 그런데 그렇게 K와 나, 친구 한 명만 남았을 때 나는 충동적으로 친구한테 집에 가라고 했다. 우리 집 바로 앞에 사는 충은 그때까지 나를 챙기겠다고 기다리던 중이었다. 당황한 얼굴로 나 정말 가? 하고 묻는 충에게 나는 응, 나 얘랑 둘이 할 얘기가 있어,라고 했다. 충이 가고 K와 나는 어릴 때 솔직하지 못했던 일들에 대해서 이야기하다가 밖으로 나왔다. 밖에서 나는 노골적으로 K의 손을 잡고 팔짱을 꼈다. K는 걷다 말고 나를 안더니 연애를 해보는 게 어떻겠냐고, 이게 우리한테 주어진 마지막 기회일지도 모른다고 했다. 그 말이 너무 웃겨서 한참을 웃었다. K는 순진하구나, 정말 하나도 모르는구나. 나는 대답 대신 집에 갈게,라고 했다. K는 잔뜩 실망한 얼굴로 오늘 같이 있으면 안 되냐고 물었다. 진부한 게 웃겨서 또 웃어버렸더니 K는 다시 나를 안았다. 낯선 품이 간절했던 터라 밀어내지 않고 한동안 K에게 기대 있었다. 이럴 줄 알았지. 둘만 남으면 K는 나를 안아줄 줄 알았지. K는 나랑 자고 싶어 하니까, 생각하면서. K의 품은 따듯했지만 그게 어떤 위로가 되지는 않았다. 집에 가면 그 온도가 조금도 기억나지 않을 것 같아서였다. 나는 내일이 없었으면 좋겠는데. 애초에 없었던 것처럼 사라졌으면 좋겠는데. 지금 통과하는 시간이 긴 터널이 아니라 깊은 동굴 같은 게 아닐까 싶었다. 그런데도 돌아가지 않고 점점 더 깊이 걸어 들어가는 나를 멈출 수 없어서 다리가 없었으면, 생각을 할 줄 몰랐으면, 피가 흐르지 않고 체온이 식고 감정이 메말랐으면, 하고 바랐다. 그런데 연애라니. 재밌다, K야. 재밌다, 재밌어.

나는 택시를 탔다. 집에 도착하니 새벽 네 시가 조금 지나 있었다. 아침에는 전날 함께 술을 마셨던 충과 냉자로부터 번갈아가며 전화가 왔다. 미친년아 어디야? 하고 묻는 애들에게 집이야, 하고 몇 번이나 확인을 시켜줬다. 그 뒤로도 친구들은 심심할 때마다 정말 K랑 한 번도 자지 않았냐고 물었다. 응, K랑은 안 잤어, 대답하면서 그런데 그게 그렇게 중요한가? 하고 생각했다. 나는 이제 까짓거 한 번 잘 수도 있지, 하고 생각하는 사람이 되었으니까. 마음 내키면 한 번이 뭐야. 두 번, 세 번도 문제없지. 하지만 내키지 않으니까. 쉽게 설렜던 나는 언제부터인가 다짜고짜 너 예쁘다, 하는 말에는 화가 나는 사람이 되었고, 꽃이 피는 것에도, 하늘이 파란 것에조차 분노하는 사람이 되어버렸다. 한번 그렇게 되어버린 이상 이전으로는 돌아갈 수 없었다. 이렇게밖에 살 수 없는 사람이 되어서 아직도 간지러운 말을 할 줄 아는 K

에게 나는 어떤 설명도 하지 않았다. 사랑은 정신병이라고 생각하는 나와 여전히 운명을 믿는 K 사이에 이제 도무지 교집합이랄 게 없었다. 조심히 들어가라는 인사 같은 것도 술이 깨면 하지 못할 거란 걸 알고 있어서 나는 K를 잘 봉인하기로 했다. 그건 생각보다 훨씬 간단한 일이었다. 그래도 간간이 K의 소식이 들려오면 귀를 쫑긋하게 된다. K가 나이트클럽에서 여자를 만난 이야기와, K가 피시방에서 밤을 새운 이야기, K가 연애 중이라는 이야기 같은 것들이 너무 여전해서 그 여전함이 낯설고 반갑다. K가 별 탈 없이 여전했으면. 건강하게, 나와 무관한 시간을 살아갔으면.

만약에

—

꿈과 장래 희망이 같은 것인 줄 알았을 때, 내 첫 번째 꿈은 문방구 주인이 되는 것이었다. 색색의 볼펜과 디자인이 예쁜 샤프나 지우개 외에도 문방구에는 내 마음을 뺏는 물건이 늘 넘쳐났다. 불량 식품이라든지 액체 괴물이나 싸구려 반지, 스티커 같은 것들. 필요 없지만 존재 자체로 필요해지는 물건들을 보며 문방구 주인은 얼마나 좋을까, 하고 생각했다. 과자 봉지 하나 마음대로 뜯지 못하는 슈퍼 딸을 보니 엄마가 문방구 주인이 되는 건 소용없었다. 허락받지 않고 마음껏 누리려면 내가 직접 문방구 주인이 되어야 했다. 사장도 물건을 사 와야 한다는 개념이 생긴 뒤에야 다른 꿈을 갖게 되었고, 그것들은 쉽게 바뀌었다. 귀여운 아기를 보면 유치원 선생님이 되고 싶었다가, 피아노 학원에 다닐 때에는 피아니스트가 되고 싶었고, 〈스파이키드〉라는 영화를 봤을 때에는 스파이가 되고 싶기도 했다. 고등학생이 되고 나서도 〈미스터 & 미세스 스미스〉의 영향으로 아주 잠깐 킬러를 꿈꿨지만 청소년 시기부터는 '비교적' 현실 가능한 꿈을 꾸기 시작했다. 주로 전문직이었는데 내가 수학을 잘한다고 착각했던 중학생 때까지는 의사를 꿈꿨고, 수학에 재능이 없다는 걸 깨달은 고등학생 때부터는 변호사나 검사, 아나운서를 꿈꿨다. 여전히 꿈과 장래 희망이 동의어인 줄 알았고, 직군의 모습을 전형적으로만 이해해서 명암 모두를 볼 줄 몰랐다.

그런데 내가 오랫동안 커리어 우먼을 꿈꿨다고 하면 상당수의 친구들이 전혀 몰랐다고 한다. 나는 네가 어릴 때부터 글을 쓰고 싶어 하는 줄 알았어,라고. 글을 쓰고 싶었다면 동네 학교나 예술 고등학교에 갔겠지, 하면 친구들은 아, 하고 고개를 끄덕인다. 내가 다닌 고등학교는 전교생 기숙 학교였는데, 경기도 전역에서 공부 좀 했다는 아이들이 모여 공부만 하는 학교였다. 모든 것이 오로지 수능에만 맞춰져 있었다. 주입식 교육이 체질에 맞았던 나는 공부가 재미있었고, 더 잘하고 싶어서 어른들과 의논 하나 없이 타지의 기숙

학교에 스스로 지원했다. 그해에는 하향 지원이 대세였다. 우리 학년이 등급제 첫 세대로 지정됐기 때문이다. 내신이 중요해지면서 오랫동안 정원 미달이던 실업계 고등학교가 모두 초과됐고 타지로 빠지던 학생들이 동네 인문계 고등학교로 발길을 돌렸다. 그런 와중에 수능에 올인하겠다고 모험을 택한 것이다. 바로 위 선배들까지만 해도 떨어지면 얼마든지 미달된 동네 학교에 갈 수 있었지만 우리는 달랐다. 동네 학교 모두 포화 상태였고, 상위권 학생들도 동네에 그대로 남았기에 고입 선발 고사에서 떨어지면 나는 집 앞에 학교를 두고서 더 시골로, 시를 넘어 다녀야 했다. 상황이 이렇다 보니 원서를 제출하고 나서 몇몇 학교 선생님은 용 꼬리보다 뱀 머리가 낫다며 대놓고 나를 조롱하기도 했다. 그럴 때마다 "용은 용이고 뱀은 뱀이죠" 하고 대들었지만 마음속으로는 깊이 불안해서 내신 정산이 끝난 뒤에도 연합고사 준비로 쉴 수 없었다. 교실에서는 하루 종일 영화를 틀어놓아서 공부를 하려면 난방도 잘되지 않는 과학실이나 도서관을 전전해야 했다. 그렇게 전교 5등으로 졸업했던 나는 360명 중 355등으로 원하는 고등학교에 겨우 입학할 수 있었다.

그래도 막상 입학하고 나니 다시 잘할 수 있을 것 같았다. 모두가 중학교 때 반에서 1등 한 번씩은 해봤다지만 그건 나도 마찬가지니까. 까짓거 열심히 하면 100등 안에는 들 수 있겠지 싶었다. 하지만 나는 졸업할 때까지 300등 안에 들어보지도 못했다. 입학 전에는 꼴찌를 해도 좋으니 그 학교에 가기만 했으면 좋겠다고 생각했는데, 그렇다고 정말 꼴찌를 바란 건 아니었다. 그런데 첫 중간고사를 치르자마자 그게 현실일 수도 있겠다는 생각에 앞으로의 삼 년이 막막해졌다. 다들 처음 받는 등수일 테니 징징거리기는 매한가지였지만, 나는 정말 심각해서 친구들이 놀랄까 봐 성적표를 숨길 정도였다. 애들이 놀리지 않고 놀라기만 하면 못 견딜 것 같았다. 자신 있던 과목들도 줄줄이 9등급을 받고, 도무지 좁아지지 않는 격차에 어느 순간부터는 포기하는 버릇이 생겼다. 그냥 자도 9등급이고, 밤새워 공부해도 9등급이라면 하지 말자는 생각에서였다. 자연스럽게 의사와 변호사 역시 스파이나 킬러만큼이나 허황된 꿈이라는 것을 받아들이게 되었다.

그즈음엔 관성으로 공부를 하긴 했지만, 시험 시간이 되면 답안지를 한 줄로 세우거나 일부러 문제를 풀지 않았다. 그렇게 틀리면 마음이 덜 괴로웠다. 최선을 다해 풀었는데도 틀리면 정말 멍청이가 된 기분이어서 일부러 망쳐놓고 그래, 그랬으니까, 하는 버릇이 생겼다. 신기한 건, 그럼에도 불구하고 꼴찌는 한 번도 안 해봤다는 것이다. 내 뒤에 있던 다섯 명 중 네 명이나 전학을 갔는데도 말이다. 오히려 300등에 가까운 채로 등수가 유지됐다. 돌이켜보면, 진짜 멍청이가 되는 걸 두려워하던 사람이 나 혼자가 아니었을지도 모르겠다.

난 진짜 뭐가 될까. 그런 생각을 하면서 아침 여섯 시에 일어나 수업과 자습을 반복하다가 새벽 두 시에 잠드는 일상을 반복했다. 취침 시간은 열두 시였지만 잠이 오지 않아 두 시까지 자습을 신청하고, 교실에서 졸거나 책을 보다가 기숙사로 넘어갔다. 기숙사로 넘어가도 바로 잠들지 못했고, 그러거나 말거나 아침 여섯 시면 다시 기상 방송이 나오니까 나는 늘 졸린 상태였다. 졸린 상태로 지내다가 정 못 참겠으면 양호실에 가서 한 시간씩 자곤 했다.

그러다가 2학년 여름 방학 때 우연히 백일장 포스터를 보게 되었다. 양호실에서 조금 자고 나오는 길이었다. 교무실 벽 게시판에 붙은 여러 포스터 중 하나였는데, 상금과 각종 특전에 대해 적혀 있었지만 상을 받겠다는 생각은 조금도 없었다. 다만 이거면 학교를 쨀 수 있겠다는 생각에 그날부터 예선에 낼 소설을 쓰기 시작했다. 한번 예선에 통과한 뒤로는 예선이 없는 대회에도 예선에 통과했다 하고 학교에서

도망쳤다. 방학이었지만 학교 밖으로 나가려면 부모의 동의가 필요했는데, 집에서 절대 허락해줄 리가 없으니 엄마까지 속여야 했다. 백일장은 좋은 핑계였다. 그런데 첫 대회에서 운 좋게 상을 받게 되었다. 무려 1등상이었다. 내가 받을 거란 기대 자체가 없어서 나를 호명할 때에도 자리에 앉은 채로 누군지 참 좋겠다, 생각했을 정도여서 처음에는 나도 가족도 수상 결과를 믿지 못했다. 어쨌든 엄청 큰 상을 받아버렸으니까, 이걸로 대학에 가야겠다고 생각했다. 백일장에서 만난 친구들도 좋았고, 학교 밖에서 돌아다니는 것도 좋았고, 꿈꾸던 대학에도 갈 수 있다고 하니 나는 본격적으로 백일장에 다니기 시작했다. 그때부터 자습 시간에 종종 예선에 내기 위한 글을 썼고, 백일장에 다녔고, 가끔 상을 받기도 했으니까 공부만 했던 친구들은 내가 그때부터 글을 쓰고 싶어 했다고 생각한 것 같다. 하지만 백일장에서 보낸 시간이 아무리 즐거웠어도 내 꿈은 여전히 커리어 우먼이었다. 의사나 변호사까지는 아니어도, 에이치라인 스커트를 입고, 하이힐을 신고서 서울 도심을 도도하게 걸어가는 것. 한 손에 아이스 아메리카노를 들고 다른 한 손으로 서류를 보면서 시대의 흐름을 분석하는 것. 그때 내가 상상했던 모습이 도대체 어떤 직종인지 여전히 모르겠으나, 그런 모습들을 꿈꿨다. 백일장에서 만난 친구들이 시와 소설에 대해 이야기하고, 작가를 보며 설레어 할 때, 나는 특기자 전형으로 좋은 대학에 가는 나를 자주 상상했다. 믿는 구석이 생기니 공부할 때의 마음도 편해졌고 망가졌던 것들이 조금씩 제자리를 되찾는 것 같았다.

그런데 착착 진행되는 것 같았던 대입 준비가 한순간에 무너졌다. 담임 선생님이 특기자 전형 1차 합격 소식을 조회 때 전달해서 이미 학교와 동네에는 내가 Y대에 붙었다는 소문이 퍼진 뒤였다. 늦은 시각까지 수능을 치르고 왔는데, 다음 날 담임 선생님께 불려 갔다. 선생님은 왜 수리를 보지 않았냐고 물었다. 나는 그게 왜 문제 되는지 모르겠지만 분위기상 심각한 상황인 것 같아서 사탐 공부를 했는데요, 하고 대답했다. 실제로 나는 수리 영역 시간에 열심히 사회 탐구 오답 노트를 점검하고 있었다. 수리 영역 직전 쉬는 시간에 반 친구가 짐을 챙겨 어디론가 이동하는 모습을 봤고, 어딜 가는지 물었더니 수리 영역을 선택하지 않았다고 했다. 그럼 어디서 뭘 하냐니까 미응시자들이 대기하는 교실이 있다고. 언어 영역이 찜찜했던 터라 다른 과목을 공부할 수 있다는 그 말이 솔깃하게 들렸다. 삼 년 내내 구십 분 동안 육십 문항의 모의고사를 봤는데 수능 당일부터 팔십 분 동안 오십 문항으로 바뀐 것도 찜찜했고, 과학 지문이 두 개나 나온 것도 찜찜했다. 최저 등급은 세 과목인데, 애매하게 두 과목만 잘 보고 두 과목은 등급 컷에 걸릴지도 모른다는 불안이 커졌다. 등급제 첫 세대라는 말이 무겁게 다가왔다. 나는 충동적으로 나도 수리를 안 볼 수 있는지 물어봤고, 친구는 그냥 가면 된다고 알려줬다. 그렇게 수험장에서 내 멋대로 수리 영역에 미응시했다. 대신 완벽하게 1등급을 받기 위해 그 시간 동안 다른 과목들을 최종 점검했다. 제2 외국어가 기본 조건인 건 알고 있어서 중국어까지 치르고 왔는데, 전 과목 응시가 기본 조건인 건 모르고 있었다. 수능은 생각보다 잘 봤고, 수리 영역 시간에 잠만 자도 됐다는 걸 알았을 땐 이미 불합격 통보를 받은 뒤였다. 수시 지원했던 학교 중 등록 기간이 남은 학교는 한 곳밖에 없었고, 애석하게도 문예창작학과였다. 별수 없이 쓰레기통을 뒤져 더러워진 합격 통지서를 찾아냈다. 불합격한 Y대는 내가 다닌 M대와 너무 가까워서 어떤 주에는 매일 그 앞을 지나야 했다. 커리어 우먼은 커녕 꿈꿨던 대학 생활이 물거품이 돼서 나는 아주 오랫동안 우울했지만 모두 내 잘못이라 누굴 원망할 수도 없었다.

그때부터는 한동안 꿈이 없었다. 우울해서라기보다 생각보다 대학 생활에 너무 적응을 잘해서였다. 학력 콤플렉스에 찌들어 있긴 했지만 그 와중에 잘 놀고, 잘 다녔다. 전공도 생각보다 적성에 맞아서 주입식 교육이 체질에 맞는다고 생각했던 나는 되레 창작 수업에서 제일 성적을 잘 받았다. 당장 하루하루 노는 게 재미있어서 어떻게든 되겠지, 하고 살다 보니 커리어 우먼은 너무 먼 일이 되어버렸다. 그사이 오히려 '커리어 우먼'이라는 단어 자체를 불편하게 느끼게 되었고, 그런 전형적인 이미지에 염증을 느끼게 되었다. 최근에 만난 친구도 회사 생활에 하이힐과 에이치라인 스커트 같은 건 없다고 말해주었다. 잠 못 자서 늘어난 다크서클과 떡진 머리뿐이라고. 그래, 그게 맞는 거지, 하며 요즈음의 나를 돌아봤다. 요즈음의 나는 딱히 되고 싶은 게 없다. 장래희망이라는 단어 자체가 미성년자의 전유물처럼 느껴지는 탓이기도 하겠지만, 실제로 지금의 내게는 무의미하기도 하다. 손 벌리지 않고 근근이 살아가는 것도 장래 희망에 포함된다면 모르겠지만. 가끔씩 맛있는 맥주를 마실 수 있고, 강아지에게 양질의 간식을 사줄 때마다 통장 잔고를 확인하지 않아도 되는 정도의 사람이 되고 싶다. 그래서 일정한 급여만 있다면 일의 종류는 크게 중요하지 않다. 이런 이야기를 하면 엄마는 주먹으로 가슴을 치면서 절대 안 된다고 하지만 엄마가 시켜줄 수 있는 거였으면 진즉 무언가를 했을 것이다. 다만 꿈은 있다. 아주 많이 있다. 다정한 사람이 되고 싶고, 솔직한 사람이 되고 싶고, 강인한 사람이 되고 싶다. 그렇다고 아무에게나 다정하지 않고, 무례하지 않으며, 유연한 사람이고 싶다. 야채를 즐길 줄 알고, 요리를 좋아하고 수영을 잘하고 싶다.

이따금 고등학교 친구들을 만나면 '만약에' 놀이를 한다. 대부분 '만약에 동네 고등학교에 갔다면 어땠을까?'이다. 그랬다면 여전히 내가 수학을 잘하는 줄 알고 이과에 갔겠지, 성적이 잘 나오니까 백일장 같은 것에 눈 돌릴 일도 없었을 테고, 그럼 문창과는 존재 자체도 몰랐을 거야. 어릴 때 생각했던 터무니없는 커리어 우먼의 모습은 아니겠지만 적당한 회사에 들어가서 평범하게 잘 살고 있겠지? 질문은 끝없는 가정을 물어오고, 가정 끝엔 필연적으로 허무함이 몰려온다. 그러나 친구들은 대부분 고개를 젓고 너는 결국 지금처럼 지냈을 거야, 수리 영역에 응시하고 Y대에 갔다 해도, 하고 말한다. 오히려 더 멀리 돌아왔을지도 모른다고. 모두가 자기 자신에게만 집중하는 수능 시험장에서 아무도 모르게 빠져나가는 사람을 발견할 줄 아는 애였으니까, 결국은 이렇게 될 일이었다고. 나는 그런가, 하고 웃었고 만약에를 자주 하지 않는 사람이 되고 싶다고 생각했다. 그러고는 만약에 십 대의 나를 만날 수 있다면, 하고 생각했다. 그러면 그렇게 애쓰지 않아도 된다고 말해주고 싶다. 아무도 되지 않아도 괜찮고 아무나 되어도 괜찮다고.

그 순간만큼은

—

복이를 처음 만난 날을 나는 언제나 생생하게 기억할 수 있다. 그즈음 우리 가족은 이사 일정이 꼬여서 얼마간 엄마의 미용실에서 지내게 되었다. 그래 봤자 학교를 다니는 나와 동생은 씻고 잠을 자는 정도가 다였고, 집이 아닌 곳에서 잠드는 게 아직은 재미있을 나이여서 크게 어려운 점은 없었다. 미용실 셔터를 내린 뒤 영업을 하던 공간에서 밥을 먹고 자리를 깔고 눕는 일에 나와 동생은 종종 들뜨기까지 했다. 하지만 엄마는 달랐다. 엄마는 하루 종일 미용실에만 있어야 했다. 손님이 없는 틈틈이 창가에 앉아 햇볕을 쐬어보았지만 역부족이었다. 2층인 미용실에 손님이 언제 올라올지 모르니 밖으로 나가는 일은 꿈도 꿀 수 없었다. 영업을 마치면 안에서 바로 문을 잠그고 자리를 폈기 때문에 출퇴근길이 유일한 외출이었던 엄마는 아주 잠깐도 바깥에 나가지 못하는 날이 대부분이었다. 결국 자주 우울해하는 엄마를 위해 우리는 개를 입양했다. 잘생긴 말라뮤트였는데, 그전까지 우리는 작은 개와만 살아봐서 하루가 다르게 크는 그 애가 너무 신기했다. 그 애의 이름이 복이였다. 복을 많이 받으라는 의미였다. 복이가 오고 엄마는 미용실에 살기 이전보다도 훨씬 행복한 사람이 되었다. 복이는 순식간에 커서 고작 몇 달 사이에 엄마만 해졌고, 똥도 쉬도 많이 쌌다. 그 크고 많은 똥오줌을 치우면서도 엄마 얼굴엔 웃음이 떠나질 않았다. 하지만 복이는 우리와 오래 지내지 못했다. 2층으로 올라오던 손님 대부분이 커다란 복이를 보고 다시 내려갔기 때문이다. 엄마가 다급하게 쫓아가서 안 물어요, 안 무서워요,라고 이야기해도 소용없었다. 결국 엄마는 매일 복이를 보러 미용실에 놀러 오던 친구에게 복이를 보내기로 결정했다. 화원을 하는 분이었는데, 복이도 흙을 밟고 마음껏 뛰노는 게 더 행복하지 않겠냐며 본인이 잘 키우겠다고 설득하셨단다.

복이를 보내던 날, 자꾸만 뒤돌아보며 우는 복이의 엉덩이를 밀어 차에 태운 엄마는 복이와 눈이 마주칠까 봐 서둘러

달려왔다고 한다. 그리고 그날부터 엄마는 하루 종일 울었다. 울면서 커트를 하고, 울면서 롯드를 말고, 울면서 샴푸를 했다. 며칠 뒤 보다 못한 단골손님이 작은 강아지 한 마리를 데리고 왔다. 수건 안에서 꼬물대는 하얀 강아지였는데, 그 애가 하는 모든 행동이 귀여웠다. 눈을 뜨고 감는 것조차 귀여워서 한시도 그 애를 쳐다보지 않을 수 없었다. 손님은 이웃집 말티즈가 새끼를 낳았는데 여섯 마리 중 제일 예쁜 애로 데려왔다며 이모, 그만 울어요,라고 했다. 엄마는 싫어,라고 했다. 엄마는 그 예쁜 애를 쳐다보지도 않고 나 이제 개 안 키워, 도로 데려가,라면서 계속 울었다. 엄마가 울어서 속상한 것과 별개로 그 애가 너무 예뻐서 나와 동생은 엄마 몰래 미용실 안쪽 방에 데려가 어떤 이름이 좋을지 상의했다. 하얀 강아지니까 구름이, 솜사탕, 흰둥이 등등의 이름이 나왔지만 어떤 이름도 딱 이거다! 하는 게 없었다. 그렇게 어영부영 그 애와 하룻밤을 보내게 되었는데, 다음 날 아침에 일어나보니 영업 준비를 마친 엄마의 앞치마 주머니 안에 그 강아지가 들어가 있었다. 눈을 비비며 엄마, 하고 부르니 다시는 개를 키우지 않겠다던 엄마가 애 이름은 복이야, 그냥 복이로 하자,라고 했다. 우리는 그래,라고 했다. 그때부터 원래의 복이는 '큰복이'가 되었고, 하얀 강아지가 '복이'가 되었다.

복이는 정말 사랑스러운 강아지여서 나는 엄마가 마음을 돌린 일이 놀랍지도 않았다. 복이를 가만히 지켜보고 있으면 누구나 그렇게 될 수밖에 없는 일이었다. 우리는 지나치게 작고 연약한 복이가 혹시나 잘못될까 염려하면서 복이의 느린 성장 과정을 조용히 지켜보았다. 잠만 자던 복이는 가끔 눈을 뜨고 하품도 했는데 그런 모습을 볼 때마다 우리는 얘도 자기가 예쁜 줄 알고 있는 거야,라며 호들갑을 떨었다. 대견하게도 복이는 기대보다 빨리 걷고 물도 마실 수 있게 되었는데, 그럼에도 그때까지 짖지 않아서 우리는 복이가 혹시 짖지 못하는 건 아닌지 걱정까지 했다. 그런데 어느 날 그 조그만 애가 깡! 하고 짖었고, 지켜보던 우리는 손뼉을 치며 잘했다고, 그렇게 하는 거라고 응원했다. 그래서인지 복이는 지나치게 짖는 개가 되었지만 그게 복이를 예뻐하지 않을 이유가 되지는 못했다. 복이를 보는 게 너무 행복해서 나는 학교 기숙사로 돌아가야 할 때마다 발길이 떨어지질 않았는데, 일 주일이나 이 주일 만에 돌아와도 어린 복이가 나를 알아봐주고 반가워해주는 게 고마웠다. 심지어 복이는 그런 나를 편애하기까지 했다. 그건 우리 가족 모두가 인정하는 사실이었고 내게는 퍽 자랑스러운 일이었다.

그런데 하루는 엄마랑 미용실 소파에 앉아 복이와 놀고 있는데 복이 눈이 조금 돌아간 것처럼 보였다. 그걸 보자마자 엄마, 복이 눈이 조금 돌아간 것 같아,라고 했지만 엄마는 예쁘기만 하고만, 하고 넘겼다. 내가 그런 말을 해서 복이가 째려보는 거라고. 하지만 다음 날 예방 접종을 하러 병원에 가니 복이는 정말 사시가 맞았다. 너무 작고 약해서 그런 거니까 영양을 보충해주면 좋아질 거라고. 결국 복이는 예방 접종과 함께 영양제를 더 맞았다. 영양제를 맞으니 정말로 눈이 돌아왔지만, 아직도 흥분할 때면 살짝살짝 돌아가곤 한다. 그날 예방 접종을 하면서 수의사는 복이에게 심장 기형이 있고, 그래서 수명이 다른 개들의 반밖에 되지 않는다는 말도 덧붙였다. 알고 보니 복이는 평균 두세 마리의 새끼를 낳는 말티즈의 여섯 번째 새끼였다. 단골손님은 비슷비슷하게 생긴 새끼들 사이에서 젖도 얻어먹지 못해 눈에 띄게 작은 복이를 보고 제일 귀엽다고 판단한 것이다. 수명이 반밖에 안 된다는 말은 충격적이고 참담했지만 그만큼 더 사랑해주면 되지 싶었다. 그때의 나는 개의 수명이나 개의 일생 등에 대해 충분히 알아보았기 때문에, 내게 큰 병이 생기거나 사고가 나지 않는 이상 복이가 나보다 일찍 세상을 떠날 거란 사실을 분명하게 알고 있었지만, 그 사실을 체감할 수는 없었다. 언젠가 먼 미래에 그런 날이 있기야 하겠지만 그건 지구 종말처럼 아득한 이야기였다. 눈앞의 복이는 하루가 다르게 크고 있었고, 잘 먹고, 잘 놀았다. 나와 비슷한 마음으로 우리 가족 모두 복이를 더 사랑하자고 약속했다. 후회 없게 사랑해주고, 세상에서 제일 행복한 개로 만들어주자고. 푸들의 피가 섞였는지 악성 곱슬이고, 다리와 목이 유난히 긴 복이를. 예민하고 뻰뻰한 복이를. 복이랑 살면서 복이의 특징과 모습을 떠오르게 만드는 단어가 점점 많아질 때마다 어쩌다 이렇게 예쁜 강아지가 우리 집에 왔지? 생각했다.

그런데 요즘의 복이를 볼 때면, 우리는 정말 후회 없이 복이를 사랑했나 싶다. 복이도 그렇게 생각해줄까 싶다.

복이는 2015년 7월부터 심장약을 먹기 시작했다. 동생과 함께 살기 시작하면서 복이를 서울로 데려온 뒤의 일이었다. 어느 날 복이가 헛구역질을 했다. 나는 이불을 사수하기 위해 서둘러 복이 입에 손을 대고 있었다. 그런데 복이는 눈이 빠질 것처럼 꺽꺽대면서도 눈물만 흥건할 뿐 토하지는 않았다. 그날 복이가 신경 쓰여서 저녁 약속을 모두 취소하고 일찍 들어갔는데, 나한테 등을 기대고 자던 복이가 코를 골기 시작했다. 그게 너무 귀여워서 내려다봤더니 복이는 잠을 자지 않고 어딘가를 가만히 응시하고 있었다. 숨소리가 코 고는 것처럼 들렸던 것이다. 그날 이후로 복이는 하루 종일은 아니지만 매일 간헐적으로 쉿소리를 냈다. 그럼에도 목청 좋게 짖어대고 간식도 잘 먹고, 똥도 커다랗게 싸고, 똥 쌌다고 자랑도 해서 나는 왜 저러지, 걱정만 하다가 일주일이 지나서야 복이를 데리고 근처 동물병원에 갔다. 페럿 전문 병원이라 페럿 환자가 몰려서 한참을 기다리다가 겨우 진료를 받을 수 있었다. 증상을 이야기하고 당연히 소화기거나 호흡기이겠거니 했는데, 청진기를 대자마자 의사 선생님이 심장 안 좋은 거 알고 계셨죠? 하고 물었다. 가슴이 철렁했다. 그제야 심장이 좋지 않다는 오래전 수의사의 말이 떠올랐다. 그가 했던 모든 말이 떠올랐다. 그때 복이는 아홉 살을 통과하고 있었다.

의사 선생님은 복이의 심장은 제대로 펌프질을 하지 못해서 그 안에서 자꾸 피가 돈다고 했다. 심장 검사는 꾸준히 했는지, 어떤 관리를 해줬는지, 질문이 쉴 새 없이 쏟아졌다. 나는 가끔 심장에 좋다는 영양제를 사 먹였다는 변명을 늘어놓았다. 대답이 아니라 변명일 뿐이라는 것을 그때의 나도 분명하게 알고 있었다. 걱정은 했지만 복이의 건강만큼 병원비에 대한 걱정도 컸다. 그래서 복이가 컥컥거리면 복이를 안고서 목에 뭐가 걸렸나, 하다가 다시 잠잠해지면 자꾸만 안심하려고 애썼다. 복이는 쇳소리를 내면서도 산책을 졸랐고 우리끼리 뭐라도 먹으려 하면 귀가 아플 정도로 짖었으니까 괜찮을 거라고 믿었다. 그렇게 믿고 싶었다. 그래서 안 좋은 걸 아셨으면 더 관리를 해주셨어야죠,라는 말에 아무 대꾸도 할 수 없었다.

다행히 엑스레이 결과 폐부종까지는 아니라고 했다. 의사 선생님은 본인이 심장은 잘 볼 줄 모른다며 심장을 잘 보시는 분이 이 주에 한 번 오신다고 그때 정밀 검사를 해보자고 제안했다. 그러고는 눈이 시뻘게진 나를 보고 정기 검진 때까지는 너무 걱정하지 말고 평소처럼 지내라고 하셨다. 그럼 괜찮은 거냐고 물었더니 괜찮지 않다고. 다만 응급 상황은 아니라고 하셨다. 만약 정밀 검사 전에 혓바닥이나 잇몸이 보라색으로 변하면 새벽이든 휴일이든 언제든지 연락하라는 말도 덧붙였다. 잔뜩 겁을 먹은 복이를 안고 집에 돌아와서는 통장 잔액부터 확인했다. 스무 살 때부터 갖고 싶었던 스쿠터가 마침 집 앞 매장에 좋은 매물로 들어와 있었고, 금액까지 확인한 상황이었다. 드디어 마음에 드는 스쿠터를 갖게 되는 줄 알고 기대에 부푼 날들을 보내고 있었는데, 갑자기 그런 게 다 무슨 소용일까 싶었다. 집에 돌아와서는 침대에 널브러져 있는 복이의 가슴에 귀를 갖다 댔다. 심장이 아픈 건 어떤 기분일까. 귀찮은지 복이는 뒷다리로 내 얼굴을 계속 밀어냈다. 복이의 가슴에서는 고오오, 하는 소리가 들렸다.

며칠 후 정밀 검사 예약 날이 되어 다시 병원을 찾았을 때에는 비교적 최근에 미용을 했음에도 불구하고 초음파 검사를 하기엔 털이 많이 자랐다며 배를 아주 바짝 밀었다. 그 모습을 지켜보는데 기분이 이상해졌다. 복이는 예민하고 까탈스럽지만 겁이 많고 태세 전환이 빨라서 아는 사람이 없으면 한없이 순한 개가 되기 때문에 나는 내 팔에서 떨어지지 않으려는 복이를 간호사 선생님께 맡기고 진료실 밖으로 나와 있었다. 역시나 내가 없으니 엑스레이도 잘 찍고, 눈 검사도 수월하게 받았다고 했다. 검사 결과, 복이의 좌심방과 좌심실은 비교적 건강한 편이었다. 문제는 오른쪽인데, 판막도 약한 데다가 폐 고혈압이 있어서 우심방에서 우심실로, 우심실에서 폐로 흘러가야 할 피가 자꾸만 역류했다. 게다가 담낭에 찌꺼기가 가득 차 있었다. 그나마 다행인 건, 조기 발견이었다. 그래서 수술까지는 하지 않아도 된다고 했다. 다만 약은 평생 먹어야 한다고. 그러면 오랫동안 함께 살 수 있다고 하셨다. 그제야 무거운 짐을 조금 내려놓을 수 있었다. 30일 치 약과 검사비를 결제하고 나니 통장 잔액은 거의 0원에 수렴했다. 다행인지 불행인지 병원에서 집으로 돌아오는 길에 누군가가 내가 점찍어둔 스쿠터를 결제하고 있었다. 어쩌면 내 것이 될지도 모른다고 생각했던 스쿠터를 타고 그가 멀어지는 모습을 멀리서 가만히 지켜보았다. 복이는 바깥이라는 사실에 기분이 상당히 좋아 보였다.

그날 이후 복이는 매일 아침저녁으로 심장약을 먹고 있다. 약을 먹기 시작하자마자 쉿소리는 놀라울 정도로 완벽하게 사라졌다. 심장이 안 좋은 아이들은 심장약을 먹으면 살이 쪄서 더 예뻐진다는 의사 선생님의 예언과 달리, 복이는 워낙 예민하고 신경질적이라 그런지 좀처럼 살이 찌지 않았다. 그래도 전보다 확실히 밥을 많이 먹었고, 그래서 전보다 훨씬 많은 똥을 쌌다. 멀리서 기분 좋게 폴짝폴짝 뛰어오면 무조건 똥이었다. 똥 냄새는 자다가도 깰 정도로 강렬했지만 일단 복이가 자랑을 하면 과장되게 놀라며 칭찬을 해줘야 한다. 게다가 복이가 먹는 약에는 아주 소량의 비아그라가 들어 있는데, 그래서인지는 모르겠지만 약을 먹기 시작한 뒤로 우리는 밤낮없이 복이 전용 인형을 복이가 원하는 자세로 세팅해줘야 했다. 그건 무척 피곤한 일이었다. 왜냐하면 복이는 원하는 걸 쟁취할 때까지 꾸준하게 발을 구르고, 짖고, 앓고, 툭툭 치거나 긁으면서 우리를 괴롭히기 때문이다. 그래서 자다가도 일어나 복이가 원하는 것들을 들어줘야 했다. 그래도 이렇게 건강한 모습을 보고 있으면 감사한 마음이 든다. 여전히 한 달 치 약값은 너무 큰 부담이어서, 비싼 간식에 약을 섞어줘도 잘 먹지 않는 복이를 보면 이게 얼마나 비싼 건 줄 알아? 하고 성질을 내지만 편식이 심하고 예민하고 제멋대로인 복이를 보고 있으면 어쩜 이렇게 날 닮았지, 하고 알 수 없는 뿌듯함을 느끼기도 한다.

요즘은 지구 종말처럼 느껴졌던 일들을 자주 구체적으로 상상하게 된다. 따뜻한 곳을 좋아하는 복이는 주로 이불 속에 완전히 들어가 자곤 하는데, 함께 이불을 덮고 있다가도 불현듯 가슴을 졸이며 이불을 들춰 숨을 잘 쉬고 있는지 확인하게 된다. 그러면 복이는 귀찮다는 듯 다리를 쭉 뻗어 나를 밀어내고 다시 편한 자세를 취한다. 이런 식으로 안도를 하고 나면, 복이와의 이별이 지구 종말이 아니라 곧 다가올 계절처럼 여겨진다. 어쩌면 내일 당장일지도 모른다는 것을, 나는 이제 체감하게 되었다. 주변에서는 모두 복이와 애착이 가장 큰 나를 두고 그때가 되면 네가 무너질까 봐 걱정된다고 한다. 이제 복이는 열세 살을 지나고 있다. 눈이 많이 탁해졌고, 원래도 소화 기관이 약해 자주 토했지만 훨씬 자주 토한다. 최근에는 미용을 맡기려고 하니 노견인 데다 심장병이 있으니까 갑자기 심장마비로 죽는다 해도 숍에서는 아무런 책임을 지지 않는다는 동의서에 사인을 해야만 가능하다고 했다. 털을 미는 일에 무슨 그런 무서운 사인까지 해야 하는지 싫어 우리는 미용을 포기했다. 대신 바리깡을 사서 직접 미용을 했는데, 너무 망해버려서 복이의 모습을 본 사람들은 '그리스 할아버지', '산성비 맞은 사자' 등 신박한 표현들을 내놓으며 자지러졌다. 우리가 봐도 웃겨서 복아 미안해, 얼마나 예쁜데, 하고 말하면서도 좀처럼 복이의 새로운 모습에 적응하기가 어려웠다. 망한 미용 때문에 복이는 언제나 심술궂은 표정처럼 보이는데, 그런 얼굴로 꼬리를 흔들고, 등을 기대고, 폴짝폴짝 뛰어다니면 그것 나름대로의 매력이 있다.

이제는 함께 살던 동물을 떠나보냈다는 이야기를 그저 슬픈 소식으로만 받아들일 수 없게 되어버렸다. 그럼에도 내게 그 일이 닥쳤을 때를 생각하면, 슬픔의 크기가 짐작조차 되지 않는다. 복이가 없는 삶은 역시 잘 그려지지 않는다.

언젠가 어두운 방에서 혼자 엉엉 우는 내게 복이가 다가왔었다. 복이가 날 위로해줄 거라는 기대는 애초부터 없었다. 그래도 이렇게 운 적은 없으니까, 혹시 텔레비전에서 봤던 것처럼 내 슬픔에 공감하는 건가 싶었다. 한편으로는 집이 너무 캄캄하고 내가 악을 쓰고 울어서 복이가 겁을 먹은 건 아닌지 걱정했다. 복이는 모든 예상을 깨고 붕가붕가용 인형을 코로 툭 쳤다. 다리가 길어 고추에 제대로 닿지 않는 인형을 바로 세워달라는 것이었다. 급했는지 발을 구르고 으르릉거리기까지 하면서. 어이가 없어서 나는 잠시 울음을 멈췄다. 그리고 우습게도 울다가 복이의 붕가붕가용 인형을 세워 잡아줬다. 내가 울든지 말든지 복이는 열심히 붕가붕가에만 집중했고, 절정을 맛본 뒤에는 저쪽에 가서 널브러져 잠들었다. 그 바람에 일어나 불을 켜고 복이의 밥을 챙기고 약을 챙겼다. 그래도 저만 아는 복이 덕분에 그날 나는 밥도 먹고 복이와 밤 산책도 했다. 여전히 내 감정은 상관없이 자기가 최우선인 복이를 보고 있으면 저렇게 예쁜 애가 어떻게 우리 집에 왔지 싶다. 복이가 없는 슬픔을 나는 어떻게 견딜 수 있을까. 복이가 없는 세상에서 나는 슬픔을 어떻게 빠져나갈 수 있을까. 깊은 밤 자다 깨면 누굴 안아야 할까. 집으로 돌아왔을 때 무겁게 가라앉았을 적막함을 어떻게 대해야 할까. 막연히 떠올리기만 해도 목구멍이 매워지는 날이 잦아진다. 건강하게 밥을 먹는 모습을 보면서도 다가올 어느 날을 자꾸만 상상하게 되고, 상상은 점점 구체화된다.

그럴 때면 언제가 될지는 모르겠지만, 복이가 눈을 감는 순간에는 무슨 일이 있어도 복이를 따뜻하게 안고 있게 해달라고 간절히 바라게 된다. 그리고 저만큼 떠나간 복이가 잠깐 뒤를 돌아보면서 그래, 너 정도면 같이 살 만한 사람이었어,라고 해줬으면 좋겠다고 생각한다.

진짜라고 할 만한 것

—

요 며칠 계속 몸이 좋지 않았다. 졸업 관련 시험을 연달아 치렀고 논문 준비와 정기적인 연재 작업으로 체력적으로도 심리적으로도 많이 약해진 상태였다. 한껏 예민해져서 피로가 쌓였는데도 불구하고 며칠 동안 잠을 제대로 자지 못했더니 지난주부터는 목이 따갑기 시작했다. 목이 아프네, 감기가 오려나 보다, 하면서도 술을 마시고 밤늦게까지 놀아서였을까. 꿈에서부터 몸이 아프더니 잠에서 깬 뒤로도 몸을 움직일 수조차 없었다. 결국 잠옷에 겉옷만 겨우 걸치고 집 바로 앞에 있는 병원에 갔다. 의사 선생님은 수액을 처방해주시면서 다 맞고 나면 통증이 많이 가라앉을 거라고 하셨다. 일 년에 한 번씩은 크게 아픈 터라 수액의 위대함은 익히 알고 있어서 나는 고분고분 주사실로 들어갔다. 그렇게 한 시간가량 수액을 맞고 나니 기운은 없어도 통증은 사라져서 살 것 같았다. 그런데 밤이 되자 다시 몸이 아파왔다. 약 기운에 잠들긴 했지만 통증이 심해서 새벽부터 앓는 소리를 내다가 급기야는 눈물까지 흘려가며 울었다. 잠에서 깬 것이 새벽 네 시였는데 병원 오픈 시간인 아홉 시까지 움직이지도 못하고 울기만 하다가 열 시가 넘어서야 병원에 도착할 수 있었다. 병원에서는 체온부터 쟀는데, 전날 38도를 조금 넘었던 것과 달리 39도를 웃돌았다. 간호사 선생님은 내 겉옷을 벗겼고, 의사 선생님은 아무래도 독감인 것 같으니 검사를 하자고 하셨다. 그렇게 나는 A형 독감 판정을 받았다.

의사 선생님은 독감에는 주로 타미플루 5일 치가 처방되지만 '페라미플루'라는 주사 한 번으로 대체할 수도 있다고 하셨다. 비위가 약해 약을 잘 못 먹고 당장 너무 아팠기에 나는 주사를 맞겠다고 했다. 그렇게 다시 주사실로 이동해서 수액을 맞았다. 수액을 맞으면서는 까무룩 잠이 들었다. 그 짧은 잠에서도 꿈을 꾸었고, 꿈에서는 RPG 게임에서처럼 내게 남은 생명을 체크해가며 아팠다. 얼마나 더 살 수 있을지가 아니라 얼마나 더 아파야 하는지만을 확인했는데, 최고치를 달성하면 고통이 끝날 거라 생각했기 때문이다. 하지만 최고치를 달성하자 죽는 대신 레벨이 높아졌다. 새로운 레벨에서 이전 레벨의 최고치는 아무런 의미가 없었다. 그렇게 다음 단계의 고통이 시작되었다. 레벨이 높아졌다고 캐릭터가 강해지거나 어떤 보상이 주어지는 것도 아니었다.

잠에서 깬 건 인기척 때문이었다. 옆자리에 다른 환자가 나와 같은 주사를 맞으러 들어왔다. 그사이 내 옷은 땀에 젖어 있었다. 옷은 젖었어도 확실히 조금 개운한 느낌이었다. 열은 여전히 38도를 넘었지만 살 것 같았고, 몸이 가볍게 느껴지기까지 했다. 그래서 집 근처에서 밥도 사 먹고 저녁에는 기타 수업에도 다녀왔다. 다녀와서는 일본 출장에서 돌아온 동생과 떡볶이를 시켜 먹고 착실하게 약을 먹은 뒤 일찍 잠들었다. 그런데 아침이 되니 다시 아팠다.

원래도 몸이 약해서 일 년에 한 번은 크게 아파 응급실에 가거나 타인의 도움을 받아 병원에 가곤 했다. 그래도 대부분 한가해서 그 주 내내 꼬박꼬박 약을 먹으며 쉬면 됐다. 그러나 이번에는 이대로 낫기를 기다리고 있을 수만은 없었다. 할 일이 쌓여 있었다. 하는 수 없이 다시 병원에 갔다. 그래도 이틀 사이 현대 의학의 도움으로 혼자 병원에 가는 것까지는 큰 무리가 없을 정도로 회복했고, 차라리 죽고 싶을 정도로 아픈 시기도 지나서 간단하게 엉덩이 주사를 맞고 약을 조제받은 뒤 돌아왔다. 돌아오는 길에는 간호사 선생님 말씀대로 포카리스웨트도 사고 만개한 벚나무를 감상하는 여유까지 부렸다. 그런데 그 뒤로 계속 졸았다. 책상에 앉은 상태여서 졸았다고 말했지만, 사실은 하루 종일 잠에 취해 있었다. 이럴 때는 꿈과 현실의 경계가 더 모호해진다. 책상에 엎드려 어딘가를 달리다가 그대로 눈을 뜨니 창가에 세워둔 화분이 나란히 빛을 받고 있었다. 잎과 줄기의 모양을 가만히 지켜보면서 이게 뭐지, 하고 생각하다 보면 어느 순간 해가 잘 드는 시간을 놓치지 않으려고 책상 위에 화분을 올려놓은 것이 떠올랐다. 그제야 방금 전까지 잠이 들어 있었구나, 하고 한발 늦게 깨닫는 것이다. 이럴 바엔 조금 자는 게 낫겠다 싶어 침대에 누우니 어느새 복이가 따라와 몸과 팔 사이에 자리를 잡았다. 그렇게 삼십 분만 자야지, 하고 잠들었다. 그사이 긴 꿈을 꿨지만 설핏 잠이 깼을 땐 겨우 십 분이 지나 있었다. 팔과 다리에 아무 힘이 들어가지 않았다. 미세한 전류가 흐르는 것 같기도 했다. 영혼이 빠져나가는 중인 건 아닐까, 어쩌면 벌써 죽은 건 아닐까, 생각하다가 누운 채로 웃음이 터졌다. 몽롱하긴 했지만 오랫동안 씻지 않은 복이 냄새나, 블라인드를 걷었을 때 한꺼번에 들이치는 오후의 햇빛 같은 구체적인 감각들이 무시할 수 없을 만큼 강력하게 쏟아졌다.

이런 날에는 필연적으로 이만큼이나 아팠던 다른 날들이 떠오른다. 그럴 땐 곁에 언제나 다정한 누군가들이 있었는데 이번엔 그런 관심이 짐이 되었던 시간들이 유독 떠올랐다. 아마도 최근 노래를 만든다며 그때를 자주 떠올려서인 것 같다. 아직 무엇 하나 완성되지 않은 노래는 이젠 괜찮아진 날들에 관한 이야기인데, 정말 괜찮은데도 불구하고 가끔씩 그때의 일을 이야기하게 되면 목이 메고 눈이 빨개진다는 내용이다. 아직까지 누군가를 잊지 못해서가 아니라, 그때의 내가 너무 딱해서. 그런 가사를 쓰게 된 계기는 최근 핸드폰 녹음 파일을 정리하면서 파일 하나를 발견했기 때문이다. 익숙한 전화번호가 파일명으로 자동 저장된 통화 녹음에는 아주 짧은 대화와 귀신같은 울음소리만 가득했다. 그건 아주 잠깐만 들어도 괴로워지는 소리였다. 가끔씩 "나한테 왜 그래"라든지 "그러지 마", "숨지 마" 하는 내 목소리가 울음소리에 섞여 부정확하게 들렸고, 이따금 수화기 저편에서 한숨 소리가 들려오다가 이내 "끊는다"는 말과 함께 통화가 끊어졌다. 따로 녹음한 기억이 없으니 아마 잘못 눌러서 녹음이 된 것 같은데, 가만히 그 울음소리를 듣고 있자니 마음이 서늘해졌다. 듣기만 하는 것도 힘들어서 몇 번에 걸쳐 나눠 듣고 결국 지우지는 못했다. 그래도 그뿐이었다. 보고 싶다거나 그립지는 않고, 그냥 그때 빈방에서 울고 있던 내 모습만 또렷하게 떠올랐다. 그 서러운 마음만 선명하게 남아 있었다.

그때의 나는 어떻게든 이별의 이유를 알고 싶어 한겨울에 낯선 동네에서 하루 종일 사라진 사람을 기다렸다. 새로 이사한 동네가 확실하지도 않아서 기다린다고 만날 수 있는 것도 아니었지만 다른 방법이 없었다. 추위에 약한 몸으로 기약 없는 기다림을 몇 날 며칠 지속하다 보니 병이 들었고 그대로 쓰러지길 몇 번 반복했다. 만남을 지속하리란 기대는 애초에 없었다. 단지 하루아침에 흔적도 없이 사라진 이유에 대해 묻고 싶었다. 그러면 슬프더라도 버틸 힘이 생길 것 같았다. 진심으로 그거면 충분했다. 하지만 끝끝내 그 사람을 만나지도, 이유를 듣지도 못했다. 그 뒤 꽁꽁 언 몸으로 집에 돌아와 밤새 기침을 하고 열병을 앓으면서도 병원에 가지 않았다. 가만히 있어도 온몸이 녹아내리는 것 같았는데, 정말 이대로 내가 사라졌으면 싶었다. 몸을 혹사시키면 마음이 덜 괴로웠고, 아픈 몸의 감각에만 집중할 수 있었다. 그러니까, 몸이 아플수록 살 것 같았다. 왜 나에게 이렇게 잔인하게 굴지? 하는 생각 대신 고열에 시달리며 눈알이 빠질 것 같다는 생각을 하고, 도대체 내가 어떤 잘못을 한 걸까? 자책하는 대신 허리가 끊어져버릴 것 같다는 생각을 할 수 있었다. 한편으로는 이렇게 아파서 내가 사라질 수 있다면 그것 또한 나쁘지 않다고 생각했으며 그렇게 되기를 자주 바랐다.

며칠 후 보다 못한 동생의 손에 끌려 병원에 가서도 나는 제대로 말을 하지 못했다. 말을 잘할 수 있는 상태도 아니었거니와 몸이 건강해질까 봐 두렵기도 했다. 의사 선생님은 다정하게 어디가 아픈지 물었고, 제대로 대답을 하지 않자 세세하게 여러 부위의 통증에 대해서 물으셨다. 덕분에 나는 고개를 끄덕이고 젓는 것만으로도 내 상태를 전달할 수 있었다. 중복 처방을 막기 위해 만들어진 프로그램이 내가 먹는 약에 대한 정보를 의사 선생님에게도 제공했는데, 그때 항우울제와 수면제를 보신 건지 의사 선생님은 약을 처방하다 말고 혹시 가슴이 자주 답답하거나 불안한지 물었다. 나는 모르겠다고 했다. 그는 그럴 수 있다면서 따뜻한 물을 자주 마시고 많이 걸으라는 말을 덧붙였다. 당시 나는 언제나 눈 밑까지 울음이 가득 차 있었기 때문에 그걸 누르느라 항상 눈과 코와 목이 매웠고, 그런 힘은 늘 다정함에 약했다. 예의상 하는 말이었을 수도 있고 어쩌면 오지랖이었을 수도 있겠지만 곧 괜찮아질 거라는 그의 말에 나는 평소처럼 화를 내는 대신 네,라고 대답했다. 그렇게 눈물을 누르던 힘이 모두 빠져서 돌아오는 길에는 다시 엉엉 울었고, 추운 날씨 때문에 볼에서 김이 모락모락 피어올랐다.

그 뒤로도 동생과 나는 아플 때마다 집에서 가장 가까운 그 병원에 들렀다. 우리가 분석한 바에 의하면 선생님은 원래가 다정한 사람이고 생각보다 기억력이 좋지는 않은 것 같았다. 근처에 조명 회사가 많지도 않은데 동생에게 항상 똑같은 오답을 제시하며 혹시 회사가 여기냐고 묻는 것도 그렇고, 회사에 다니지 않는다는 내게 매번 회사에 낼 진단서를 끊어준다고 하는 점이 그렇다. 하지만 다정한 그는 열심히 적어놓은 메모를 토대로 내게 물약은 잘 못 드신다고 하셨으니 알약으로 처방해 드릴게요,라고 한다든지 한 번씩 크게 아프다는 점과 카페인에 약하다는 점, 약간의 비염이 있다는 점을 체크하면서 재차 확인하곤 한다. 기억력이 좋지 않고 모두에게 친절한 사람이어서 어쩌면 의사 선생님은 피폐했던 내 모습을 전혀 기억하지 못할 수도 있다. 환자가 한둘이 아니니 그런 것들은 애초에 기억력의 문제가 아니라 기억할 필요가 없는 사안일 수도 있고. 그럼에도 나는 아플 때만 만나는 그를 볼 때마다 반가운 마음이 들었다. 이번에 병원을 다시 찾았을 때에도 온몸이 두드려 맞는 것 같은 통증을 느끼고 있는 와중에 느닷없이 내가 얼마나 건강해졌는지를 자랑하고 싶었다. 일부러 몸을 아프게 만들어 차라리 이대로 사라지기를 바랐던 상태에서, 몸이 아프다며 자는 사람을 깨워 제발 나 좀 병원에 데려가줘,라고 하기까지 정말 잘 버티지 않았냐고. 나 대단하지 않으냐고 말이다. 그런 마음을 알 리 없는 선생님은 내게 한결같이 다정한 목소리로 몸이 무척 힘들 거예요, 특히 허리 쪽이 아플 겁니다. 물을 많이 드셔야 하고요, 그래도 주사를 맞으면 통증은 상당히 가라앉을 거예요, 하고 설명하셨다. 나는 고개만 겨우 끄덕였다.

집으로 돌아와 하루 종일 약에 취해 졸면서 서러움과 통증 사이를 배회하다 보니 다시 새벽이었다. 제대로 자지는 못했지만 하루 종일 잤고, 배가 고팠다. 오랜만에 입맛이 돌았다. 약을 먹으려면 역시 뭘 먹어야겠다고 생각하면서 밥을 했다. 여전히 팔다리에 기운이 없고 머리가 둥둥 울렸지만 자고 일어나면 어제보다 많이 회복해 있을 것이 분명했다. 약 중에 몇 회분은 남아서 오랫동안 용도를 알 수 없는 상태로 굴러다닐 수도 있을 테고. 이렇게 아픈 날이 다시 온다면

요 며칠을 떠올릴 수도 있을 것이다. 따뜻한 햇살이 오래 비췄던 어느 한낮과, 종일 책상에 앉아 꾸벅꾸벅 졸기만 했던 긴 하루를.

녹음 파일은 따로 저장하지도 지우지도 않았으니 언젠가 또 이렇게 마주하게 될지도 모르겠다. 서럽게 울고 있는 목소리를 듣고 있으면 가슴이 턱 막혀버리는데 이상하게 지울 수는 없었다. 누군가는 그런 걸 왜 갖고 있냐고 나무랄지도 모르겠지만, 나라도 그때를 선명하게 기억해줘야 할 것 같았다. 짐승같이 우는 힘으로 버텨냈으니까. 추하게 일그러진 시간일지라도 이제 그 시절을 제외하면 내 삶에 대해서 무엇 하나 진짜라고 할 만한 게 없다고 느껴지니까. 내가 알 수 있는 것은 아무것도 없다는 것을 알 수 있게 해준 유일한 시간이어서, 그때 온몸으로 앓았던 감각만은 지금까지도 또렷하게 떠올릴 수 있다. 그건 일종의 항체여서 그 생생한 고통의 기억으로 나는 이제 슬픔에 대해 조금 덜 아등바등하고 조금 덜 애쓸 수 있게 되었다.

너에게

—

내가 아직 스물한두 살이었을 때 말이야. 나이 한 살이 굉장히 크게 느껴지고, 스물세 살이면 좋은 시절이 다 간 줄 알았던 때. 그즈음 어느 수업에서 우리 과 출신인 선생님께서 남가좌동의 풍경에 대해서 이야기해주신 적이 있어. 기억나? 우리는 학교를 졸업할 때까지 교양 몇 가지를 제외하고는 모든 수업을 같이 들었잖아. 그 수업은 아마도 소설 수업이었던 것 같아. 90년대에 학교를 다녔던 선생님은, 우리가 알지 못하는 시절부터 2000년대였던 그때까지의 학교 앞 풍경에 대해 '고만고만한 가게들이 생겼다가 사라지기를 반복한다'고 이야기하셨지. 그건 학교를 고작 한두 해 다닌 나도 수긍할 만한 이야기였어. 학교 자체가 작았고, 학교 앞

상권도 작았으니까 규모가 큰 가게는 거의 없었잖아. 비슷비슷하게 작은 가게들이 허물 벗는 동물처럼 달라진 듯 아닌 듯 계속 사라지고 생겨서 마치 원래부터 그 자리에 있던 것 같았지. 우리는 그 앞에서 필연적으로 이전엔 뭐가 있었더라, 생각하게 되었어. 어떤 가게는 나만 기억했고, 어떤 가게는 너만 기억했고, 어떤 가게는 우리 둘 다 기억하거나 기억하지 못했잖아. 그중엔 이제는 사라졌겠지? 싶었는데 아직까지 버텼던 가게도 있었고, 그런 가게를 보면 너는 어쩐지 한번 들어가보고 싶다고 했지.

당연한 이야기겠지만 둘 다 기억하는 가게는 대부분 우리가 자주 갔던 곳들이었어. 홍시 주스와 샌드위치가 맛있었던 〈뜰에서〉, 바지락을 가득 넣어줬던 〈방망이 칼국수〉, 매번 순두부찌개를 주문했던 〈왈순네〉, 콩가루 아이스크림이 인기 있던 〈Cafe Hug〉. 그런데 가끔은 순식간에 사라졌던 공간을 함께 기억하기도 했지. 과묵한 사장님이 운영하셨던 카레집이 그랬어. 이제는 이름도 기억나지 않는 카레집 말이야. 너는 혹시 기억하고 있으려나? 뭘 파는 곳인지도 몰랐던 작고 낮은 가게. 이용 안내문에는 두 명까지만 받는다는 내용과, 대화하지 말 것, 음식을 절대 남기지 말 것, 음식을 먹으면서 핸드폰을 보지 말 것, 통화하지 말 것 등 하지 말아야 할 목록과 함께 밥과 카레가 모자라면 얼마든지 더 준다는 말이 적혀 있었지. 그 온도 차이가 무섭고 재미있어서 우리는 사장님이 안 보이는 각도에서도 손짓으로만 대화하고 표정으로만 웃었어. 카레는 정말 맛있었고, 대식가인 나도 중간부터 배가 터질 만큼 양이 많았는데 너무 무서워서 꾸역꾸역 먹었잖아. 맛이 어떠냐는 사장님의 물음에 우리는 기다렸다는 듯이 맛있어요, 너무 맛있어요,라고 했는데. 그제야 사장님이 씩 웃으셨지. 우리는 그곳에서 나오자마자 음소거가 해제된 스피커처럼 카레집에 대한 이야기를 한참 동안 나눴어. 그리고 얼마 지나지 않아 그 가게에 다시 갔는데, 이제는 혼자 오는 손님만 받는다며 입구에서부터 출입을 거절하셨지. 우리는 사장님과 조금 친해졌다고 생각했는데 말이야. 우리를 몰라요? 얼마 전에 여기에서 밥 먹었는데. 규칙도 잘 지켰어요,라고 하고 싶었지만 그런 말을 하기에는 사장님이 너무 무서웠어. 곱실거리는 빽빽한 수염과 긴 머리, 커다란 풍채, 두툼한 눈두덩으로 아무 표정도 짓지 않으셨지. 그 뒤 카레집은 한동안 아예 장사를 하지 않았어. 혼자 밥을 먹지 못하는 나 때문에 우리는 어차피 가지도 못하는 가게였는데. 그 가게가 망할까 봐, 벌써 망했을까 봐 마음 졸이면서 그 앞을 지날 때마다 어쩌나, 어쩌나, 걱정했잖

아. 그러다 날이 일찍 어두워진 어느 겨울날에 버스 정거장에서 사장님을 보았지. 어떤 여자분 곁에서 아이 같은 얼굴을 하고 계셨는데, 그 모습을 보며 잘 지내시는구나, 저런 표정도 갖고 계시는구나, 하고 우리는 멀리서 안심했어. 사장님은 아마 모르실 거야. 그 모습을 보고 우리가 얼마나 행복했는지. 얼마나 위로받았는지.

학교 앞은 그런 곳이었어. 무언가가 사라지고 생기는 일이 반복되어도 곳곳에 기억들이 남아 있는 곳. 어떤 골목을 지나거나 어떤 음식을 먹으면 반사적으로 떠오르는 곳. 그곳에서 보냈던 시간과, 그 시간을 지냈던 구체적인 장소와, 함께했던 사람이 밀려오는 곳. 하지만 그건 어딘가가 조금씩 흐릿한 기억이기도 해. 방금 전까지 마주했던 얼굴을 떠올리는 일은 얼핏 쉬운 일 같지만 막상 해보면 명확하지 않은 것처럼. 그림을 그려보면 알아. 내가 그림을 못 그리는 사람이라 그럴 수도 있겠지만, 당장 내가 그리고 있는 장면이 훨씬 선명하게 보여서 오히려 기억하고 있던 모습이 흐릿해져 버리더라고. 기억 속의 모습과 구체적인 눈앞의 것을 동시에 떠올리지 못해. 여기에 뭐가 있었고, 어떤 인상이었는지 커다란 특징들은 기억나는데 자잘한 장면들은 생각나지 않아. 그게 아무리 내가 좋아했던 디테일이라고 해도 말이야.

마치 네 기다란 눈과, 코에 난 갈색 점은 기억나지만 네 특유의 표정과 그런 얼굴을 할 때 생기는 주름이나 근육의 배치 같은 것들은 전체적인 네 모습과 조화롭게 떠오르지 않는 것처럼. 벽 쪽으로 나란했던 테이블과 거기에 붙여놓은 포스트잇 같은 것, 거기에 우리의 이름을 적고 유치한 메모를 했던 것은 생각나지만, 그게 정확히 어떤 내용이었는지, 그 메모지가 어떻게 생겼는지, 벽지의 특이한 문양이 어땠는지는 알 수 없어. 아마 영원히 알 수 없겠지.

그래도 이렇게나마 기억을 간직할 수 있는 건 그 안에 오래 있었고, 눈앞의 변화가 기억을 삼켜버릴 만큼 한꺼번에 일어나지는 않았기 때문인 것 같아. 그런데 최근의 학교를 본 적 있니? 언젠가 언덕 위에 있는 본관 테라스에 앉아 저 멀리까지 보이는 작은 지붕들을 구경했잖아. 이렇게 집이 많구나, 하고. 이렇게 집이 많은데도 우리가 지낼 수 있는 곳은 없다면서 씨발! 씨발! 하고 웃었지. 춥지 않게 씻을 수 있고, 음식을 만들어 먹을 수 있고, 나란히 책을 읽다가 그대로 누워 서로의 얼굴을 가만히 바라볼 수 있는 공간이면 충분했는데 말이야. 가난한 우리는 추운 날에도 손이 곱고 어깨가 움츠러든 채로 좁은 골목을 돌아다니는 게 전부였어. 이 집도 좋고, 저 집도 좋고, 저기 저 집도 좋다면서. 그 집들 중 어느 한 집도 근사한 집은 없었어. 겨우 비바람을 피할 수 있는 정도의 집을 보면서 그런 말들을 했고, 그러다 못 견디게 추우면 골목의 작은 가게 안으로 들어가곤 했지. 때로는 밥집이고, 때로는 술집이고, 때로는 카페였던 많은 가게들. 그런데 그런 골목들이 모두 사라졌더라고. 작고 낮은 상가들도 모두 사라져버렸어. 작은 이 차선 도로는 넓게 확장됐고, 멀리까지 보였던 색색의 지붕들은 모두 아파트로 바뀌었어. 시야가 탁 막혀버린 거야. 번쩍번쩍한 새 빌딩이 들어선 학교 앞 풍경에서 나는 도무지 우리가 걸었던 많은 골목을 떠올릴 수 없었어. 오래된 돌담과, 이끼와, 아스팔트를 비집고 자랐던 민들레 같은 것들을 말이야. 또렷하지 않은 잔상만 남아 있다 해도 내일이면 다시 만나서 볼을 쓰다듬고 냄새를 맡을 수 있는 사이가 아닌 거야. 영영 떠나서 다시는 볼 수 없는 사람처럼, 내가 잊어버리면 그냥 그대로 끝나버리게 되는 기분이었어.

나는 어쩌면 이 모든 것을 짐작하고 있었는지도 몰라. 재개발이 확정되면서 익숙한 가게들이 문을 닫고, 사람들이 떠나기 시작했을 때부터 말이야. 우리가 함께 살기를 바랐던 집들과, 고만고만한 가게들이 생겼다 사라졌던 익숙한 건물들이 비어갔잖아. 폐허가 됐잖아. 그때부터 돌이킬 수 없는 일이 벌어지고 있다는 걸, 이미 벌어졌다는 걸 우리는 알고 있었던 거야. 네가 울 때 온전히 슬프지 않았던 나와, 너의 불행이 내 짐이 될까 봐 두려웠던 나를 마주했을 때처럼. 그런 징조를 눈치챘을 때 밤낮없이 울어도 해소되지 않았던 답답한 마음으로, 나는 출입이 제한된 골목과 빈 건물이 잔해가 되는 과정을 묵묵히 바라보았어. 그리고 오랫동안 학교 근처에 가지 않았어. 이따금 그곳을 지나야만 했던 날에는 먼지 날리는 공사 현장을 참담한 기분으로 올려보았지. 공사장의 높은 가림막에는 희망찬 문구와 그림이 그려져 있었고, 사방에서 커다란 마찰음이 끊이지 않았어.

요즘은 우리 동네가 그래. 전에 살던 수색동에 재개발이 시작돼서 사 년 전에 지금의 동네로 이사 왔는데, 이사 온 뒤로 앞 건물, 옆 건물, 옆 옆 건물 모두 다른 건물이 되어버렸어. 서울에 살면서 오래된 건물을 밀어버리고 새 건물을 올리는 모습은 거의 매일 보았는데도 좀처럼 익숙해지지 않더라. 밤에 집으로 돌아오면서 무너진 잔해 더미 위에 올라가 있는 포클레인을 볼 때면 내 품에서 울던 너를 가만히 쓰다듬었던 마음이 떠올라. 진심으로 네가 아프지 않았으면 좋겠고 네가 행복했으면 좋겠는데, 너로 인해 나까지 망가질까 봐 겁이 났던 기괴한 마음 말이야. 오늘만큼은 네가 내 품

안에서 조금 덜 아프기를, 네가 나로 인해 이 시련을 이겨낼 수 있기를 바라면서도, 결국 내가 너를 가장 아프게 하는 존재라는 걸 인정해야만 했고 그래서 내가 너에게 해줄 수 있는 게 아무것도 없다는 걸 받아들여야 했어.

나는 이제 겨울에도 따뜻하고, 많은 짐을 정리할 수 있고, 강아지와 함께 지내도 괜찮은 집에 살고 있어. 햇볕이 잘 들어오고, 요리를 편하게 할 수 있고, 온수가 잘 나오는 집. 그런데도 마음이 자주 허전해. 이 정도면 충분하다고 생각했던 것들이 자꾸만 몸집을 키워서 그런 건지, 지나친 향수 때문인 건지 잘 모르겠어. 새 건물의 편리함을 누리면서도 반듯하고 깨끗한 건물을 지날 때면 마음이 서늘해지는 건 어쩔 수 없나 봐. 우연히 좁은 골목에 들어서게 되면 네가 생각나. 너를 망치려고 자해하는 나를 안았던 네 품과, 네 안에서 부들부들 떠는 나를 놓아주지 않고 가만히 울음을 먹던 소리 같은 것들이. 하지만 그렇다고 이미 무너진 것들을 돌려놓을 수 없다는 것도 알아. 설령 네가 괜찮다고 해도 말이야.

좁은 골목에서 작고 낮은 집들과, 밖으로 꺼내놓은 화분과 의자들, 게으른 고양이를 보고 있으면 우리가 소망했던 것들은 벌써 예전에 이뤘다는 생각이 들기도 해. 다만 너와 내가 더 이상 우리가 아닐 뿐. 그리고 그건 너의 잘못이 아니야. 나는 앞으로도 사라지는 건물을 볼 때면 까슬까슬했던 너의 뒤통수가 생각날 것 같아. 내가 할 수 있는 게 아무것도 없는 많은 순간들을 지켜봐야 할 때마다 그럴 것 같아. 그러면 마음이 속수무책으로 무너지겠지. 그래도 네가 준 다정함과 용기와 사랑의 모습들은 잊지 않을 거야. 또렷했던 잔상이 점점 희미해지더라도 소중했던 시간들을 기억할게. 오래된 것들을 좋아하는 나의 취향은 어쩌면 그런 곳을 누볐던 날의 따뜻한 기억 때문일지도 몰라. 그런 것과 어울리는 너 때문일지도.

있잖아, 이 말을 꼭 전해주고 싶었어. 정말 고마워. 진심이야.

3

다신 없을 사랑에 대하여

외인부대 미용실

—

엄마가 미용을 배우기 시작한 건 내가 다섯 살 무렵부터였다. 그즈음 엄마는 일주일에 몇 번 나와 동생을 이웃집에 맡기고 미용 학원에 다녔다. 그동안 우리는 그 집 애들과 간식을 먹고 찰흙 놀이를 하면서 엄마를 기다렸다. 아빠는 엄마가 미용하는 걸 싫어했고, 학원에 나가는 걸 알았을 땐 화를 냈기 때문에 엄마는 몰래 미용 기술을 배울 수밖에 없었다. 이 년 뒤 우리는 다른 도시로 이사했고, 얼마 지나지 않아 엄마는 집을 나갔다. 아마도 그전이나 그즈음 미용사 자격증을 딴 것 같다. 이따금 우리가 다니는 유치원이나 학원으로 불쑥불쑥 찾아온 엄마는 맛있는 음식을 사줬고, 기죽지 말라고 다른 애들 간식까지 챙겼다. 잠깐이었지만 새

옷도 입혀줬다. 그리고 헤어질 때면 아빠한테 들키지 않도록 새 옷을 벗기고, 입고 온 옷으로 다시 갈아입혀줬다. 우리가 입고 온 옷은 반찬 국물이나 흙먼지 같은 것이 제대로 지워지지 않은 경우가 많았는데, 그때마다 엄마는 우리를 안고, 돈을 많이 벌면 데리러 오겠다는 말을 남겼다. 그런 말을 할 때마다 엄마는 울었고, 나는 엄마가 울지 않았으면 해서 내가 가진 돈을 모아 불규칙적으로 찾아오는 엄마에게 건넸다. 이걸 보태서 나를 빨리 데리러 오라고. 많게는 천 원이 조금 넘었고 적을 때에는 오백 원이 되지 않던 동전들을 건넬 때면 엄마는 더 울었다. 우는 엄마 앞에서 나는 자주 무력해졌다. 나는 아무래도 엄마를 울지 않게 할 자신이 없었다.

엄마와 함께 살게 된 건 아홉 살 가을부터였다. 우리는 잠시 외삼촌 댁에서 지내다가 이듬해 할머니와 함께 작은 빌라로 이사했다. 아빠와 살던 집보다 많이 작고 낡았지만 더 깨끗하고 편안하게 지낼 수 있었다. 그즈음 엄마는 미용실도 차렸다. 엄마의 미용실은 우리가 다니던 초등학교 근처에 있었다. 하지만 거기가 우리 미용실인 줄 아는 애들은 거의 없었다. 그때까지 여기가 우리 미용실이야,라고 말할 만큼 친한 친구를 사귀지도 못해서 다들 막연히 우리 집이 미용실을 운영한다는 정도만 알고 있었다. 그래서 이런저런 행사 때문에 학교에서 단체로 시민 회관이나 종합 운동장에 가는 날이면 가는 길목에 있는 '진선 미용실'을 지날 때마다 몇몇 애들이 저기가 너희 미용실이야? 하고 물었다. 아니라고 하면 그 애들은 너희 미용실 이름은 뭐야? 하고 다시 물었다. 그때마다 몰라! 하고 쏘아붙인 뒤 떠드느라 간격이 벌어진 앞줄을 따라 총총 뛰어갔다. 엄마의 미용실은 이름이 너무 특이해서 발음하는 것조차 부끄러웠기 때문이다. 아마도 남들과 비슷한 것보다 남들보다 우월하게 눈에 띄길 바랐던 엄마의 취향이 들어간 작명이었던 것 같다. 엄마는 나도 그렇게 되기를 원했지만 내게는 그런 재능이 없었다. 애들의 부러움을 사라고 사준 특이한 실내화를 신을 자신이 없어 사물함에 넣어두고 차가운 복도를 맨발로 다닐 정도였으니까. '외인부대 미용실'이라는 길고 특이한 이름을 대는 건 너무 창피한 일이었다. 아무래도 외인부대는 미용실보다 부대찌개 집에 어울리는 이름 같았다.

이름이 어쨌든 간에 엄마의 미용실은 작은 도시에서 꾸준히 몸집을 키웠다. 단골층도 두터워서 나를 알아보는 손님도 많았다. 그동안 나도 친구를 여러 명 사귀었고, 우리 미용실 이름이 외인부대라는 걸 밝히는 데 부끄러움이 없을 만큼 활발해졌는데 친구들과 돌아다니다 보면 곳곳에서 미용실 손님들과 마주쳤다. 나는 누가 엄마 손님인지 모르는 경우도 있었지만, 엄마 손님들은 거의 다 내가 외인부대 큰딸인 걸 알았다. 미용실에 올 때마다 엄마에게 내 목격담을 전하는 손님들 때문에 나는 자연스럽게 밖에서 행동을 조심하게 됐다. 교복을 줄이거나, 욕을 하거나, 연애하는 모습 등이 엄마에게 흘러들어가면 맞아 죽을지도 모르니까 몰래몰래 하곤 했다. 몰래 교복을 갈아입고, 몰래 욕을 하고, 몰래 남자애와 팔짱을 끼고 다녔다.

이따금 주말에는 미용실 일손을 돕기도 하다 보니 웬만한 보조보다 손이 빨랐다. 엄마가 커트를 마치면 샴푸하는 사이 재빨리 바닥을 쓸었고, 파마를 하면 옆에서 롯드와 파지와 고무줄을 순서에 맞게 건넸다. 계산도 했고, 차를 내오기도 했다. 그러다 손님이 뜸해지는 오후면 엄마와 소파에 앉아 나른하게 햇볕을 쐬곤 했다. 그동안 우리는 실없는 이야기도 하고, 학교에서 있었던 이야기도 하고, 이다음에 크면, 하고 시작하는 이야기도 나눴다. 하지만 약속이라도 한 듯 함께 살지 못했던 시간들에 대해서는 아무 말도 하지 않았다. 엄마는 내가 어릴 때를 거의 기억하지 못한다고 생각했고, 나는 엄마가 그렇게 안심하는 것에 안심했다. 그러다 보니 엄마가 얼마나 힘들게 돈을 모았는지는 궁금해도 물어볼 수 없었다. 막연히 지금처럼 열심히 일하고 꾸준히 모았겠지 생각했다. 엄마가 우리를 데리고 외가댁에 갔을 때에는 IMF 외환위기가 터졌을 때니까 조금 더 힘들었겠다는 정도의 추측만 할 수 있었을 뿐이다.

그런데 어느 날 기술이 좋다고 칭찬을 늘어놓던 손님에게 엄마가 하는 말을 듣게 됐다. 나는 미용실 테이블에 엎드려 얕은 잠을 자고 있었다. 엄마는 손님에게 정말 고생하며 배웠다고 했다. 고생이야 당연히 했겠지, 생각하면서 눈을 감은 채로 엄마가 하는 이야기를 계속 들었다. 실수로 손가락 살점을 잘라도 커트 기회를 놓칠까 봐 아픈 내색조차 못 하고 다른 손으로 흐르는 피를 누르고 있었다는 이야기와, 원장이 직원들에게 돌아가며 점심 준비를 시켰는데 너무 하기 싫어서 맨날 김치찌개만 끓였다는 이야기를 하며 엄마와 손님은 깔깔 웃었다. 배가 당긴다면서 한참이나 웃었다. 그리고 말을 이었다. 진짜 너무너무 하기 싫어서 일부러 맛없게 끓인 적도 있어요. 그러니까 원장이 점심 준비를 안 시키더라고. 요리 잘하는 애만 계속 시키는 거야. 그런데, 요리 잘하는 애가 힘들게 만들어놓으면 그걸 또 집에 싸간다? 진짜 못되지 않았어요? 결국 우리는 겨우 찬밥 몇 술 뜨고, 면 먹는 날이면 먹다가 손님 받으래서 다 불어버린 면을 버리는 날이 태반이었어요. 손님이 없어도 절대 앉아 있으면 안 됐고, 그렇게 열두 시간 일해서 한 달에 십오만 원 받았어요. 기술 알려준다고 진짜 엄청 치사하게 굴었지. 더럽고 치사하고.

나는 엄마가 십오만 원이라고 말하는 대목에서 하마터면 십오만 원? 하고 고개를 들 뻔했다. 엄마가 돈을 잘 버는 줄 알았기 때문이다. 많이까지는 아니어도 최소한의 생활을 하고도 쓸 수 있는 돈이 있는 줄 알았다. 그러니까 돈을 많이 벌어서 데리러 오겠다는 말도 하고, 가끔씩 우리를 보러 올 때마다 쓸 돈이 있었다고 생각했다. 그런데 십오만 원이라니. 아무리 90년대 중반이라 해도 십오만 원으로 그 모든 게 가능했다니 믿기지 않았다. 그때 손님이 십오만 원 가지고 생활이 됐어요? 하고 물었다. 나는 여전히 엎드린 채로 귀를 기울였다. 엄마는 안 됐죠, 하고 말을 이었다. 대신 그때는 팁 문화가 발달해 있었어요. 팁이 십오만 원보다 훨씬 많았어요. 그걸로 어찌어찌 생활한 거죠. 그렇게 기술을 배웠어요. 나는 엄마가 손님에게 다 됐습니다, 하는 말을 듣고서야 몸을 일으켰다. 엄마는 내 쪽을 보고 다 잤어? 하고 물었다. 손님이 딸이에요? 하고 물었고, 엄마는 큰딸이라고, 서울에서 공부하는데 잠깐 내려왔다고 했다. 서울에서 살기만 하는 나를 두고 엄마는 늘 서울에서 공부를 하고 있다고 설명했다. 아닌 걸 알고 있었지만, 한편 상당 부분 그렇게 믿고 있기도 했다. 자다가 전화를 받아도 책 보고 있었구나, 하는 엄마니까. 채팅을 하고 있어도 글 쓰고 있었구나, 하는 엄마니까. 어쩌면 그렇게 믿고 싶었던 것일지도 모르겠다. 나는 어색하게 안녕하세요, 하고 인사했다.

한번은 엄마에게 왜 미용실 이름을 외인부대라고 지었는지 물어봤다. 엄마는 최대한 그럴싸한 대답을 하기 위해 말을 골랐다. 음, 음, 프랑스에 외인부대라는 부대가 있었어, 하고. 그때나 지금이나 엄마는 외인부대에 대해서 잘 알지 못하는 것 같은데, 열심히 하고! 어떤 고난에도 쓰러지지 않고! 끝까지 포기하지 않고! 그런 정신으로 일하겠다는 거지, 하고 말할 때면 어쩐지 마음이 불편하다. 엄마는 지나치게 열심히 살았다. 어릴 땐 얼른 커서 그런 엄마에게 보답하고 싶었다. 엄마처럼 열심히 살아서 엄마가 나로 인해 조금 쉴 수 있기를 바랐다. 그래서 뭐든 열심히 하는 게 조금도 어렵지 않았다. 내가 엄마의 자랑인 게 행복했으니까. 하지만 아무리 열심히 해도 해결되지 않는 일이 많다는 것을 알게 되었고, 대충 사는 것조차 버거워지자 내가 엄마의 자랑이라는 것까지 힘들어졌다. 열심히 사는 엄마를 보는 게 끔찍해졌다. 안간힘으로 별것 아닌 일을 겨우 조금 해내고 나서 "더는 안 되겠어"라고 할 때마다 엄마는 "엄만 더한 것도 했어"라고 했고, 그건 사실이었다. 그러나 그렇다고 해서 내가 해결할 수 있는 건 아무것도 없었다.

아직도 엄마는 커트를 하다가 가끔 본인의 손가락 살점을 함께 자를 때가 있다. 그럴 때면 놀란 손님들에게 웃으면서 이게 그래, 하고 말한다. 새살이 돋으면 거기만 볼록하게 살이 튀어나와서 또 자르게 된다고. 그래서 베인 곳만 계속 베이게 된다고. 그런 말을 하면서 다친 손가락을 대충 수습한 뒤 커트를 이어가는 모습을 나는 여태까지 두 번 정도 보았다. 재작년부터는 팔꿈치가 자꾸 아프다며 반찬 통 뚜껑도 열지 못하더니 테니스 엘보라는 진단명을 받아 왔다. 수술을 받으라고 하면 네가 아직 자리도 잡지 못했는데 어떻게 가게를 쉬냐면서, 그 팔로 드라이도 하고 샴푸도 했다. 그런 말을 듣고 그런 모습을 보아도 나는 좀처럼 몸을 움직일 힘을 내지 못했다. 마음만 불편해져서 점점 더 집에 가지 않게 되었다. 그럼에도 엄마는 여전히 손님들에게 애가 서울에서 공부하느라 바쁘다고, 이럴 줄 알았으면 공부를 시키지 말걸 그랬다고, 너무 똑똑해도 문제라고 했다. 손님들은 딸이 예쁘고 똑똑해서 부럽다고 했다. 그렇게 가게를 닫고 혼자 남으면 내게 전화를 걸어 약은 잘 먹고 있니? 언제까지 약을 먹어야 한다고 하니? 하고 물었다. 엄마는 그런 거 괜찮다고, 엄마는 열려 있다고, 요즘 정신과 약 안 먹는 사람 없다고 했다. 그러나 그 사실을 아무에게도 알리고 싶어 하지 않았고, 내가 죽을까 봐 두려워하는 만큼 누군가가 내 병을 알게 될까 봐 자주 두려워했다.

지금의 미용실은 엄마의 네 번째 미용실이다. 세 번이나 이사를 하면서 엄마는 많이 늙었고, 미용실은 많이 촌스러워졌다. 그사이 이십 대였던 엄마의 손님들은 학부모가 되었고, 학부모였던 손님들은 할머니, 할아버지가 되었다. 몇몇은 죽기도 했다. 터미널에서 젊은 감각으로 시작한 미용실은 아파트 단지로 이전하면서 어르신과 어린아이가 편하게 이용할 수 있도록 곳곳의 용도가 바뀌었다. 두피 관리실에는 컴퓨터와 전동 의자 대신 전기 매트가 깔렸고, 속눈썹 연장을 하던 곳은 탈의나 수유를 하기 편하게 바뀌었다. 창밖을 내다보며 열펌을 하던 공간에는 다육 식물이 빼곡하게 자리 잡았다. 연세가 많은 단골손님들이 이전 간판을 알아보기 어렵다고 하셔서 희고 세련된 간판은 빨갛고 조잡해졌다. 확실히 알아보기는 편해졌지만, 나는 정말 싫었다. 어느 순간부터 엄마 이마에 깊게 자리 잡은 주름을 발견했을 때처럼 슬펐다.

엄마는 요즘 경기가 너무 안 좋다고 한다. 요즘 경기가 너무 안 좋아,는 엄마의 말버릇이기도 한데 최근 몇 년 사이 미용실이 부쩍 늘어난 것도 사실이다. 가게에 앉아 있으면 우리 집도 미용실인데 맞은편도, 대각선에도 모두 미용실이었다. 게다가 최근에는 2층에 위치한 엄마 미용실 건물 1층에 정찰제 미용실이 들어섰고, 4층에는 미용 학원이 들어섰다. 오랜만에 가게에 왔다가 이건 정말 상도에 너무 어긋난 거 아니야? 하고 성질을 냈더니 엄마는 그러게나 말이다, 하고 한숨을 푹 쉬었다. 그 모습을 보며 엄마, 그런데 우리 집에 빚이 얼마지? 하고 물었다. 엄마가 태연하게 하나하나 읊어갈 때마다 엄마가 언제까지 일할 수 있을지, 일하기에 너무 많이 늙어버린 건 아닐지, 저 빚이 다 내게로 오는 건 아닐지 걱정되었다. 엄마의 건강이 염려되었고, 그건 엄마를 위하는 마음이기도 했지만 엄마 없이 살아갈 나를 걱정하는 이기심이기도 했다.

내가 너무 오랫동안 엄마를 보지 않아서인지, 엄마가 정말 늙어서인지 모르겠지만 요즘은 엄마를 볼 때마다 엄마가 정말 늙고 있음을 실감한다. 늙어버린 게 아니라, 지금도 계속 늙고 있음을 말이다. 그럴 때면 필연적으로 엄마가 미용실 문을 닫는 상상을 한다. 그럼 나는 누구에게 머리를 맡겨야 하나, 하고 심각해진다. 엄마가 미용사 자격증을 따기 전인 아주 꼬마 때를 제외하고는 다른 사람에게 머리를 맡겨본 적이 없기 때문이다. 친구들은 내가 미용실 딸이라서 부럽다고 했지만, 나는 딱히 좋은 점을 잘 모르고 자랐다. 중고등학교 때에는 빡빡한 두발규정을 칼같이 지킨 엄마 때문에 늘 목뒤에 바리깡 자국이 남아 있었다. 때때로 머리를 자르는 도중에 손님이 오면 그대로 물러나 자르다 만 우스꽝스러운 머리를 한 채 바닥을 쓸기도 했고, 성인이 되어서도 사정은 크게 달라지지 않았다. 돈을 아낄 수는 있었지만, 한번 머리를 하려면 몇 개의 시를 넘어가야 해서 그냥 머리를 자주 안 하는 사람이 되었다. 다른 집에서 할 수는 없으니까. 그건 돈도 돈이지만, 엄마를 배신하는 기분이었다.

게다가 엄마는 실험적인 스타일을 요구하면 네가 양아치니? 하고 절대로 해주지 않았다. 자잘한 불만들이 있었지만 막상 가운을 입고 자리에 앉으면, 그냥 알아서 해줘,라고 말하게 된다. 그렇게 말하면 엄마는 진상, 진상, 너 같은 진상은 손님으로 와도 싫은데 넌 돈도 안 내는 주제에 너무 진상이야, 하면서도 정말 알아서 잘해준다. 내가 미용실 딸인 걸 모르는 사람들은 어디서 머리했냐고 물어볼 정도로. 그래서 외인부대가 문을 닫은 어느 날에는 어떻게 머리를 해야 하나 두려워진다. 당분간은 엄마가 집에서 해주겠지, 하고 생각하다가 결국은 엄마까지 사라지면 정말 어떡해야 하나, 하고 무서워진다. 낯선 미용실에 앉아 어떻게 해줄까요?라는 질문에 지금처럼 아무렇게나요, 하고 말할 수 있을까. 그런 상황은 생각만으로도 막막해서 좀처럼 다음 장면까지 상상하기 어렵다.

그럼에도 여전히 집에 잘 내려가지 않는다. 가끔 친구를 따라 다른 미용실에 가면 우리 미용실은 이렇게도 해주는데, 가운은 한 번 쓰고 빠는데, 하고 매사에 열심인 엄마를 생각할 뿐. 하지만 그런 날에는 낯선 미용실을 나와서 잘 먹지도 않는 바나나킥을 산다. 느닷없이 바나나킥은 왜? 하고 묻는 친구에게 이거 꼭 중화제 냄새 같지 않니? 하고 말한다. 그렇게 한 봉지를 다 먹으면, 속이 더부룩해져서 엄마한테 전화하고 싶었던 마음을 잊을 수 있게 된다.

봉남 씨의 지분

—

오래전부터 할머니는 나를 편애했다. 엄마를 쏙 빼닮은 건 동생인데 언제나 나부터 감쌌다. 어릴 때에는 그게 너무 당연해서 의문을 가진 적도 없었다. 할머니의 사랑 말고도 갖고 싶은 게 많아지고, 할머니의 사랑보다 간절한 게 많아지고 나서야 할머니가 왜 그렇게 나를 편애했는지 아주 가끔 궁금했을 뿐이다. 그렇다고 할머니한테 물어볼 정도는 아니어서 동생과 할머니 이야기를 나눌 때 그래 그랬지, 하는 게 전부였다. 아마도 샘 많은 내가 동생보다 애교가 많았기 때문이겠지.

그런데 요즘 우리 자매는 부쩍 할머니 이야기를 나눈다. 언젠가부터 할머니라는 호칭 대신 그의 이름을 부르기 시작했는데 봉남 씨가 말이야, 하고 꺼낸 이야기의 대부분은 답답하고 화나는 내용이었다. 이를테면 이런 것이다. 아파죽겠다고 해서 병원에 모셔가 처방전대로 약을 지어드리면 정작 그 약은 빼놓고 약장수한테 받아 온 출처를 알 수 없는 약만 먹는다. 그래 놓고 계속 아프다고 해서 도대체 왜 지어드린 약을 먹지 않는지 물었더니 그걸 먹으면 더 아픈 기분이 든다나. 엄마가 속 터진다며 하소연을 하기 위해 전화를 걸어오면 그날 밤 우리는 침대에 누워 엄마가 그러는데, 하고 할머니 이야기를 나누는 것이다. 최근 들어 할머니는 나와 대결이라도 하듯 엄마 속을 뒤집어놓고 있어서 우리는 자연스럽게 전보다 자주 할머니 이야기를 주고받게 되었다.

할머니가 나를 예뻐한다고 해서 할머니를 자주 만나는 건 아니다. 이십 년을 함께 살았던 할머니가 작년부터 혼자 살게 되었는데, 나는 본가에 내려가는 것도 손에 꼽을 정도인데다 내려가도 거의 바로 올라오기 때문에 할머니에게 내려왔다는 사실조차 대부분 알리지 않는다. 그에 반해 할머니와 상극이었던 동생은, 그래도 한번 내려가면 할머니를 꼭 만나고 올라온다. 그러고는 할머니가 많이 늙었더라, 하고 전했다. 할머니는 할머니니까 늙은 건 당연한 건데, 동생이 말하는 늙었다가 그냥 늙었다는 게 아니란 걸 알아서 그럴 때마다 나는 그러게, 외에는 적당한 말을 찾지 못했다. 엄마는 할머니가 낳은 유일한 딸이자 막내이고, 무려 여덟 번째 자식이어서 엄마를 낳았을 때 할머니는 이미 서른여섯이었다. 할머니가 서른여섯에 낳은 엄마가 스물여섯에 나를 낳았고 나와 할머니는 무려 예순 살 차이가 나는 띠동갑이 되었다. 내가 올해 서른하나가 되었으니 할머니는 아흔하나가 된 셈인데, 아흔하나는 할머니 치고도 너무 할머니여서 내쉬는 숨마다 쇳소리가 섞여 나오는 것도, 눈동자가 뿌연 것도, 온갖 뼈마디가 아픈 것도 이상하지 않아 할머니가 늙었다는 말에 나는 그러게,라고밖에 못하는 것이다. 내가 태어났을 때부터 할머니는 할머니여서 나는 할머니가 늙지 않을 거라 생각했다. 그런데 할머니도 늙었다. 게다가 요즘의 할머니는 정말 폭삭 늙어버려서 나는 할머니가 얼마나 더 늙을 수 있을지 궁금하고 그 끝을 가늠할 수 없어 두렵다.

그래도 할머니는 나이에 비하면 정말 정정한 편이다. 나는 벌써 멀쩡한 이가 하나도 없는데 할머니는 아직도 모든 이가 튼튼하다. 정신도 또렷하고 엄마보다 밥도 많이 먹는다. 예전엔 당연히 더 정정했다. 할머니는 평생 단 한 번도 날씬해본 적이 없는데, 그도 그럴 것이 할머니는 늘 애, 나는 밥이 너무 달다, 하며 밥통을 안고 지냈다. 모진 시집살이를 당할 때에도 밥이 부족한 게 제일 힘들었다고. 밥을 많이 먹으니까 당연히 뚱뚱했고 힘이 셌다. 장을 보면 머리에 한 짐을 이고서 다른 한 손에도 장바구니를 들고 다닐 정도였다. 그렇게 해서 할머니는 엄마와 삼촌들을 키웠고, 그다음에는 우리를 키웠다. 엄마가 돈을 버는 동안 할머니는 밥을 지어 우리를 먹이고 빨래를 해서 우리를 입혔다.

할머니가 해주는 음식이라고 하면 왠지 다 맛있을 것 같지만, 봉남 씨는 대충 보이는 재료를 섞어서 뭐든 잡탕을 만들곤 했다. 정체를 알 수 없는 음식에 아무리 불만을 제기해도 매일 비슷비슷한 잡탕이 식탁에 올라왔다. 할머니에겐 거의 모든 음식이 맛있으니까 아무리 징징거려도 소용없었다. 그런 날이 길어지면 엄마가 퇴근 후 다음 날 먹을 찌개와 몇 가지 반찬을 만들어두었다. 할머니는 엄마가 만들어놓은 음식도 맛있게 먹고, 남은 것으로 다시 잡탕을 만들었다. 엄마가 이건 아무것도 섞지 말라며 두 냄비를 끓여도 다음 날이면 어김없이 모든 것이 잡탕이 되어 있었다.

고집은 빨래에서도 마찬가지였다. 할머니는 빨래마다 락스를 부어서 모든 옷을 망가트렸다. 오랜만에 엄마가 새 옷을 사줘도 할머니의 락스 한 방이면 군데군데 색이 빠져 점박이 옷이 되었다. 보기 싫게 변했어도 헤진 건 아니어서 아쉬운 대로 엄마는 그 옷을 입혔고, 그런 옷을 입고 학교에 가는 건 너무 끔찍한 일이어서 아침이면 종종 큰소리가 나곤 했다. 아무리 락스를 넣지 말라고 해도, 락스를 다 갖다 버려도 잊을 만하면 할머니는 다시 락스를 사서 빨래에 넣었고 우리는 늘 어딘가 기이하게 색이 빠진 옷을 입고 다녀야 했다.

그래서 어릴 땐 할머니가 좋은 것과 별개로 할머니랑 사는 게 너무 싫었다. 할머니의 고집은 밥과 옷 외에도 셀 수 없이 많았고 그때마다 피해는 고스란히 우리 몫으로 돌아왔다. 제발 아무것도 건들지 말라고 애원도 해보고 울어도 봤지만 소용없었다. 그럴 때마다 삼촌들이 그렇게 많은데 왜 우리가 할머니랑 살아야 하나 싶었다. 고집 센 할머니는 하지 말라는 일에 집착했고 금방 들킬 거짓말을 일삼았다. 할머니만 아니면 더 깨끗한 집에 살 수 있고, 맛있는 음식을 먹을 수 있고, 동생과 각자 방을 쓸 수 있을 거란 생각에 할머니가 삼촌들 이야기를 꺼낼 때마다 제발 그 집으로 가셨으면 했다. 하지만 결국 우리가 대학을 졸업할 때까지 할머니는 우리랑 살았다. 어느 아들 하나 모시겠다는 사람이 없었고, 그럼에도 맨날 아들 타령만 하다가 시무룩해지는 할머니를 마주해야 했다.

그런 할머니가 더 늙어버렸다. 그래도 몇 해 전에는 지팡이 없이 걸어 다녔는데. 택시 타라고 용돈을 드려도 몇천 원 아끼겠다고 손수건을 두 장이나 적셔가며 걸어서 병원에 다녔는데. 병원비가 더 나온다며 제발 말 좀 들으라고 하면 아이고 알았어, 알았으니까 그만 좀 해, 듣기 싫어죽겠네, 하고 소리 질렀는데. 하루 종일 모로 누워 내뱉는 할머니의 쇳소리를 듣고 있으면 할머니가 뱉어낸 쇳가루를 그대로 들이마신 것 같은 기분이다. 이제 할머니는 옛날처럼 영악하지도 않고, 가까이 앉아 있어도 대화하기가 어렵다. 동생은 옛날엔 할머니랑 매일 싸웠고 할머니가 너무 미웠는데, 요즘은 할머니한테는 뭐든 조금도 아깝지 않다고 한다. 그냥 할머니가 늙은 게, 저렇게까지 늙은 게 짠하다고.

아무리 잡탕이라 해도 할머니가 해준 밥을 먹고 뼈가 자라고 살이 붙어서 그런지 마음에 메워지지 않는 구멍이 생기면 나는 할머니를 찾는다. 아직까지는 할머니의 작은 방에 가서 할머니, 하고 부르면 할머니가 그래, 이 할미가 보고 싶어서 왔어? 하며 가장 따뜻한 자리를 내준다. 세탁기가 돌아가고 있는 것을 보고 빨래해? 하고 물었더니 할머니는 응, 요즘 배가 자주 아파, 하고 엉뚱한 대답을 한다. 뭘 빠는 거야? 하고 다시 물으니 엄마가 약 사다 줘서 먹었어. 이제는 안 아파, 걱정 말아,라고. 할머니가 잘 듣지 못해서 나는 엄마한테 털어놓지 못하는 비밀을 할머니에게 털어놓기도 한다. 그러면 할머니는 탁해진 눈으로 나를 들여다보며 아휴, 이런 걸 두고 어떻게 죽어,라고 한다. 할머니가 죽으면 저기 옷 사이사이에 통장이랑 돈을 숨겨놓을 테니 가지라면서. 엄마 말로는 그거 얼마 되지도 않고 만나는 사람들한테 다 말해서 할머니 돌아가시면 온 동네 사람들이 다 같이 옷 뒤지러 가게 생겼다고 한다. 가만히 누워서도 꾸준하게 엄마 속을 긁어놓는 할머니가 나는 안타깝기도 하고 징글징글하기도 하다.

언젠가 할머니가 학교에서는 무얼 배우냐고 물어본 적이 있다. 다짜고짜 어떤 약장수 전화번호를 알아봐달래서 그걸 어떻게 알아보냐니까 학교에서 그런 것도 안 가르쳐주냐며 면박을 준 끝에 나온 질문이었다. 학교에서 누가 그런 걸 가르쳐,라니까 그럼 뭘 배우냐고. 귀찮아서 몰라, 하고 자리를 떴는데 그날 밤 할머니는 엄마에게 쟤는 학교에서 뭘 배우냐고 다시 물었다. 엄마는 내가 글을 쓴다고 했단다. 사실 학교에서는 별로 배운 것도 없는데. 아마 엄마도 나에 대해서 잘 모르기 때문이겠지. 어쨌든 그날 이후로 할머니는 가끔 나를 앉혀놓고 할머니 이야기를 소설로 쓰라고 했다. 그런 이야기는 문학을 전공하면서 수도 없이 들었던 터라 넌덜머리가 났다. 할머니 인생이 기구한 것쯤이야 엄마한테 익히 들어서 알고 있었지만, 과부로 몇십 년을 혼자 살고 자식을 몇 명이나 앞세워 보냈다고 해서 그게 소설이 될 수는 없다고 생각했다. 나는 세련되고 도시적인 소설을 쓰고 싶었다.

그런데 마음이 자꾸만 허물어져서 서울에서부터 오산까지 울면서 간 적이 있다. 할머니는 거친 손으로 나를 쓸어내리면서 왜 그러는겨, 도대체 뭐가 문제여, 하고 물었다. 아무 말도 안 하고 내리 이십 분을 엉엉 울었는데 할머니가 느닷없이 취직이 안 돼서 그러는겨?라고 했다. 고민해보지도 않았던 문제여서 순간 조금 웃겼고, 그 바람에 눈물이 멈췄다. 요즘은 그런 품을 종종 생각한다. 여전히 고집 세고 분통 터지게 만드는 할머니지만, 그 대체할 수 없는 품을 떠올리면 나를 구성하는 모든 부분에 할머니의 지분이 있다는 것을 점점 인정하게 된다. 나를 저렇게 모르면서 사랑한다고 말하는 할머니를 보면 헛웃음이 나오는데 그게 할머니라고 생각하면 이해되기도 하고.

폭삭 늙은 할머니를 본 뒤로 나는 전보다 자주 할머니 이야기를 되새긴다. 그러면서 웃고 울다 보면 진부하다고 무시했던 할머니의 이야기들이 문득 봉남 씨의 유일한 이야기로 다가온다. 나는 까막눈인 할머니가 단순히 전화번호부가 갖고 싶어서 하루 종일 전화번호부를 만들던 모습과, 이십육 년 동안 일한 냉면 공장에서 지겹게 먹었으면서도 평생 그 회사 냉면만 고집했던 것을 기억한다. 막냇삼촌이 죽었을 때 밤새 켜진 텔레비전을 등지고 누워 있던 할머니의 머리맡에 죽을 해서 두었더니 그 죽을 다 비우고, 죽을 먹으니 배가 고프다며 밥솥째 밥을 비벼 먹었던 것을 기억한다. 요절한 할아버지를 그리워하다가도 사내놈들은 난 구멍은 모르고 들어가는 구멍만 아는겨, 하며 듣기 싫은 농을 건네던 모습을 기억하고, 그래 놓고 네 엄마한테는 절대 말하지 말라고 신신당부하던 모습을 기억한다. 할머니가 쓰라고 한 '내 이야기'가 이런 건 아니겠지만, 이런 모습들을 떠올리다 보면 소설이 될 수 없다고 생각했던 할머니 이야기가 간절하게 쓰고 싶어질 때가 있다. 어차피 할머니는 읽을 수도 없겠지만. 할머니에게 읽어줄 수 없게 될지도 모르겠지만.

이상한 위로

—

지난겨울 J와 성북구에 있는 아리랑시네센터에 다녀왔다. 보고 싶은 영화가 있었는데 상영관이 많지 않아 일부러 다녀온 것이었다. 영화를 보고 나서 한동안은 그쪽에 다시 갈 일이 없었다. 서울에 산 지 십 년이 넘었지만 예나 지금이나 집 근처만 돌아다녀서 마포구, 서대문구를 크게 벗어나지 않았기 때문이다. 최근에는 다시 J와 그 근처를 지날 일이 있었다. J의 집 근처인 성신여대 앞에서 만났다가 컨디션이 좋지 않은 나를 J가 바래다준다고 해서였다. 우리는 J의 차를 타고 우리 집으로 향했다. 그러다 어느 도로에 들어섰을 때, 여기 우리 지난번에 영화 봤던 데랑 비슷한 것 같아,라고 하자 J가 맞아, 거기야,라고 했다. 그사이 영화관의 이름도 잊고 지냈던 터라 그곳이 성북구였다는 건 당연히 기억하지 못했다. 하지만 J가 맞다고 하자 순식간에 너희 집 근처네,라고 했던 그날이 떠올랐고 맞아, 성북구였지, 하고 속으로 생각했다. J는 길만 보고도 어떻게 알았냐며 신기하다고 했다. 나는 그런가? 하면서 비슷한 경험을 들려주었다. 내가 일곱 살쯤이었던 것 같은데 그땐 동생이랑 친가에서 지냈어, 하고. 나는 그 이야기를 몇 해 전 짝오빠 종훈에게도 들려줬고, J에게는 종훈과 만났던 날에 대해서도 들려주었다.

종훈과 만난 건 2017년 5월이었다. 그즈음 나는 종훈을 꽤 자주 만났다. 자주라고 해봐야 1월에 보고 5월에 만난 건데, 그전까지는 일 년에 한두 번 만났던 터라 네 달 만에 다시 보는 건 정말 얼마 되지 않은 것처럼 느껴졌다. 사람을 가급적 만나지 않던 시기여서 더욱 그렇게 느껴진 것 같기도 하다.

겨울에 만났던 종훈은 봄에 다시 안부를 물어왔다. 아마도 겨울에 내 상태가 그리 좋지 않았기 때문이었던 것 같다. 종훈은 맛있는 걸 사주겠다 했고 나는 술을 사달라고 했다. 우리는 종훈의 집 근처인 구로디지털단지역에서 만나기로 했다. 낯선 동네에서의 약속이라 나는 조금 일찍 출발했다. 우리는 가까운 전집에 가서 소주를 시켰다. 그날이 종훈과 처음으로 소주를 마신 날이었다. 그전까지 우리는 카페에서 잠깐 만나거나 밥을 먹거나 간단하게 맥주를 마시곤 했다. 종훈은 소주를 따르며 내게 근황을 물었다. 더 정확히는 겨울에 이야기했던 사건이 현재 어떻게 되었는지를 물었다. 나는 전이 맛있다는 집에서 전은 먹지 않고 소주만 마시며 오빠 말이 맞았어요, 하고 말했다. 종훈은 거봐, 남자는 남자가 안다니까, 하고 웃었다. 겨울에 나는 친구들이 입을 모아 "이 정도 쓰레기는 처음이야"라고 말했던 남자 때문에 넋이 나가 있었다. 맥락 없이 잠수를 탔던 그가 다시 연락을 해와서 잠시 기운이 생겼을 무렵 우리 집 근처에서 일을 본 종훈이 커피 한잔 하자고 했다. 그날 나는 종훈에게 그동안 있었던 일을 간략하게 말해주었다. 종훈은 듣자마자 도리질을 하며 안 돼, 이건 정말 누가 봐도 안 되는 애야, 하고 말했다. 나는 역시 그렇죠, 하고 대답했지만 사실 그 말을 듣지 않았다. 아무것도 모르면서, 하고 흘려버렸다. 그로부터 며칠 뒤 이미 최악이라고 생각했던 관계가 더 최악으로 끝나버렸고 나는 두 달 정도 아무 일도 하지 못했다. 종훈에게 그런 소식을 전하며 어쩔 수 없이 나도 멋쩍게 웃었다.

종훈을 만난 건 저녁이었는데 그때까지 나는 아무것도 먹지 않은 상태였다. 그래도 종훈이 야심 차게 데려간 곳이어서 나름 열심히 먹었는데 종훈은 맛이 없냐고, 여기 전이 되게 유명한 집이라고 했다. 나는 맛있다고, 먹고 있다고 했지만 소주 한 병을 비우는 동안 전 하나를 겨우겨우 먹었다. 우리는 소주를 더 주문했다. 머리가 핑 돌기 시작하면서 종훈이 더 이상 어른처럼 느껴지지 않았다.

종훈을 처음 만난 건 고등학교에 갓 입학한 3월이었다. 신입생이 들어온 지 얼마 되지 않아 학교 분위기가 어수선했다. 게다가 학교에서는 금지했지만 공공연했던 짝문화 때문에 3월에는 짝동생을 보러 온 선배들로 쉬는 시간마다 1학년 복도가 붐볐다. 내 경우 졸업할 때까지 절대로 연애를 하지 않겠다고 다짐했던 터라 짝오빠 만드는 일에는 관심이 없었다. 보통은 1학년 때 2학년 짝오빠를 만들었다. '불건전한 이성교제 금지'라는 이상한 교칙 아래 이것은 엄연히 금지된 문화였는데, 더러는 짝오빠와 연애를 하기도 했다. 대체적으로 남매처럼 지냈지만, 아닌 경우가 내가 될 수도 있으니까 아예 그럴 가능성을 배제하고 싶었다. 그런데 3학년 짝언니의 절친이 짝오빠를 만들어주겠다고 했다. 괜찮다고 해도 언니는 정말 착한 애라며 저녁 간식 시간에 매점에서 보자고 했다. 언니를 좋아했지만 아직 언니가 조금 무서워서 나는 약속 시간에 고분고분 매점으로 갔다. 매점에 가니 언니가 자기 짝친구라며 종훈을 소개해줬다. 지금 생각해보면 언니는 이미 친구의 짝동생이었던 나와 직접적으로 한 다리를 걸치고 싶었던 것 같다. 그날 종훈은 매점에서 제일 비싸게 팔던 악마의 유혹 카페모카를 사줬는데, 가뜩이나 카페인에 약하고 잠을 잘 자지 못했던 나는 생각 없이 그 커피를 받아먹었다가 뜬눈으로 밤을 새웠다. 그렇게 짝오빠를 갖게 되었는데, 2학년 짝오빠는 없고 3학년 짝오빠만 있는 특이한 경우여서 아주 친한 친구들을 제외하면 대부분 나한테 짝오빠가 있는지조차 몰랐다. 게다가 수능에만 집중하는 학교 분위기상 1학년이 3학년 교실에 가는 건 정말 어려운 일이었고, 남녀가 가까이 서 있기만 해도 거품을 물고 달려오는 선생님들이 있어서 학교에서 종훈을 만나는 게 쉬운 일도 아니었다. 하지만 뭔가 알 수 없는 의무감으로 우리는 간간이 음료수에 쪽지를 붙여 주고받았고, 주말에는 문자로 연락했다. 이따금 어떤 토요일에는 학교에서 좀 떨어진 안양에서 만나 보드게임을 하기도 했고 오락실에 가기도 했다. 그럼에도 고등학생에게 두 학년은 너무 큰 차이여서, 나는 종훈을 지나치게 어른으로 보았고 종훈은 나를 지나치게 어리게 보았다. 그러나 나는 결국 종훈을 좋아하게 되고 말았다.

수학에 취약한 내게 이과생이던 종훈이 중간고사 수학 시험 당일 아침 매점 앞 급식실에서 내가 풀지 못하던 문제를 풀어줬는데 어떤 아우라가 보였다. 여태 못 풀던 문제를 시험 한 시간 남긴 상황에서 푼다 한들 도움이 될 리 없었다. 어차피 까먹을 테니까. 차라리 그 시간 동안 자습을 하는 게 훨씬 효율적이었을 것이다. 그래도 거침없이 문제를 풀어가는 모습은 좀 많이 멋있어서 사실 설명은 하나도 귀에 들어오지 않았는데 이해했다고 거짓말을 했다. 그날 수학 시험은 역시 망했고 종훈이 풀어준 문제도 틀렸다. 종훈은 시험을 잘 봤는지 물었고, 나는 못 봤다고 하면서도 그 문제가 나왔냐는 질문에는 그건 맞았다고 또 거짓말을 했다.

그 뒤로도 나는 종훈을 일 년 정도 더 좋아했다. 종훈은 3학년이었으니까, 일 년 뒤 졸업했고 대학생이 되자마자 말도 안 되게 예쁜 언니랑 연애를 시작했다. 그 언니가 너무 예뻐서 인생 최대 몸무게를 갱신한 열여덟의 나는 너무 쉽게 종훈을 포기했다. 포기했다고 해서 좋아하지 않은 건 아니었다. 열렬하게 좋아한 것도 아니지만, 언제나 종훈에게 잘 보이고 싶은 마음이 있었다. 그래서 수시 환영회에 다녀오던 날 밤에 종훈을 잠깐 만났는데 카페에서 뭐 마실래? 하고 묻는 그에게 유제품을 싫어하면서도 "핫쬬꼬요" 하고 말했다. 내세울 건 나이밖에 없다고 생각했기 때문에—종훈의 여자 친구는 연상이었다—더 어려 보이고 귀여워 보이고 싶어서였다. 대학생이 되고도 종훈과 일 년에 두 번은 만났는데 나는 끝까지 과거의 짝사랑에 대해서 말하지 않았다. 나도 연애 중이었고 애인을 제일 사랑했지만 그것과 별개로 아직은 종훈이 좀 잘생겨 보였기 때문이다.

그런데 그날은 아니었다. 눈치가 빨라서 자기 좋아하는 사람을 다 알아봤다는 종훈을 보며 헛웃음이 나왔다. 자기 입으로 눈치가 빠르다는 사람치고 정말 눈치 빠른 사람은 잘 없는데. 그래서 과거의 짝사랑을 고백해버렸다. 과음 탓이기도 했고, 종훈이 잘생겨 보이지 않은 탓이기도 했고, 애처럼 느껴진 탓이기도 했다. 종훈은 전혀 몰랐다며 머쓱해했지만 은근히 좋아하는 것 같기도 했다. 그런 모든 모습이 유치해서 웃겼다.

우리는 자리를 옮겨 한잔 더 하기로 했다. 그렇게 한참 대로변을 걷고 있는데 언젠가 와본 것 같은 인상이었다. 그래서 오빠, 여기 어디에 소방서 있지 않아요? 하고 물었다. 되게 작은 소방서가 있고, 그 앞에 팔 차선 도로가 있었던 것 같은데, 여기 맞는 거 같은데, 하고. 종훈은 손끝으로 대로 반대편을 가리켰다. 그리고 맞아, 여기 처음이라며. 와 봤어? 하고 물었다. 길 건너에는 정말로 소방서가 있었다. 나는 맞구나, 하고 말했다.

어린 나는 엄마가 보고 싶으면 어떻게 해야 하는지 전혀 알지 못했다. 엄마가 집을 나가고 아빠가 우리를 할머니, 할아버지 댁에 맡겼을 때, 나는 몇 날 며칠 동안 엄마를 찾아 나설 계획을 세웠다. 할머니는 걸핏하면 우리한테 고아원에 버린다고 했고, 그럴 때마다 엄마가 우리를 데리러 왔는데도 만나지 못할까 봐 무서웠다. 그래서 어른들 차를 타고 이동할 때마다, 대로로 가는 방향을 익혀두었다. 한쪽으로만 가다 보면 외할머니 댁에 닿을 수 있을 거라 생각했다. 핸드폰도 없던 시절이라 전화를 할 수도 없었고, 이메일을 주고받을 수도 없었다. 내가 할 수 있는 건 막연히 기다리거나 직접 찾아가는 방법뿐이었다. 그래서 어느 새벽에 동생을 깨웠다. 잠투정하는 소리가 새어 나갈까 봐 입을 막고 옷을 입힌 다음 살금살금 집 밖으로 데리고 나왔다. 대문 밖으로 나온 뒤에는 동생을 업고 익혀둔 대로로 향했다. 심장이 쿵쾅거렸지만, 거기까지는 아는 길이어서 자신 있게 걸을 수 있었다. 슈퍼에서 코너를 돌면 소방서가 나오고, 소방서 앞으로 팔 차선 도로가 펼쳐져 있었다. 그다음엔 어디로 가야 하는지 아무것도 알지 못했다. 동생을 업은 팔이 아파왔고, 이렇게 가다가 엄마를 찾기 전에 영영 길을 잃어버릴 수도 있겠단 생각이 들었다. 춥고 무서워서 눈물이 났다. 엉엉 울었지만 대로변이라 차 소리에 울음소리가 묻혔다. 내가 우는 걸 보고 따라 우는 동생을 달래 다시 할머니 집으로 돌아왔고, 그대로 동생 옷을 벗긴 뒤 재웠다. 그 옆에서 나도 자는 척을 했다.

독산동 할머니네라고 했으니까 거기가 독산동이라는 건 알고 있었는데, 종훈의 동네도 독산동인 건 그날 처음 알았다. 종훈은 조금 놀란 표정으로 그런 일이 있었구나, 하고 말했다. 전혀 몰랐다고. 그런데 어떻게 기억하냐고. 술기운이 올라 나는 자꾸만 한숨을 내쉬며 말했다. 그냥요. 그냥 기억이 나요.

그날 뒤늦게 입이 터진 나는 평소 좋아하지도 않는 초콜릿을 몇 개나 먹었다. 종훈은 잘 먹네,라며 더 챙겨 왔으니 많이 먹으라고 했다. 나는 종훈이 여행지에서 선물로 사 온 초콜릿을 까면서 그런데 오빠, 이유도 모르는 채로 기다리기만 하는 건 아무리 해도 연습이 안 되는 것 같아요, 하고 고개를 조금 떨궜다. 종훈은 아직 많이 힘들어 보인다 했고, 나는 이제 그만 마셔요,라고 했다. 종훈은 그래, 그러자,라고 했다.

집으로 돌아오는 택시에서는 종훈 앞에서 울지 않은 게 스스로 대견해서 괜히 실실 웃었다. 그리고 앞으로는 독산동이라는 지명을 들으면 동생과의 가출을 감행했던 겨울의 새벽 공기보다 종훈과 휘청휘청 걷던 5월 밤의 서늘한 공기가 떠오를 것 같다고 생각했다. 그즈음 막연한 기다림과 배신감으로 만신창이가 되었던 몸과 마음이 떠오를 것 같았다. 다음 날은 정오가 지나서 일어났고 온종일 공허했다.

J는 짝오빠가 뭐냐고 웃으면서 그런데 정말 신기하다, 하고 말했다. 길이 다 비슷비슷하게 생겼는데 어떻게 이걸 기억하냐고. 게다가 그건 아주 어릴 때 본 게 전부 아니냐고. 나는 나도 이게 다야, 하고 말했다. 그러고 보니 내가 그 길을 기억하는 것보다, 그곳이 크게 변하지 않은 게 더 신기했다. 20년이 넘도록 대로변에 위치한 소방서라고만 설명해도 바로 어딘지 알 수 있을 만큼 그대로인 게. 주말인데도 저녁 시간이 되자 길이 막혔다. 날이 순식간에 어두워졌고, 미등의 빨간 불빛이 도로를 가득 메웠다. 그걸 보면서 계속 한길로만 가다 보면 정말로 찾고 싶은 곳을 찾을 수 있을까, 생각했다. 지구는 둥그니까 자꾸 걷다 보면 온 세상 어린이를 다 만나고 온다는 노래도 불렀는데. 보고 싶은 사람들은 어딜 가야 만날 수 있는 걸까.

가끔 견고한 기억이 스스로도 놀라울 때가 있다. 하지만 한편으로는 나만 전혀 기억하지 못하는 일도 많아서 기억력이 특별한 것 같지는 않다. 생생하게 기억하는 일들의 흔적을 발견하게 될 때면 이미 알고 있었으면서도 꿈이 아니었구나, 하고 생각한다. 어쩌면 꿈일지도 모른다고 여겼던 일들이 실재했다는 사실을 확인할 때면 비참해진다. 꿈일지도 모른다고 생각한 게 아니라, 꿈이었으면 좋겠다고 생각했던 시간 속의 내가 발가벗겨진 기분이기 때문이다. 오랫동안 기억이 선명할 수 있었던 건 나도 모르게 그런 식으로 자꾸 되새김질을 했기 때문이 아닐까.

우리는 막히는 길 위에서 한동안 아무 말이 없었다. 그러다 J는 대뜸, 집까지 데려다주고 나 착하지? 하고 물었다. 인정받기를 좋아하고 세상의 중심이 자기 자신인 J는 나를 많이 안다고 생각하지만 나는 자주 J가 나에 대해서 아무것도 모른다고 느낀다. 내 말 속에 울음이 묻어 있어도, 퉁퉁 부은 얼굴로 만나도 몰랐다. 모른 척하는 얼굴과 모르는 사람의 얼굴은 너무 달라서 나는 J가 모른다고 확신하지만, 이따금 그런 사실에 대해서 말하면 J는 다 알지, 하고 말한다. 모르는 얼굴로 다 알지, 하는 말은 뱉어놓은 이야기의 무게를 한없이 가볍게 만들어서 그런 말을 들을 때에는 더 쓸쓸해진다. 그래서 나는 J에게 속마음을 잘 털어놓지 않게 되었다. 말과 말 사이에 놓인 빈 공간의 의미를 알지 못하는 J는 그래도 자기 나름의 방식으로 내게 친절하다. 그건 외롭지만 어떤 편안함을 주기도 한다. 그리고 때때로 의외의 위로가 되기도 한다. 입이 트인 J는 익살맞게 나도 짝오빠 만들어줘, 나도 짝오빠 갖고 싶어, 하고 소리쳤다. 나는 춥다고 했다. J는 열선 시트를 틀어줬다. 그러고는 엉뜨 틀었으니까 금방 따뜻해질 거야, 하고 뿌듯하게 말했다. 5월인데 아직도 추워서 어떡해. 그 말만으로도 벌써 엉덩이 밑이 조금 따뜻해진 것 같았다.

모든 것이 작고 소중했던 시절

—

두 달 전 친구가 아이를 낳았다. 내 친구의 동생이기도 하고, 내 동생의 친구이기도 한 그 애는 너무 마르고 여려서 나는 M의 배가 불러오기 시작했을 때부터 오늘은 어떤지, 배가 당기진 않는지, 산책은 다니는지 등을 매일 물어보았다. 초등학생 때 죽고 못 살던 단짝과 매일 만나면서 터울이 같은 동생들을 데리고 다니다 보니 자연스럽게 동생들끼리도 친구가 되었고, 넷이서 자매처럼 지내게 된 사이인데 언니들끼리 소원하게 지냈을 때조차 동생들은 뭐 어떠냐는 식으로 마주칠 때마다 반갑게 인사하며 근황을 나누곤 했다. 성인이 되고 나서는 친구보다 M과 더 자주 연락을 주고받게 되었는데, 친구가 너무 바쁘기 때문이기도 했고, 어던지 모르게 M에게 자꾸만 마음이 쓰였기 때문이기도 하다. 친구와의 애틋함으로 친구의 동생을 언제나 염두에 둔 것이 상당하기도 했지만, M 자체로 언제나 내게 위로가 되기도 했다. 어느 시점에는 하루 종일 메신저로 연락을 주고받으면서 자매들의 최근 정보를 주고받기도 했고, 혼자 사는 M의 집에 찾아가서 밤새 술을 마시고, 다음 날까지 시시덕거리기도 했다. 그래서 M의 결혼이, 임신과 출산이 나에게도 커다란 일이었다. 하지만 M과 매일 연락하면서 아기 사진을 주고받았음에도 출산 후 한동안 보러 가지 못했다. 함께 가기로 했던 동생의 해외 출장이 잦아서 일정을 조율하기 어려웠고, 막상 가기로 약속한 날에는 내가 독감에 걸렸기 때문이었다. 그렇게 보고 싶은 마음만 키우다가 며칠 전에야 겨우 M과 아기를 만날 수 있었다.

M의 집까지는 가는 데만 두 시간이 걸려서 우리 자매는 모처럼 함께 분주했다. 평소보다 일찍 일어나서 씻고, 외출 준비를 하고, 버스를 두 번 갈아타고 나니 M이 말한 브런치 카페가 보였다. M은 엄마도 같이 있다고 했다. 도착하니 정말 엄마가 아기를 안고 계셨다. 사진으로만 봤던 아기를 실제로 보니 생각보다도 훨씬 작았다. 나는 일부러 아기에게 할머니가 안아주셨네, 할머니, 해봐, 하고 장난을 쳤다. M과

동생도 덩달아 할머니라 불렀고 이제 막 할머니가 된 M의 엄마는 할머니 아니야,라고 하면서도 아기를 향해 할머니 보고 웃는 거야? 하며 주의를 끌었다. 신기한 건 아기를 안는 것부터 어색한 나와 동생과 달리 M에게서 그새 제법 엄마 티가 났다는 것이다. 그리고 당연한 일이지만 엄마는 우리 중에 제일 아기를 잘 보셨다. 막 식사를 하려고 하니 아기가 울었고, 당황한 우리와 울상인 M과 달리 엄마는 노련하게 아기를 달랬다. 그렇다고 식사를 편하게 하신 건 아니지만, 그런 방식으로 하는 식사가 어색하지 않았다. 불편한 식사가 어색하지 않다는 건 퍽 찡한 일이었는데, 옛날에 엄마들이 다 저렇게 우리를 키웠겠지, 도와주는 사람 하나 없이, 하는 생각이 들었기 때문이다. 오래전 갓난아기인 나를 달래면서 함께 울었다는 엄마의 이야기가 떠올랐고, 그때의 엄마가 지금의 나보다 어렸다는 생각을 하니 찡한 마음이 좀처럼 가라앉지 않았다. 그래도 아직 할머니라고 불리기에는 역시 너무 이르지 않나 싶었지만 아기를 안고 재우는 M의 엄마를 보고 있으니 정말 할머니 같기도 했다. 어릴 때 M의 집에서 놀다가 잠들면 우리를 깨우고 머리를 새로 묶어주고 밥을 차려주셨던 모습과, 아기를 달래는 모습이 많이 닮았고 많이 달랐다.

우리는 밥을 먹고 나와서 근처를 조금 산책하기로 했다. 피곤하면 집으로 갈까? 하고 물었더니 M은 아니, 나 더 밖에 있고 싶어,라고 했다. 그렇게 노는 걸 좋아하던 애가 한 번 나오는 게 일이 되었으니 외출할 때면 너무 신이 난다고. 아기와 나왔다가 아기가 너무 울어서 서둘러 집으로 돌아갔었다는 이야기를 들었을 땐 귀여우면서도 속상하고 짠했다. 우리는 건물을 빙 돌아 브런치 카페 뒤쪽의 아파트 산책로로 향했다. 엄마가 아기를 안으시고, 우리는 유모차와 짐을 챙겼다. 화단을 지날 땐 엄마가 여기 꽃밭에서 아기 사진 한 장 찍어주자, 하고 말씀하셨다. M과 우리 자매는 아기 살갗에 직접 햇빛이 닿을까, 풀독이 오를까, 조심조심 아기 사진을 찍느라 고군분투했다. M과도, 엄마와도 몇 장씩 찍어주고 M네로 가면서는 어릴 때 사진을 보며 왜 고작 저런 배경에서 사진을 찍은 거지? 하고 의문을 품었던 일이 생각나 혼자 피식거렸다. 작은 빌라의 빈약한 화단이 그때의 엄마에게는 고작이 아니라 최선이었을지도.

짧은 산책을 마치고 M네 집으로 가자마자 우리는 다시 손을 씻고 경건하게 아기 만질 준비를 했다. 이제 겨우 육십오 일을 살았다는 아기는 모든 것이 작고 소중했다. 조그만 얼굴 안에 눈, 코, 입과 속눈썹까지 들어 있는 것도 신기했고,

그 작은 입술을 삐쭉이며 얼굴을 찡그리고 하품을 하는 것도 신기했다. 내 손가락보다도 작은 손과 발에 열 개의 손가락과 발가락이 달려 있고 손톱, 발톱까지 모두 있는 것을 보고 있을 땐 경이로운 마음이 들기도 했다. 그래서 한 번도 땅을 밟아보지 못해 연한 발바닥을 만지며, 아기는 존재 자체로 소중하구나, 생각했다. 아기로 인해 우리가 함께 있는 모습이 너무 많이 달라지고 불편해졌지만 그 모든 것이 괜찮았다. 가만히 아기만 보고 있었을 뿐인데도 시간이 빠르게 흘렀다. 처음 임신 소식을 들었을 때에는 저 한 줌의 몸으로 어떻게 아기를 낳을 것이며 전처럼 놀지 못해 우울하진 않을까 걱정이 많았는데, 막상 꼬물거리는 아기를 보고 있으니 이 작은 몸에 세상의 모든 가능성이 잠재된 것 같았다. 진부하게도 통통한 아기의 다리를 만지며 우리 아기는 훌륭한 축구 선수가 되겠구나, 모델이 되겠구나, 하다 보니 돌아갈 시간이 되었다. 마침 M의 엄마도 이제 그만 가봐야 한다며 우리를 데려다준다고 하셨다. 우리는 서울로 가려다가 엄마도 보고 갈까? 하고 이야기했다. 다음 주에 어버이날도 있으니까. 그때까지 다시 오지 못할 것 같으니까. 그렇게 엄마의 미용실 앞에 내리게 됐다.

예고 없는 방문에 엄마는 많이 놀랐지만 좋아하기도 했다.

너무 좋아해서 갑자기 무슨 일이냐는 질문에 차마 친구 보러 왔다가 들렀다고 할 수 없어서 그냥,이라고 대답했다. 우리는 간 김에 미뤘던 머리도 하기로 했다. 엄마는 머리를 해주면서 오늘 함께 자는 거냐고 물었다. 내가 무슨 말을 하기도 전에 동생이 아니, 가봐야 해, 밥이나 같이 먹자,라고 했다. 나는 저녁 약속이 있어서 얼굴만 보고 가려고 했던 터라 당황했지만 좀 더 있다 가기로 결정했다. 그렇게 저녁 약속 자리에는 갈 수 없게 되었고, 차 시간이 애매해서 집에 들르지 않고 미용실에서 밥을 먹기로 했다. 식사 거리를 포장하러 갔을 때에는 만나는 상가 사람들마다 딸이냐고 물었다. 그때마다 엄마는 응, 애들이 어버이날이라고 바쁜데 왔네, 밥 사준다고 해서, 하고 말했다. 사람들이 좋겠네,라고 했고 엄마는 정말로 좋아 보였다. 너무 행복해 보여서 나는 조금 슬퍼졌다.

막차가 열 시 반이니까 적어도 그때까지는 오산역에 도착해야 한다고 말한 뒤 식사를 했다. 문 닫은 미용실에서 밥을 먹고 있으니 오래전 미용실에서 살 때가 생각났다. 엄마는 은근히 결혼 이야기를 꺼냈다. 결혼을 하지 않겠다는 딸들에게 응, 너희가 하고 싶지 않으면 하지 마,라고 하더니 최근 들어서는 엄마도 남들이 하는 건 한 번쯤 해보고 싶다고 했다. 그런 엄마를 보며 나는 할머니가 된 엄마를 상상했다. 그건 상상만으로도 찡한 모습이었지만 역시 내가 해줄 수는 없다고 생각했다. 한때 "나는 할머니 되기 싫어, 할머니 안 할래"라고 하던 엄마였는데. 늙어서 그러는 건지, 엄마의 마음이 변한 이유가 궁금했지만 물어보지 않았다. 대신 몇 년이 지나도록 갱년기 증상이 가라앉지 않아 휴대용 선풍기를 들고 식사를 하는 엄마에게 우리는 언제나처럼 무심하게 기대를 버려, 하고 말했다. 엄마는 우리 딸들은 차가워, 하더니 느닷없이 너희 역 근처 카페에서 기다리다가 차 타면 안 돼? 하고 물었다. 함께 더 있지 못해 아쉬워하는 것 같더니 오늘 아침 열무를 선물 받았다고, 빨리 집에 가서 김치를 담가야 한다고 했다. 우리는 그럼 말을 하지, 하고 서둘러 자리를 정리했다. 막차가 열 시 삼십 분이라는 거지 그 전에도 차는 계속 있다고. 엄마는 어머 그러니? 나는 열 시 반 기차를 예약했다는 줄 알고, 하며 웃었다. 그런 엄마에게 이 동네는 애매하게 멀고, 애매한 크기의 도시라 하루에 기차는 딱 네 대뿐이라고 말해주었다. 마지막 기차는 진즉에 끊겼다고. 길고 긴 1호선을 타고 한참을 탈탈탈탈 올라가야 한다고.

엄마는 우리를 오산역에 내려주었다. 역사에 오르자마자 전광판에 청량리행 열차가 전역을 출발했다는 안내가 떴다. 놓치지 않으려고 우리는 뛰기 시작했다. 다음 열차는 다시 한참을 기다려야 했다. 늦은 시각의 상행선은 자리가 여유로운 편이었다. 우리는 앉자마자 기절하듯이 서로에게 기댄 채로 각자 핸드폰을 만졌다. 그런데 군포까지 왔을 때 열차가 멈추더니 안내 방송이 흘러나왔다. 흔히 있는 열차 지연 방송이겠거니 해서 굳이 이어폰을 빼지 않고 기다렸다. 동생은 동영상을 보고 있었고, 나는 그날 찍은 아기 사진을 정리하던 중이어서 몇 분 정도는 얼마든지 기다릴 수 있었다. 그렇게 정차된 채로 십 분을 넘어섰을 즈음에야 우리는 좀 긴데? 하며 이어폰을 빼고 자세를 고쳐 앉았다. 그리고 몇 분 뒤 다시 흘러나오는 안내 방송에 귀를 기울였다. 가산디지털단지역에서 사상 사고가 난 관계로 1호선 열차가 지연되고 있으므로 바쁘신 승객은 다른 교통편을 이용하시길 바랍니다. 그런 방송이 몇 번 더 흘러나왔고, 몇몇 사람들은 한숨을 쉬며 열차에서 내렸다. 안내 방송은 조금씩 달라졌다. 지연된다는 내용은 같았지만 사고로 인해 잠시 대기 중이라는 안내에서, 조금만 더 기다려달라는 안내로, 현장을 수습하고 있다는 안내로, 언제 다시 운행할지 모른다는 안내로 바뀌었다. 그런 방송을 내보내는 중간중간 찰나의 침묵이 있었다. 그 침묵이 어쩐지 신경 쓰였다. 그렇게 우리는 삼십 분 정도 군포에서 이도 저도 하지 못했다. 군포에서 성산동까지 택시를 타기에는 부담스러웠고, 시간이 늦어서 다른 교통편을 알아보기도 힘들었다. 무엇보다 평소보다 일찍 일어나 먼 거리를 오간 탓에 우리는 많이 지쳐 있었다. 다행히 다음 역이 4호선 환승역인 금정역이어서, 열차가 멈춘 지 한참 만에 금정역까지만 운행한다는 안내 방송이 흘러나왔고, 열차 문이 닫혔다. 금정역에서는 다시 한 번 사고에 대한 안내 방송과, 맞은편에 오는 4호선 당고개행 열차로 갈아타시길 바란다는 안내 방송이 흘러나왔다. 우리는 이촌역으로 가서 경의중앙선을 타고 가좌역으로 가는 노선을 선택했다. 이촌역에 도착했을 때에는 엄마한테 전화가 왔다. 엄마는 열무김치를 다 담갔는데 왜 아직까지 도착했다는 연락이 없냐고 물었다. 나는 사상 사고가 났대, 하고 말했다. 엄마는 춥다고, 조심해서 들어가라고 했다. 정말로 너무 추워서 우리는 몸을 웅크리고 춥다, 하고 말했다. 낮에는 너무 더워서 냉면이 먹고 싶다고까지 했는데, 해가 지고 나니 더워지려면 아직 멀었구나, 싶을 정도로 쌀쌀했다.

나는 다시 아기 사진을 추리기 시작했다. 곁에서 내가 생각하는 그 일만 아니었으면 좋겠다고 동생이 말했다. 나도, 라고 했지만 역시 그 일이겠지, 하고 생각했다. 낮에 아기에게, 너는 똥만 싸도 모두가 손뼉 쳐주고 너무 좋겠다, 지금이 네 인생의 황금기라는 걸 네가 알아야 할 텐데, 하고 말했는데 문득 그런 시절이 우리 모두에게 있었겠지, 하는 생각을 하니 서글퍼졌다. 조금 뒤 트위터를 검색하던 동생이 언니 기사 떴대,라고 했고 사상자는 육칠십 대로 추정되는 남성이라고 했다. 기사에는 주로 그를 비난하는 댓글이 달려 있었다. 간만에 급행을 탔는데 한 시간이나 늦어서 짜증 났다거나, 죽으려면 혼자 죽지 왜 남한테 피해를 주냐, 기관사는 무슨 죄냐, 하는 등의 내용이었다. 맞는 말이지만, 어쩐지 씁쓸한 기분이었다. 가산디지털단지역에는 오래전부터 스크린 도어가 설치되어 있었다. 하지만 넘으려면 얼마든지 넘을 수 있다는 걸 나는 알고 있었다. 오랫동안 유심히 지켜본 사람이라면 내가 아닌 누구라도 알 수 있었을 것이다.

집에 도착했을 땐 열두 시가 지나 있었다. M은 열두 시가 지났으니 이제 아기가 태어난 지 육십육 일이 되었다고 했다. 우리는 서둘러 씻고 자리에 누웠다. 문득 안내 방송 사이의 짧은 침묵이 떠올랐다. 스크린 도어가 막아주지 못하는 공간을 오랫동안 응시했을 사람과, 외롭고 무서웠을 사람과, 조용히 참담했을 사람을 생각했다. 그런 생각을 하면서도 하루 종일 찍어온 아기 사진에서 눈을 뗄 수 없었다. 똥만 싸도 좋아해준다고 했지만, 그건 아기만이 가진 어떤 힘이 아닐까. 존재만으로도 누군가에게 아득한 행복을 줄 수 있으니까. 그런 시간들이 모든 사람들에게 있었다고 생각하니 나도 모르게 숨을 깊이 내쉬게 되었다. 그 소리를 들은 동생이 우리 내일 수영 첫날이야, 알지? 하며 얼른 자라고 했다. M에게 잘 나온 아기 사진을 추려 보내면서 이 아이가 건강하게 자라기를, 슬퍼할 줄 아는 사람이 되기를, 충분히 아파하고 그 모든 시간을 극복할 수 있기를 바랐다.

불가능한 것들

—

나는 어려서부터 하고 싶은 일이 너무 많았다. 유치원에 다닐 때부터 멋있어 보이는 건 다 하고 싶었다. 제일 처음 배우고 싶었던 건 피아노였다. 친구가 피아노 치는 모습을 보고 그날부터 엄마한테 피아노 학원에 보내달라고 졸랐다. 하지만 친구만큼 연주하려면 건반의 위치부터 숙지해야 했는데, 도의 위치도 찾지 못해서 손등을 맞고 첫날부터 그만두겠다고 했다. 이미 학원비를 낸 데다가 뭔가를 배우는 게 처음이어서 엄마는 나를 설득했다. 그 결과 다섯 살 때 시작한 피아노는 쉬다 배우다를 반복하며 초등학교 5학년 때까지 쳤다. 하지만 그사이 내가 다른 무언가를 배우고 싶다고 조를 때마다 엄마는 배우는 과정과 결과에 대해 부정적으로 얘기하면서 내 사기를 꺾었다. 이를테면 발레를 배우고 싶다고 했을 때에는 다짜고짜 발끝으로 서보라고 한 뒤, 그렇게만 걸어야 한다고 했다. 그래서 발가락이 다 망가지고 못생겨진다고. 바이올린을 배우고 싶다고 했을 때에는 손톱으로 손가락 끝을 꾹 누른 뒤 이런 느낌으로 계속 있어야 한다고, 손가락 관절이 다 고장 난다고 겁을 주었다. 태권도를 배우고 싶다고 했을 때에는 종아리에 알이 생긴다고 했고, 가야금을 배우고 싶다고 했을 때에는 책상다리를 하고 앉아 있어야 해서 다리도 휘고 매일 저리다고 했다. 보나마나 시작하자마자 그만두겠다고 할 게 뻔했으니까.

그런 엄마가 배우고 싶다는 말도 하지 않았는데 나를 끌고 간 학원이 있었다. 웅변과 글짓기를 가르치는 곳이었다. 주는 웅변이었고, 글짓기는 웅변대회를 나갈 학생들이 쓴 연설문을 첨삭하는 정도로만 수업이 이루어졌기 때문에 '웅변 · 글짓기'라고 적힌 학원 간판에도 '웅변'의 글씨 크기가 훨씬 컸다. 아마도 엄마는 웅변이 자기주장을 하지 못해 늘 당하고 오는 나를 위한 처방이 될 수 있을 거라 생각한 것 같다. 그때의 나는 심하게 내성적이어서 누가 말을 걸어도 제대로 대답조차 하지 못했다. 누가 뭘 뺏어가면 뺏겼고, 놀리면 가만히 듣고 있었다. 억울한 줄도 몰랐다. 엄마가 없는 동안은 그런 걸 모르고 사는 게 여러모로 편했다. 하지만 엄마가 돌아온 뒤에도 내가 나아지지 않자 엄마는 내 손을 잡고 웅변 학원을 찾았다. 그리고 몇 번이나 선생님께 나를 당부한 뒤 가버렸다. 혼자 남겨진 나는 원장 선생님과 함께 작은 방으로 들어갔다. 그곳엔 여러 명의 아이들이 빼곡하게 서 있었다. 스탠딩 콘서트처럼 움직이기도 힘들 정도였다. 늦게 들어온 나는 맨 뒤에서 벽에 등을 기대고 서 있었다. 그래도 보일 정도로 높은 연단이 있었고, 거기에 한 명씩 올라 이상한 억양과 리듬으로 뭐라 뭐라 목청껏 떠들었다. 그러면 돌림노래처럼 연단 아래 있던 아이들이 역시 이상한 억양과 리듬으로 다 함께 후렴구를 외쳤다. 그렇게 주거니 받거니 하다가 마지막에는 연단 위에 있는 아이가 "이~ 연사, 힘~차게, 외~칩~니다~!"라고 했다. 그 모습만 봐도 아찔했다. 나는 죽었다 깨어나도 할 수 없었다.

그날, 원장 선생님은 내게 몇 편의 글이 담긴 파일철을 주셨다. 앞으로 이걸 외워서 함께 발표할 거라고 했다. 매일 남아서 선생님과 조금씩 외워야 한다고. 그래야 다른 아이들처럼 재미있게 할 수 있다고. 다 외우면 나도 연단에 설 수 있다고. 외우는 거야 얼마든지 할 수 있었지만 연단에 서는 것만큼은 절대로 하고 싶지 않았다. 못 외웠다고 해야지, 생각했지만 첫날은 그냥 집에 보내주었던 선생님이 다음 날부터는 그날의 할당량을 외우지 않으면 보내주지 않았다. 한참이 지나도 검사받으러 오지 않자 선생님은 나를 앉혀놓고 예의 이상한 억양과 리듬으로 문장을 하나하나 읽어주셨다. 그리고 내게 똑같이 따라 해보라고 했다. 최선을 다했지만 나는 역시 할 수 없었다. 내가 말하고, 그 목소리를 듣는 것만으로도 이상해서 입만 뻐끔거리는 상태로 며칠이 지났다. 선생님은 자주 한숨을 쉬었다. 결국 다른 아이들이 웅변 연습을 하는 동안 나는 글쓰기 수업 교실에서 연설문을 따라 쓰게 됐다. 그제야 마음이 편안해졌다. 다시 그렇게 며칠을 보내자 글쓰기 선생님은 조금씩 그날의 과제를 주었다. 주어진 단어를 넣어 문장을 만들거나, 그림을 보고 문장이나 단어로 표현하는 연습이었다. 그건 목소리를 내지 않고도 할 수 있어서 나는 성실하게 과제를 수행했다. 하지만 다 했다는 말도 어려워 금방 끝내고도 멀뚱멀뚱 앉아 있었다. 한참 뒤 선생님이 다 했는지 물었고, 나는 고개를 끄덕였다. 선생님은 가만히 옆으로 다가와 내가 쓴 문장을 읽었다. 그러고는 어머, 이런 생각을 했니? 하고 웃었다. 감나무에 감이 하나만 매달려 있는 그림이었는데, 언젠가 그런 것을 까치밥이라고 한다는 걸 들었었다. 까치가 배를 곯지 않게 감을 다 따지 않고 하나를 남겨놓는 것이라고. 그 기억으로 나는 그림 아래 '사랑하는 마음'이라고 적었다. 선생님이 머리를 쓰다듬어줬고, 그 다정함으로 쑥스러웠지만 같이 웃을 수 있었다. 다음 날부터는 다 했으면 다 했다고 손을 들 줄 알게 되었고, 이따금 다 했어요,라고 말할 수도 있게 되었다. 그렇게 한 달 만에 학원을 그만둘 때까지 연단은커녕 웅변 교실 근처에도 가지 못했지만, 학원에 다니기 전보다 말을 잘할 줄 아는 애가 되었다.

학원을 그만둔 건 엄마가 동생을 데리고 외가댁에 내려갔기 때문이었다. 그로부터 며칠 뒤 나는 엄마가 집을 나간 게 아니라 병원에 입원했다는 것을 알게 되었다. 병원에서 엄마는 다 나으면 데리러 오겠다고 했다. 그동안 나는 아빠와 단둘이 지내야 했다. 아빠는 대체적으로 내가 뭘 하는지 관심이 없었기 때문에 학원은 물론 학교를 빼먹어도 눈치채지 못했다. 새로 등록한 학원의 원비 내는 날을 알 리 없었다. 그래서 학원에서 원비 봉투를 받아 온 날부터 더 이상 나가지 않기로 결심했다. 글쓰기 선생님께는 인사를 드리고 싶었지만 이유를 물으시면 대답할 자신이 없어 며칠 동안 학원에서 걸려오는 전화를 그대로 끊어버렸다.

엄마를 따라 외가댁 근처로 전학 간 뒤에도 나는 오랫동안 내성적이었다. 같은 조 남자애들이 떠들어서 선생님이 떠든 애들 나오라고 했을 때에도 나는 아니라고 할 줄 몰라 그대로 매를 맞았고, 체육복을 빌려줬다가 제때 돌려받지 못해 체육 시간에 벌을 받아도 사실대로 말하지 못했다. 그즈음에는 엄마도 가게 일로 바빠서 전처럼 어떤 조치를 취할 겨를이 없었다. 그럼에도 시간이 흐르면서 조금씩 친구를 사귈 수 있었다. 환경도 전보다 안정됐고 또래와 나눌 수 있는 이야기가 다양해지고 깊어지면서 마음 맞는 사람이 누구인지 알아볼 수 있게 되어서인 것 같다. 초등학교 5학년 즈음에는 자주 혼날 정도로 시끄러운 애가 되었고, 그 또래 애들이 하는 건 다 해야 했다. 그렇게 청소년기를 지나 대학생이 되었다. 대학생이 되고 나서도 유행은 무조건 따라야 했고, 우리 우정이 제일 빛나야 했고, 내 연애가 제일 절절해야 했다. 학교에서는 집행부 활동과 학회 활동, 중앙 동아리 활동도 했다. 그 모든 것을 하면서 교외 활동도 했고, 연애도 했고, 친구도 만났다. 심지어 다 열심히 했다. 싸이월드 방문자 수는 매일 100을 넘겼고 주변에서는 종종 재는 대통령하고도 아는 사이일 것 같아,라고 했다. 그럼에도 여전히 주목받는 것에 완전히 자유롭지 못해서 대표로 인사말을 한다든지, 무대 위에 서야 한다든지, 단체 활동에서 자기소개하는 일 등은 꺼려졌다. 낯가림도 심해 처음에는 우물쭈물했지만 어느 정도 고삐가 풀리면 나대기 시작했다. 그래서 지난 몇 년 동안 거의 모든 연락을 끊었던 내가 다시 사람들을 만나기 시작했을 때, 전엔 어땠더라, 어떻게 했더라, 하고 한참을 더듬어야 했다. 분명히 기억나는 시절이긴 했지만 전혀 다른 세계처럼 느껴졌다.

최근에는 논문 발표를 하느라 많은 사람들 앞에 서야 했다. 사람을 만나기 시작했다고 해도 아주 가까운 사람을 한두 명씩 만난 게 대부분이어서 낯선 사람이 여러 명 모이는 자리에 간다는 사실만으로도 부담이 컸다. 그래서 발표회를 앞둔 며칠 전부터 자꾸만 자다 깨고 두통에 시달렸다. 몇 번이나 연습을 했음에도 결국 발표를 완전히 망쳐버렸다. 인쇄된 글을 읽는 것도 버벅거렸고, 질문이 들어오면 머리가 새하얘졌다. 내가 무슨 말을 하고 있는지 나조차 모르겠어서 발표 도중에 "제가 말을 잘 못하죠"라고 말해버리기까지 했다. 그 상태로 고개를 들어 앞을 보니 학교에 나가지 않은 사 년 동안 세대가 바뀌어서 대부분 모르는 사람들이었다. 그래도 중간중간 아는 얼굴이 섞여 있었는데, 그렇다고 잘 아는 사이는 아닌 경우가 대부분이었다. 모르는 사람들과 애매하게 아는 사람들이 친밀하게 모여 있는 모습이 불편하고 괴로웠다. 차라리 아무도 몰랐으면, 엄청 친한 사람이 있었으면, 하고 생각하다 보니 위장이 콕콕 쑤시고 속이 답답했다. 가까스로 내 차례가 지나고 나서는 아무도 나를 기억하지 않기를 기도하면서 숨을 골랐다. 그렇게 발표를 모두 마치고 나니 온몸이 너덜너덜해진 기분이었다. 심사 결과는 '보류'였다. 반박의 여지가 없었고, 주어진 기간 안에 최대한 많이 고쳐야 했다. 그때에도 일정 기준에 미치지 못하면 한 학기를 더 다녀야 했다. 오늘은 얼른 쉬고 싶은 마음에 일단 서둘러 짐을 챙겼다.

그때 P 선생님께서 나를 부르셨다. 선생님은 오랜만이라면서 왜 그렇게 눈이 그렁그렁하냐고 하셨다. 순간 잘 누르고 있다고 생각한 눈물이 후드득 떨어졌다. 그 모습을 보이지 않으려고 벽 쪽으로 몸을 틀었더니 가까이 오셔서는 혹시 심사 결과 때문에 그러냐고, 논문 그거 별것도 아니라고 하셨다. 나는 정말 그게 아닌데, 말이 나오지 않아서 논문 때문이 아니라는 말도, 그동안 인사드리고 싶었다는 말도, 왜 이러는지 모르겠다는 말도 하지 못했다. 대부분 뒤풀이 장소로 이동한 뒤였고, 조교를 포함한 몇몇 학생만이 아직 강의실에 남아 있었다. 발표를 망쳐서 우는 줄 알겠지, 정말 아닌데, 생각하며 엉엉 울고 싶어졌다. 한번 터진 눈물은 어지간해선 멈출 줄을 모르니까 아무도 보지 않는 곳에서 눈물이 다 빠질 때까지 울고 싶었다. 선생님은 왜 이렇게 울보가 되었냐며 그냥 집에 가지 말고 밥을 꼭 먹고 가라고 하셨다.

뒤풀이 장소로 가는 길에는 지도교수님께서 내 손을 잡고 이동해주셨다. 그리고 서운하냐고 물으셨다. 나는 고개를 저으며 그런 게 아니에요,라고 겨우 말했다. 선생님은 네가 충분히 할 수 있는 거니까 열심히 해보라면서 이 녀석 왜 이렇게 약해졌냐고 하셨다. 그럴 거 없다고, 너 아팠던 거 아무도 모른다고. 알면 또 어떠냐고. 그게 네 잘못은 아니지 않으냐고. 발표도 언젠가는 해야 하고, 이런 과정을 지나다 보면 다시 단단해질 수 있다고. 잘하고 있다고. 그렇게 걷다 보니 다시 말이 조금 나왔다. 그런 게 아니라, 사람 많은 곳이 오랜만이어서 그게 조금 힘들었어요, 하고.

뒤풀이 장소에 도착했을 때 선생님들은 가장자리에 앉은 내 앞으로 자꾸만 반찬을 놓아주시고 국을 떠주시면서 많이 먹으라고 하셨다. 밥맛이 있을 리 없었지만, 무슨 맛인지도 모를 만큼 정신이 아득한 채로 한 공기를 다 비웠다. 그사이 빠르게 식사를 마친 선생님들은 자리를 비워주겠다고 하시며 일어나셨다. 모르는 사람들과 애매하게 아는 사람들이 우르르 따라 나갔다. 그 모습을 자리에 서서 멀거니 바라보다가 짐을 싸서 나왔다. 그제야 마음대로 울 수 있었다. 퉁퉁 부은 눈으로 집에 돌아오니 친구와 밥을 먹고 있던 동생이 놀라서 무슨 일인지 물었다. 동생 앞에서는 억지로 눈물을 참지 않아도 괜찮으니까 아무 일도 아니라고 말하면서 엉엉 울 수 있었다. 아무 일도 없는데, 선생님이 따뜻하게 말을 걸어주시니까 괜히, 하고. 동생은 밥에 김을 싸서 건네며 논문이 뭐라고 사람을 잡네, 잡아,라고 했다. 나는 밥 먹었어,라면서도 그 밥을 받아먹었고 우물우물 씹으면서 논문 때문이 아니라니까,라고 했다.

그렇게 씻고 자리에 누워 긴 하루를 떠올렸다. 문득 내가 발표를 너무 못하고 울어서 괜히 선생님들 마음이 무거워진 건 아닌가 걱정이 되었다. 잘하고 울었다면 적어도 재가 다른 일이 있구나, 하고 생각하셨을 텐데. 그런 생각이 깊어지자 P 선생님께는 인사도 제대로 하지 못하고 돌아온 게 떠올랐다. 심사 결과 때문이 아니라고 말씀드리고 싶고, 진심으로 감사하다고 인사드리고 싶은데 밤이 지나면 다시 주저하게 될 것 같아 서둘러 메시지를 보냈다. 선생님은 바로 확인하셨고, 긴 답장을 주셨다. 그 답장이 말도 안 되게 따뜻하고 다정해서 다시 속수무책으로 눈물이 나왔다. 지난 몇 년 동안 다정함을 경계하자고 그렇게 다짐했는데. 다정함에 마음을 활짝 열었다가 다시 영문도 모른 채 다정이 사라져버리면 그땐 정말 감당할 수 없을 테니까. 그래서 마음을 단단하게 닫기 위해 쉽게 분노하고 아무것에도 마음을 나눠주지 않으려 노력했다. 하지만 결국 그런 힘을 무력하게 만드는 것도 다정함이었다. 나는 선생님이 보내주신 메시지를 몇 번이나 더 읽었다. 그때마다 어떤 서러움이 복받쳤다. 마침 동생이 친구를 배웅하러 가서 마음껏 소리 내어 울다가 진이 빠지고 나서야 그쳤다. 명치 언저리에 깊게 구멍이 팬 느낌이었지만 다 울고 나니 개운했다.

다음 날 아침에는 차분한 상태로 재심사까지 남은 시간 동안 해야 할 일을 정리했다. 정리하고 나니 시간은 촉박하지만 뭐부터 해야 하는지가 보였다. 심사 결과를 궁금해하는 주변 사람들에게는 울지 않고 전날 일을 전했다. 일단은 유예 상태인 거야, 그래도 아주 떨어진 건 아니니까 아직 기회가 있다는 거지. 그래서 졸라게 바빠, 하고. 내가 말하고도 너무 긍정적이어서 어쩐지 징그러웠지만, 다정함을 나눠준 선생님들께 부채감을 드리고 싶지 않았다. 적어도 조금은 나아진 모습을 보여드리고 싶었다. 논문은 끝날 때까지 끝난 게 아니어서 여전히 내 졸업은 오리무중이지만, 이제는 어떤 점이 부족한지 여쭤볼 힘과, 수정한 부분에 대해 설명할 수 있는 힘이 생겼다. 하루아침에 많이 훌륭해지지는 못해도, 분명히 전보다 나아질 수 있다는 것을 알고 있으니까. 다정함은 그런 것이니까. 그건 몰고 올 우울이 아무리 두려워도 결국엔 다시 한 번 기대를 품어보게 만들어버린다.

몇 년 전에 통과했던 영어 시험과 종합 시험을 다시 치르고 논문 발표회까지 마치고 나니 아직 갈 길이 먼데도 불구하고 자꾸만 배우고 싶은 것들이 생겨난다. 2차 심사에서 다시 고배를 마시게 될지도 모르는데 요가도 배우고 싶고, 서핑도 하고 싶다. 쉬었던 피아노를 다시 치고 싶고, 프랑스 자수와 일본어도 배우고 싶다. 그 끝엔 일단 졸업부터 하자,라는 생각이 들지만 그럼에도 한번 시작된 망상을 멈추는 일은 불가능하다.

모르는 일

—

열여덟 살 때까지 나는 모든 사람이 잘 때마다 꿈을 꾸는 줄 알았다. 매일 꿈을 꾸는 것은 당연하고, 낮잠이나 쪽잠을 잘 때에도 꿈을 꾼다고 생각한 것이다. 이유는 거창하지 않고, 그냥 내가 그랬기 때문이다. 꿈을 꾸지 않고도 잠을 잘 수 있다는 것을 처음 알게 된 건 점호 짝꿍 꼰땅 덕분이었다. 아침 점호를 할 때마다 운동장에 숙소별로 두 줄씩 줄을 섰는데, 나는 눈을 반쯤 감은 상태로 일어나 밖으로 향하면서 꼰땅에게 방금 전까지 꾸던 꿈에 대해 이야기하곤 했다. 그러던 어느 날 꼰땅이 만득아, 너는 매일 꿈을 꿔? 하고 물었다. 그 질문이 너무 이상해서 나는 순간 잠이 달아났다. 너는 꿈을 안 꿔? 꼰땅은 여전히 눈을 거의 감은 채로 꿀 때도 있고, 안 꿀 때도 있지, 하고 말했다. 그건 너무 충격적이어서 나는 그날 아침 식사를 할 때까지 꿈을 꾸지 않고 자기도 하는지 여기저기 물었다. 혹시 꼰땅이 특이한 걸 수도 있으니까. 하지만 모두들 꼰땅과 비슷한 대답을 했다. 꿀 때도 있고 아닐 때도 있다고. 친구들은 너무 당연하다는 얼굴이었고, 그래서 나는 더 당혹스러웠다. 의심조차 해보지 않았던 일이기 때문이다. 그래서 그 사실을 받아들이기까지는 생각보다 오랜 시간이 필요했다. 그날 이후로 나는 꿈을 꾸지 않는 잠에 대해서 자주 생각했다. 그럼 내가 잠든 줄 어떻게 알지? 자는 동안 지루하지 않나? 하지만 그런 생각을 하면, 그런 생각이 꿈에 나왔다.

그러다가 꿈을 꾸지 않고 잠을 잔 적이 한 번 있다. 수면 내시경을 할 때였는데, '우유 주사'로 불리던 프로포폴이 향정신성 의약품으로 지정된 지 얼마 되지 않은 시기였다. 괜한 오기로 수면 마취를 하기 전, 일부러 정신을 바짝 차리고 마취제가 이기나 내가 이기나 두고 보자 했지만, 그런 마음을 굳히기도 전에 잠이 들어버렸다. 그리고 누군가 흔들어 깨우는 바람에 눈을 떠보니 회복실이었다. 눈을 뜨자마자 너무 개운해서 헐, 제가 방금 잤어요? 하고 물었고, 간호사는 어, 이거 좋아하면 안 되는데, 하고 서둘러 자리를 떠났다. 돈도 없고 깡도 없어서 그 뒤로는 그냥 그렇게 잘 수도 있구나, 정도로만 기억하고 있었다. 꿈을 매일 꾼다고 해서 딱히 엄청 지장이 있는 것도 아니었기 때문이다. 가끔 꿈을 거의 꾸지 않는다는 사람을 만나면 부럽다고 이야기하지만, 딱 그 정도였다. 애초에 나는 양질의 잠을 자는 사람이 아니어서 그에 대한 갈망을 잘 갖지도 않았다. 하지만 기괴한 꿈을 꿀 때에는 상황이 달라진다. 잠을 자도 자는 것 같지 않고, 졸려도 잠드는 게 두려워진다. 그럴 땐 전원이 나갔다가 돌아온 것 같았던 조용한 잠이 간절해진다.

그래도 지금까지 힘들어했던 꿈들은 한때 친밀했던 사람들이 떠나거나 사라지거나 혼자서 고립되는 것이 대부분이었다. 아홉 살 때 드라큘라가 꿈에 나타나 빨간 건 모두 잡아먹었다는 이야기를 일기장에 두 장이나 쓰긴 했지만, 성인이 되고부터는 시각적으로 잔인한 장면이나 귀신 꿈은 거의 꾸지 않았다. 그런데 최근의 꿈들은 달랐다. 장면으로 보나 내용으로 보나 유난히 사나운 꿈들이었다.

한번은 이런 꿈이었다. 꿈속에서 나는 바닥에 다리를 뻗고 앉아 있었다. 그런데 날개가 꺾여 피 칠갑이 된 새 한 마리가 내 다리 사이에 툭 던져졌다. 나는 유독 새를 무서워해서 참새도 잘 보지 못하는데, 그 새가 한참이나 부르르 떨더니 그대로 죽어버렸다. 새가 다리 사이로 떨어졌을 때 비명을 질러서 함께 자던 동생이 나를 흔들어 깨웠고, 그 바람에 일어나 한참 동안이나 뛰는 심장을 진정시켜야 했다.

또 한번은 이런 꿈이었다. 의문의 건물 안에 들어서서 모르는 남자와, 모르는 여자, 그리고 자주 연락을 하지 않는 고교 동창 한 명과 함께 엘리베이터에 탔다. 남자는 누군가를 죽이기 위해 커다란 식칼을 품고 있었고, 나는 실제로 경찰인 친구와 눈으로 그 사실을 주고받았다. 꿈에서는 그렇게 허무맹랑한 상황이 종종 벌어지니까. 친구가 남자를 제압하면, 내가 나가서 사람들에게 이 상황을 알리기로 했다. 곧 엘리베이터 문이 열렸고, 모르는 여자가 제일 먼저 내렸다. 그녀가 내리자마자 친구가 남자를 제압했다. 나는 얼른 뛰어나가 사람들에게 저기 칼을 든 사람이 있어요, 도와주세요, 하고 소리쳤다. 하지만 아무도 이 상황에 놀라지 않았다. 엘리베이터 쪽을 바라보니 그새 친구는 남자에게 찔려 피를 흘리고 있었다. 그때 건물 안에 있던 모든 사람이 일제히 나를 쳐다보았다. 그리고 품에서 칼을 꺼내더니 나를 향해 달려오기 시작했다. 그 건물에 있던 모든 사람이 나를 죽이려고 모인 것이다. 나는 끝도 없이 도망쳐야 했다. 꿈이니까 일층에서 이 층으로 점프도 하고 엄청 빠르게 도망쳤지만, 역시 꿈이니까 그들도 잘 따라왔다.

매일 이런 꿈을 꾸다 보니 잠을 자도 잔 것 같지 않았다. 졸음이 쏟아져도 잠드는 일이 불편했고 잠들어도 괴로웠다. 피곤한 채로 왜 이런 기괴한 꿈을 꾸는지 생각해보니 아무래도 최근 스토커 관련 사건에 휘말린 일이 원인인 것 같았다. 결국 다시 병원을 찾게 되었다. 간단하게 현재 상황을 말하고, 잠을 조금 편안하게 잘 수 있는 수면제를 처방받을 생각이었다. 병원에는 사람이 정말 많았다. 예약을 했지만 한참을 대기했다. 내 차례를 기다리면서 다른 사람들은 무슨 사연일까 궁금해졌다. 하지만 먼저 들어간 사람들은 이 분도 채 되지 않아 진료실을 나왔다. 제대로 진료를 보긴 하는 건가 의심이 들 즈음 내 차례가 되었다. 나는 최근에 있었던 일련의 사건들에 대해 이야기했다. 짜증 나고 억울한 일이긴 했지만 큰 타격은 없었다. 그저 귀찮은 상황이라고 생각했다. 하지만 어쩐 일인지 금방 끝날 거라 예상했던 상담은 이십 분이나 이어졌다. 그리고 나는 그사이 자주 목이 메었다. 상담이 끝났을 땐 다음 진료 예약과 심리 검사가 잡혀 있었다. 진료실 밖으로 나오니 나 때문에 다른 사람들의 대기 시간이 길어졌고, 기다리느라 지친 얼굴들과 눈이 마주쳤다. 나는 안정제와 수면제가 적힌 처방전을 받아서 병원 밖으로 빠져나왔다. 그리고 걸으면서 계속 이상하다고 생각했다. 너무 이상해서 이상하다 이상해, 하고 혼잣말도 했다.

어쨌든 예약이 잡혔으니 다시 병원에 갔다. 병원에서는 진료부터 보고 심리 검사를 진행한다고 했다. 일주일 만에 만난 선생님은 약이 어땠는지 물었다. 이전에 처방받았던 약은, 잠드는 것을 돕긴 했지만 일정 시간이 지나지 않으면 일어나고 싶을 때에도 몸이 말을 듣지 않아 일어날 수 없었기 때문이다. 그래서 약을 바꿔보고 몸에 맞는 약을 찾아보자 하셨는데, 그사이 독감에 걸려 약을 제대로 먹을 수 없었다. 아직 집에 그대로 약이 있다고 하자 그걸 복용해보고 다음 진료 때 다시 이야기를 해보자고 하셨다. 그러고는 심리 검사를 받으러 이동했다. 담당자는 내게 몇 장의 검사지를 주더니 검사가 오래 걸리니까 꼭 식사를 하고 오라고 했다. 그리고 그동안 시간이 빠듯하겠지만 검사지에 최대한 체크를 해서 가져오라고 덧붙였다. 검사지에는 '다면적 인성검사Ⅱ', '문장완성검사'라고 적혀 있었다. '다면적 인성검사Ⅱ'는 500가지의 질문에 예, 아니요로 대답하는 것이었고, 설문 조사처럼 다섯 개의 보기 중 하나를 선택하는 우울감 검사지가 그 안에 낱장으로 끼워져 있었다. '문장완성검사'는 반만 작성된 문장을 완성시키는 것인데, 오래 생각하지 않고 떠오르는 대로 최대한 빨리 적는 게 중요하다고 했다. 모두 삼 년 전에 해봤던 검사인데, 해봤다는 것만 기억나고 그때 뭐라고 대답했는지는 거의 기억나지 않았다. 나는 밥을 먹는 대신 병원 내의 카페에서 토마토 주스를 마시며 주어진 숙제를 했다. 그리고 약속한 시간에 맞춰 검사실 앞으로 향했다. 곧 담당자가 내 이름을 불렀다.

우리는 작은 방에 들어가서 심리 검사를 시작했다. 그런데 심리 검사가 아니라 지능 검사였나 싶을 정도로 쓸데없어 보이는 검사가 계속 이어졌다. 도대체 악몽을 꾸는 것과 연속되지 않은 숫자를 외우는 건 무슨 연관이 있는 건지 알 수 없었다. 그런 와중에도 다음 테스트를 준비하는 동안 기계적으로 움직이는 검사자를 관찰했다. 매일 하루 종일 이런 일을 하겠지, 집에 가고 싶겠지 생각하면서. 한참 뒤 길고 지루한 모든 테스트가 끝났고, 그녀는 테스트에 사용한 도구들을 빠르게 정리했다. 그리고 내게 근황을 물었다. 이것 역시 다음 단계의 일부라는 걸 암시하는 사무적인 말투여서 나는 조금 긴장했다. 그래서 허리를 곧게 편 채 최근 어떤 연유로 다시 병원에 오게 되었는지를 이야기했다. 검사자는 내가 이야기할 때마다 메모를 하는 듯 키보드를 바쁘게 두드렸다. 동시에 내가 한 말에서 꼬리를 물어 새로운 질문을 했고, 그러다 보니 나는 아주 오래된 이야기까지 하게 되었다. 강렬한 여운 때문에 다음 장면을 외울 만큼 여러 번 본 영화처럼, 그런 일들은 지겨울 만큼 많이 이야기하고 오래 앓아서 무뎌질 대로 무뎌졌는데도 절대로 없었던 일이 되지는 않았다. 결국 나는 또 목이 메었고, 검사자는 묵묵히 그 모습을 지켜보았다. 휴지를 꺼내 주거나 안쓰러운 표정을 짓지도 않았고, 그렇다고 재촉하거나 싫은 내색을 하지도 않았다. 매일 이런 사람들을 볼 테니까. 어쩌면 지겹거나 무감각할 수도 있겠다고 생각했다. 그러면서 나는 정말 심각한 거 아닌데, 진짜 왜 이러나, 했다. 다행히 고비를 잘 넘겨서 오열은 막을 수 있었다. 내 또래로 보이는 검사자의 표정이 너무 뚱해서 서운하기도 하고 우는 모습을 보이는 것이 쪽팔리기도 했지만 어차피 다시 안 볼 사람이니까, 하고 생각했다. 일부러 날을 세우려고 노력했다. 그런데 상담이 생각보다 훨씬 길어지면서 친구들에게도, 상담 의사에게도 조각조각 이야기한 여러 사건을 그녀에게 특강하듯 한번에 쏟아냈다. 자연스럽게 분위기도 조금 편해졌다. 그래서 중간중간 제가 생각해도 제가 징그럽고 소름 끼치는데요, 하며 내가 했던 생각들을 고백하기도 했다. 그녀는 아까보다 제법 부드러운 표정으로 그럴 수 있어요,라고 말했다. 그렇게

긴 상담이 끝났을 때에는 몇 년 만에 만난 지인에게 그간의 일을 털어놓은 것 같았다. 그녀는 내게 앞으로의 일정에 대해 설명해주었고, 심리 분석을 하다가 더 필요한 정보가 있으면 전화를 할 수도 있다고 말해주었다. 나는 알았다고 했다. 우리는 서로 수고했다고 인사했다.

그런데, 우리가 동갑이더라고요. 느닷없이 그녀가 다정한 말투로 말했다. 뭔가 잘못 들은 것만 같아서 나는 대답 대신 네? 하고 물었다. 그녀는 말을 이었다. 저도 옛날에 그랬던 적 있어요. 그렇게 바보같이 무작정 찾아가고 기다리고 했던 적이 있어요. 그래서 되게 공감되고, 무슨 마음이었을지 이해 가요. 소름 끼치는 행동을 한 게 아니라 그렇게밖에 할 수 없었던 거잖아요. 너무 절박하니까. 절대로 이상한 게 아니에요. 그 순간 나는, 이거 되게 비전문가적인 태도 아닌가 싶었다. 어디선가 상담자와 내담자는 어느 정도의 거리가 있어야 한다거나 너무 친밀하면 안 된다거나 하는 이야기를 들은 것 같았기 때문이다. 친절한 것과 개인사를 이야기하는 건 다르지 않나? 싶었지만 그렇다고 기분이 상하지는 않았다. 오히려 고마웠다. 잠시 후 이야기를 마친 그녀는 민망해졌는지 조금 톤이 높고 작은 목소리로 아이고, 하더니 혀를 빼문 채 흘러나온 양쪽 잔머리를 귀 뒤로 넘겼다. 그러고는 좀 전까지 검사한 내 자료를 정리하기 시작했다. 나는 500가지의 질문 중 40개 정도를 채우지 못해 마저 하고 가기로 한 상황이어서 그 곁에서 묵묵히 남은 질문에 체크를 해나갔다. 최대한 빠르게. 그래야 그녀가 덜 민망할 거라 생각했다. 그러면서도 한편으로는 정말 고맙다고 인사하고 싶은 마음이 커졌다. 하지만 결국 검사지를 제출하며 다 했어요, 수고하셨습니다,만 하고 일어났다. 그사이 다시 전문가처럼 앉아 있던 그녀가 목례를 했다. 문을 열기 위해 뒤를 돌자 문 왼쪽으로 전신 거울이 붙어 있었고, 그제야 나는 내 몰골을 제대로 마주할 수 있었다. 그녀가 너무 예뻐서인지 몇 시간 만에 마주한 내 모습이 지나치게 초라해 보였다.

그 후로 나는 종종 그때의 심리 검사자를 생각했다. 친구들에게 말하면 모두들, 상담자가 그래도 돼? 하고 말했지만 그렇게 오랜 시간 동안 불행했던 기억들만 꺼내놓았는데 상담자가 시종일관 네, 그랬군요,만 했다면 나는 오히려 진이 빠져 집에 돌아와 불도 켜지 못하고 엎어졌을지도 모른다. 하지만 그녀가 이해한다고 해줘서 자꾸만 배시시 웃으며 돌아왔다. 심지어 그녀가 누군가를 무작정 기다렸던 어느 날을 안쓰러워하기도 했다. 상처가 너무 깊지 않았으면, 하고 바라기도 했다.

일주일 뒤 검사 결과가 나왔고, 다시 병원에 갔다. 이번에도 선생님은 약이 몸에 잘 맞는지 물었다. 나는 수면제에 대한 이야기는 할 수 있었지만, 안정제에 대한 대답은 할 수 없었다. 난 정말 괜찮으니까 굳이 안 먹어도 되지 않나 싶어서 하나도 먹지 않았기 때문이다. 의사 선생님은 아주 조심스럽게, 그래도 약을 잘 챙겨 드셔보는 게 어떨까요? 하고 말했다. 보이는 것만큼 괜찮지 않을 수가 있다고. 겉으로는 티가 잘 나지 않아도 예민한 사람이어서 쉽게 스트레스를 받고 그것들이 자꾸만 몸에 쌓인다고. 약이 그런 민감도를 조금 낮춰주는 데 도움을 줄 거라고. 나는 네, 하고 진료실을 나왔다. 그리고 천천히 검사 결과지를 읽었다. 평가자란에 그녀의 이름이 적혀 있었다. 나는 그녀의 이름을 몇 번 발음해보았다. 처음 알게 된 그녀의 이름은 살면서 종종 만나본 이름이었고, 그래서 더 친구의 이름처럼 느껴졌다. 결과지에 그녀가 적은 내 이야기를 보고 있자니 지난 시간들을 영상으로 보는 것 같았다. 검사를 마치면서, 많은 사람들의 이야기를 들어보았지만 이렇게 몰입해서 이야기를 들은 건 처음이라고 했던 그녀의 말이 떠올랐다. 결론란에 적힌 '만성적 우울감'이라든지 '자살 가능성'이라든지 '불쾌한 기억들이 정서적 고통감의 중심에 자리 잡고 있다'는 등의 표현들을 보고 있자니 순간적으로 목이 매워졌다. 나는 잠시 숨을 참고 읽던 것을 멈춰야 했다. 그러고는 약을 꾸준하게 먹어봐야겠다고 생각했다.

아직도 종종 이십 대에 나와 비슷한 일을 겪었다는 검사자를 생각한다. 그렇게 사랑스러운데 대체 어떤 미친놈이 기다리게 하고 매달리게 한 걸까? 자신도 바보 같았다고 말하는 표정을 보며 그녀도 울었겠지, 하고 생각했다. 울었겠지, 많이 울었겠지. 휘청휘청 걸으며 누가 쳐다보는 건 아무래도 상관없이 울었겠지. 볼이 가려울 정도로 눈물을 쏟았겠지. 어쩌면 나만큼이나 징그러운 상상을 했을지도. 그러니까 내게 그런 이야기를 들려준 걸지도. 비슷한 아픔을 가진 사람들끼리는 위로를 건네고 싶어지니까. 그건 때때로 안 하던 행동을 하게 만들기도 하니까.

언제나 양쪽 말을 모두 들어봐야 한다고 하지만 나는 이미 그녀 편에 서 있었다. 나도 그녀에게 당신이 바보 같은 게 아니에요,라고 말해주고 싶었다. 그 새끼가 나쁜 새끼고 미친 새끼라고. 미친놈들이 판을 치니까, 미친놈한테 데인 사람들이 넘쳐난다고. 그 사람들만 다치고 미친놈은 멀쩡하게 살아간다고. 하지만 곧 그런 건 아무도 알 수 없다는 생각이 들었다. 그 사람들도 누군가에게는 좋은 사람이겠지, 진심으로 따뜻한 사람이겠지 싶었다. 몇몇은 나 때문에 병들기도 했을 테니까. 그들에게는 나도 나쁜년이고 미친년일 테니까.

문득 그녀는 얼마나 망가졌었는지 궁금해졌다. 그런 이야기를 나누며 술을 마시면 우리는 금방 친구가 될 수 있을 텐데. 그럴 일은 없겠지. 커다란 대학 병원에서 나를 검사했던 검사자를 찾기도 어렵거니와, 찾는다 해도 그거야말로 정말 이상한 거니까. 그런 생각을 하다가 정신을 차리면 시간이 훌쩍 지나 있곤 한다. 아침마다 저장된 번호를 하나하나 지우던 시절에는 딱딱하게 말라붙은 마음을 누구와도 나눌 수 없을 거라 생각했는데. 실제로도 나는 이제 쉽게 곁을 내주지 못하는 사람이 되어버렸다고 생각했다. 이따금 호의도 제대로 받아들일 수 없는 사람이 되어버렸다고 확신했다. 그래서 이런 어처구니없는 상상을 하는 나 자신이 놀랍고 낯설다.

근래에는 약을 모두 잘 챙겨 먹고 있다. 이런 약들은 진통제 같은 것이 아니어서 즉각적인 효과는 잘 모르겠다. 그래도 연루되었던 스토커 사건으로부터 시간이 좀 지나서인지, 약 덕분인지 너무 기괴한 꿈을 꾸지는 않는다. 다만 실제로는 별것 아닌 일도 꿈에서는 우스울 정도로 진지해져서 종종 끔찍하게 다가온다. 여전히 매일 꿈을 꾸지만, 굳이 기억하려고 애쓰지 않으면 깨어나서 반나절만 지나도 거의 기억나지 않을 정도다. 어떤 사람은 마음만 먹으면 꿈에서 날 수도 있다던데. 나는 맨날 꿈을 꾸면서도 왜 그런 능력 하나 없는지 모르겠다. 고작 몇 주 지났다고 검사자의 얼굴이 가물가물하다. 피부가 뽀얗다고 생각했고, 흘러내린 잔머리가 자연스럽고 이목구비가 조화롭다고 생각했는데. 분노했던 일에 대해 이야기하니 본인도 모르게 웃어놓고 웃어서 죄송해요, 웃으면 안 되는데, 하고 말했던 그녀와 꿈에서라도 한번 만났으면 좋겠다. 김치 한 접시 꺼내놓고 소주를 따르면서 그 새끼 있잖아, 그 미친 새끼, 하고 우리에게 예의 없게 굴었던 사람들을 실컷 욕해보고 싶다. 내가 그때 진짜 미쳤었지, 하고 깔깔깔 웃으면 됐어 됐어, 그깟 놈! 하고 잔을 채워주고 싶다.

모과나무를 바라보며

—

2017년 가을에는 P의 추천으로 두 달 동안 낯선 동네에서 아르바이트를 했다. 서울시 도시건축 비엔날레 행사가 열리는 돈의문 박물관 마을에서 도록과 건축 관련 서적을 파는 일이었다. 행사장 안에 외따로이 위치한 서점은 행사 날짜에 임박해 지었는지 곳곳에 시멘트 가루가 쌓여 있고, 페인트 냄새가 진하게 풍겼다.

주어진 업무를 처리하고 수당을 받는 일이 너무 오랜만이어서 나는 첫 출근 전날 한숨도 자지 못했다. 혹시라도 일어나지 못할까 봐 잠들지 못한 것이다. 억지로 눈을 감고 있다가 오랫동안 출근 준비를 하고 약속 시간보다 이르게 행사장에 도착했다. 몇 년 만에 만난 P는 그 행사장에서 일하는 모든 사람들을 관리했는데, 내가 도착했다고 전화하자 입구로 나와 서점까지 안내해주고 최대한 편의를 맞춰주려 노력했다. 그도 그럴 것이 P에게서 연락이 왔을 때, 누구세요? 하고 물었을 정도로 우리는 오랫동안 연락 없이 지냈기 때문이다. 복수 전공자였던 P와는 학부 때 몇 번 같은 수업을 들었고, 서로의 글이 인상 깊어서 소규모 스터디도 같이했지만 패기 넘치게 시작한 네 사람의 모임은 유야무야 없어져버렸다. 나머지 두 명의 치정 문제 때문이었다. 그로부터 몇 년 뒤, 우연히 연락이 닿은 P와 나는 여전히 아쉬움이 남아 둘이서나마 서로의 글을 봐주는 만남을 정기적으로 가졌는데, 둘 다 약속 날짜까지 글을 써오지 못하는 날이 잦아져서 이번에도 흐지부지 끝나버렸다. 그 뒤로는 아무 연락이 없었다. 그사이 나는 저장된 전화번호를 모두 지워버렸고, P도 예외는 아니었다. P를 좋아했지만, 그건 P와는 아무 상관 없는 일이었다.

P는 어색하게 본인임을 밝히고, 다짜고짜 요즘 하는 일이 있는지 물었다. 아마도 본인이 아는 범위 내에서 '일 안 하는 애'를 찾은 것 같았다. 나는 아무 일도 하지 않고 있었지만 딱히 일을 할 수 있는 상태도 아니어서 조금 얼버무렸는데 P는 사람이 급하다고 했다. 당장 다음 주부터 사람이 필요하

다고. 평일이든 주말이든 특정 요일이든 상관없다고. 최대한 많이 나와주면 좋다고 했다. 나는 키가 크고 마른 P를 떠올렸다. 가시나무 같은 그가 파들파들 스트레스받고 있을 모습이 그려졌다. 주말에 일할 사람은 있어요? 하고 묻자 그는 응, 한 명 더 구하긴 했는데 그분도 평일은 안 된다고 하셔서, 하고 반색했다. 그렇게 나는 두 달간 평일 아침 아홉 시부터 저녁 여섯 시까지 조그만 임시 서점에서 일하게 되었다.

막상 가보니 P의 말대로 어려운 일은 없어 보였다. 첫날, 나는 서점 담당자로부터 카드 단말기 사용법과 장부 기입 방식, 도록 가격 등을 전달받았다. 그 후 담당자는 이제 어지간해서는 본인은 이곳에 오지 않을 거라며 다른 행사장으로 떠나버렸다. 담당자가 떠나고도 가만히 앉아 있는 게 어쩐지 불편해서 만일의 사태에 대비하여 거기 있는 모든 종류의 책에 가격을 표시해두었다. 그 일을 마치고 나니 P가 다시 와서 일은 할 만한지 물었다. 그리고 나가서 밥을 먹고 오라고 했다. 혼자서 밥을 잘 먹지 못하는 나는 배도 고프지 않은데 굳이 나가야 하나 싶어 괜찮다고 했지만 P는 다정한 말투로 아니야, 나가서 좀 쉬고 밥도 꼭 먹고 와, 하고 말했다. 하는 수 없이 나는 밖으로 나왔다. 내게 주어진 시간은 한 시간이었다. 뭘 먹어야 하는지, 어디로 가야 하는지도 알 수 없어서 그냥 좀 걸었다. 식당도 너무 많았고 사람도 너무 많았다. 강아지와 종일 누워 있거나 기껏해야 조용한 동네를 산책하는 게 전부여서 이렇게 환한 낮에, 이렇게 많은 사람들이 바쁘게 움직이는 모습이 낯설고 신기했다. 평소 같았으면 이제 막 일어났거나, 깨어 있지도 않을 때여서 그 잠깐의 산책이 꿈을 꾸는 것 같기도 했다. 그날 나는 편의점에서 김밥을 샀고, 다시 서점에 돌아와서 아무도 없을 때마다 하나씩 꺼내 먹었다.

첫날은 집에 돌아오자마자 기절하듯 쓰러졌다. 하지만 적응이 빠른 사람이라 한 주가 채 되기 전에 긴장이 풀어졌다. 평소처럼 늦게 잠들어서 계획한 시간에 일어나지 못했다. 매일 아슬아슬하게 출근했고, 택시를 타는 날도 있었다. 첫날처럼 신경 써서 옷을 입고 화장하는 일은 엄두도 내지 못했다. P는 거의 보지 못했다. 가끔 오가다 마주칠 때도 있었지만 그때마다 너무 바빠 보여 눈인사만 하고 지나쳤다. 하지만 P가 일일이 말해주지 않아도 점심시간이 되면 나는 한 시간을 꽉꽉 채워 광화문 일대를 산책하게 됐다. 광화문에서는 매일 시위가 일어났다. 한쪽에서는 이마에 띠를 두른 노동조합원들이 농성 중이었고, 다른 한쪽에서는 태극기 부대가 소리를 지르고 있었다. 세월호 기억 공간 앞에서는 노란 리본과 함께 스텔라데이지호도 잊지 말아달라며 주황 리본도 나눠주었다. 그 사이로 양복 입은 사람들과 유니폼 입은 사람들과 사원증을 목에 맨 사람들이 바쁘게 지나갔고, 어딜 들어가도 사람들이 줄을 지어 서 있었다. 그 많은 사람 중에 아는 사람은 한 명도 없었다. 나를 알아보는 사람이 없으니 혼자 밥 먹는 일도 도전해볼 만해서 이따금 조그만 분식집에 들어가 떡볶이를 먹거나 라면을 먹기도 했다. 비가 오는 날이나 몸이 좋지 않은 날에는 카페에 들어가 차를 마시면서 사람들을 구경했다. 그렇게 다시 서점으로 돌아오면 한가했던 오전과 달리 몇몇의 손님이 있었다. 손님의 유형도 다양했고 외국인 손님도 많았지만 대체적으로 비슷한 질문을 하고 비슷한 책을 사 갔다. 그래서 이따금 오래오래 책을 구경하는 사람이나, 유난히 따뜻하게 웃어주는 사람이나, 난해한 질문을 하는 사람들을 보면 집에 가서도 생각이 나곤 했다.

그즈음 나는 관성으로 병원에 다녔다. 평일에는 서점에 나가니까 토요일마다 병원에 가서 수면제와 항우울제를 받아왔다. 예의 없는 사람 때문에 병이 난 건, 그 사람이 사과를 해야 차도가 있는 게 아닐까? 고작 알약 몇 개 먹는다고 나아질까? 병원에서 나올 때마다 이런 생각을 했지만 그래도 달리 방법이 없어 다시 내원하라는 날에 맞춰 병원에 갔다. 광화문의 낯설고 생동감 넘치는 풍경을 바라보며 조제받은 약을 먹고 있으면 필연적으로 어쩌다 이렇게 되었지, 하게 되었다.

행사가 무르익을수록 서점을 찾는 사람도 많아졌다. 혼자만으로는 감당하기 어려울 정도로 손님이 몰릴 때도 있었는데 크게 힘들지는 않았다. 오히려 장사가 체질에 맞는 느낌도 여러 번 받았다. 책을 팔고, 장부를 기입하고, 재고를 정리할 때만큼은 잡생각이 들지 않았다. 나는 필요 이상으로 일했고, 서점을 지나가던 P는 그런 나를 볼 때마다 그렇게까진 안 해도 돼, 쉬어,라고 했지만 내겐 움직이는 편이 여러모로 더 편했다. 그렇다고 하루 종일 바쁜 것도 아니었다. 한가할 때에는 너무 한가했고, 그럴 때면 서점 앞에 있는 커다란 모과나무를 보러 밖으로 나갔다. 입구에만 서 있어도 바로 볼 수 있어서 나는 수시로 나가 있다가 손님이 오면 다시 들어오곤 했다. 특히 한가한 마감 시간에는 모과나무 앞으로 가서 마음껏 나무를 올려다보고 떨어진 모과를 주워 향을 맡았다. 그러면 아무 생각이 들지 않고 편안해졌다. 당연한 이야기지만 나무는 바람이 부는 대로 가지가 흔들렸다. 겨울로 들어서는 환절기여서 그런지 바람은 점점 세졌고, 나뭇가지가 흔들리는 정도도 커졌다. 어떤 날에는 마감 두 시간 전부터 손님이 없어서 마냥 나무를 올려다보기도 했다. 그런 일이라면 하루 종일도 가능할 것 같았다. 언뜻 같은 장면의 연속인 것 같지만, 나무는 시시각각 다른 모습을 띠고 있어서 조금도 지루하지 않았다. 오히려 그것은 위로가 되는 장면이기도 했다. 바람이 잔잔해도 나무의 어딘가는 늘 조금씩 흔들렸고, 그런 움직임을 포착할 때마다 멈추지 않기를, 좀 더 크게 움직이기를 바랐다.

두 달은 순식간에 지나갔다. 그동안 해는 부쩍 짧아졌다. 일을 시작할 때만 해도 퇴근할 때까지 환했는데, 점점 어두워지더니 행사 막바지에는 문을 닫기 전부터 사방이 캄캄했다. 끝나는 시간의 대기를 관찰하는 일은 퍽 재미있는 일이었다. 시간이 가장 성실하게 흐르는 시기인 것 같기도 했고, 그래서 무언가 잊어보기에 괜찮은 계절 같기도 했다.

마지막 근무일에는 퇴근 후 P와 간단하게 식사를 하기로 했다. 나는 서점 문을 잠그고 P에게 열쇠를 반납한 뒤 P를 따라 행사장을 한 바퀴 돌았다. P는 모든 문을 잠그고 확인해야 한다고 했다. 그동안 서점 안에만 있느라 한 번도 행사장을 둘러본 적이 없었는데 신기한 공간이 많았다. 키가 큰 P를 종종걸음으로 따라다니며 P가 뭔가를 점검하는 동안 나는 불 꺼진 공간을 구경했다. 이국적인 공간도 많아서 외국의 낯선 마을을 떠올려보기도 했고, 그곳에서 아무 근심 없이 평화로운 나를 상상해보기도 했다. 그건 상상일 수밖에 없었지만 상상만으로도 아주 잠깐이나마 나른해질 수 있었다.

점검을 마친 우리는 성산동으로 이동했다. 내가 밤 열한 시에 집 근처에서 열리는 기타 수업에 가야 했기 때문이다. P도 어차피 이 동네를 지나간다고 했다. 우리는 작은 식당에서 밥과 술을 시켰다. 그리고 근황을 나누었다. 나는 언제나 P를 좋아했고, 그래서 오랜만에 마주 앉은 P에게는 좋은 이야기만 들려주고 싶었는데 근황을 물으니 좋은 이야기는 하나도 할 수 없었다. 사라진 만에 대해 이야기하고, P도 지켜보았던 8년 연애의 종지부에 대해 이야기하고, 기울어진 가세에 대해 이야기하고, 죽어버린 친구들에 대해 이야기하고, 또다시 사라진 예의 없는 사람에 대해 이야기했다. P는 P답게 그랬구나, 많이 힘들었겠구나, 하고 말했다. 우리는 얼마간 P의 근황에 대해 더 이야기했다. 어쩌다 이런 일을 하게 되었는지, 앞으로의 밥벌이를 위해 어떤 계획을 하고 있는지 등에 대해서. 입이 짧은 P는 잘 먹지 않았고, 자연스럽게 나도 많이 먹지 않게 됐다. 그래서 우리는 소주만 계속 마셨다.

그즈음 나는 이십 대 초반 열심히 모았던 적금을 깨서 하루하루를 연명하고 있었는데, 서점 일을 하면서 돈이 생겨 오랜만에 경제적으로 조금 여유로웠다. 그래서 P가 화장실에 갔을 때 미리 계산을 하려고 했더니 P가 먼저 내가 화장실에 간 사이 계산을 마쳐놓았다. 다시 자리로 돌아온 P에게 제가 사려고 했는데요, 하고 말하자 P는 다음에, 하고 웃었다. 나는 P에게 잠깐 기다리라 하고 바로 앞 건물인 집에 가서 기타를 들고 나왔다. 열한 시 시작이면 여유 있게 밥 먹고 술도 한잔할 수 있을 줄 알았는데 생각보다 시간이 빨리 흘렀다. 일주일에 한 번 있는 수업만 아니면 빠졌을지도 몰랐다.

우리는 큰길까지 조금 걸었다. 수업을 열 수 있을 정도로 기타를 잘 쳤던 P는 내게 얼마나 배웠는지 물었다. 나는 이제 F코드를 배우고 있는데 너무 어렵다고 했다. P는 기타를 안 친 지 정말 오래됐다며 F코드 배웠으면 다 배웠다고 했다. 그러고는 이렇게 취해서 가도 되냐고 물었다. 나는 최대한 똑바로 걷기 위해 노력하면서 괜찮아요, 늦게 시작하다 보니 종종 취해서 가요, 그때까지 맨 정신으로 있기 너무 힘들거든, 하고 말했다. 기타 수업이 열리는 카페 앞에서 P는 자주 보자,라고 했고 나는 좋아요,라고 했다. 하지만 우리는 그 뒤로도 오랫동안 만나지 못했다.

비엔날레니까, 그 행사는 2년이 지난 올해 다시 열린다고 한다. 홍보 기사를 보고 문득 P가 생각나 연락해보니 P는 토익과 공인 노무사 시험을 준비하고 있다고 했다. 나는 P에게 2년 과정의 대학원을 7년 만에 겨우 졸업하게 되었음을 전하고, 시험을 치른 뒤에 만나자고 했다. 그리고 2017년 9월 초부터 11월 초까지 걸었던 광화문의 많은 길을 생각했다. 낯설지만 조금 익숙해진 풍경을 그리다 보면, 결국은 모과나무를 떠올리게 된다. 어째서 그렇게 종일 나무만 바라본 걸까? 왜 그런 작은 움직임에 집착했던 걸까? 아마도 그때의 나는 다른 곳으로 이동하지 못하고 붙박여 있는 나무에게서 나의 어떤 모습을 본 것 같다. 어디로 가야 하는지 몰라 걷다가, 걷다가, 결국에는 다시 빈방으로 돌아와 누워만 있던 시간들을 기억해냈겠지. 그때에는 자주, 거의 매일 그 시간들을 끄집어내고 되새김질했으니까. 그건 그래서 일종의 응원이었는지도 모르겠다. 발이 묶인 채로도 쉬지 않고 흔들리는 나뭇가지와, 햇빛의 기울기에 따라 시시각각 다르게 반짝이는 나뭇잎을 틈만 나면 올려다봤던 일은. 하지만 그런 와중에도 역시 나는 안 되겠지, 하고 생각했다.

며칠 전에는 동생이 어디냐고 물었다. 근처라고 하자 밥을 먹었는지 물었고, 먹었다고 하자 잠깐만 앞에 앉아 있어달라고 했다. 외근을 나가야 돼서 혼자 밥을 먹어야 한다고. 혼자서는 아무것도 먹지 못하는 동생 때문에 나는 동생이 기다리고 있는 편의점까지 가서 동생이 샌드위치를 먹는 내내 그 앞에 앉아 있었다. 이것도 혼자 못 먹어서 어떡해,라고 하자 동생은 눈을 동그랗게 뜨고 오, 존나 멋있는데? 하고 말했다. 순간 동생만큼이나 혼자서 밥을 먹지 못했던 내가 생각났다.

나는 이제 필요할 때에는 혼자 밥을 먹는다. 조그만 분식집 구석에 벽과 마주 앉아 급하게 먹는 것이 아니라, 메뉴를 고르고 내 속도대로 먹는다. 이 년 전, 뭐라도 먹고 오라고 내몰렸던 시간이 만들어준 변화였다. 여전히 아는 사람이 많은 곳에서는 하루 종일 쫄쫄 굶기도 하지만, 또 어떤 날에는 뭐 어때, 하고 순두부찌개 정식 같은 걸 주문하기도 한다. 허겁지겁 배를 채울 수 있는 메뉴가 아닌, 뜨겁고 펄펄 끓는 음식을. 작지만 분명하게 변하고 있는 것들이 있다. 전날보다 노란색에 조금 더 가까워진 모과나, 군데군데 잎이 떨어진 나뭇가지처럼. 나도 아주 미세하게나마 변하고 있었을 것이다. 어쩌면 카페 앞에서 점점 멀어지는 P의 등에 대고 고마워요, 하고 중얼거렸을 때 이미.

우연한 시간들

—

우연이라는 단어 하나로 이상한 하루를 요약하게 되는 날이 있다. 어떤 우연은 가볍게 넘기기도 하지만 어떤 우연은 삶을 통째로 흔들어버리기도 해서, 우연을 연속적으로 목격하게 되면 현실이야말로 정말 비현실적인 게 아닌가, 하는 생각이 든다. 우연이 겹겹이 쌓인 민영 언니와의 시간들을 떠올리면 그런 생각이 더욱 견고해진다.

우리는 매주 수요일 밤 열한 시 동네 카페에서 열리는 기타 수업에서 만났다. 자리가 정해진 건 아니었는데 모두들 첫날 앉은 자리에 계속 앉아서 언니와 나는 쭉 옆자리였다. 동그랗게 둘러앉아 겨우 코드 몇 개를 잡다가 눈이 마주치면 어색하게 웃기만 한 게 몇 주였다. 그사이 언니가 인사말처럼 언제 한 번 술 마셔요, 할 때마다 나는 네에, 하고 말았다. 이미 매일 술을 마시고 있었고, 술에 취하면 어김없이 울었기 때문이다. 그런 모습을 굳이 계속 만나야 할 낯선 사람에게까지 보이고 싶지 않았다. 아마도 언니는 고작 일주일에 한 번 있는 수업에 몇 번이나 취해온 나를 보고 재라면 술 마시자고 해도 되겠다고 생각한 것 같았다.

민영 언니에게 내가 처음으로 건넨 말은 "저기, 튜너 좀 빌릴 수 있을까요?"였다. 부산 사투리를 쓰는 언니는 특유의 억양으로 어, 저는 폰으로 하는데, 이거라도 빌려드릴까요? 하고 물었다. 갑작스러운 부탁에 조금 당황한 것 같았다. 그런 반응에 나도 덩달아 당황하여 핸드폰을 손에 쥔 채 감사합니다, 하고 언니의 핸드폰을 빌렸다. 그게 언니와의 첫 대화다운 대화였다.

그런데 튜너를 빌린 다음 날 아침에 우연히 언니를 만났다. 평소 같았으면 자고 있을 시간이었는데, 서점 단기 아르바이트를 시작해서 출근 시간에 버스 정거장에 서 있었다. 누가 불러서 주위를 둘러봤더니 바로 옆에 언니가 생글생글한 얼굴로 있었다. 볼 때마다 느꼈지만 참 예쁘다고 생각했다. 잠이 덜 깨 멍하게 언니를 바라보다가 아, 안녕하세요! 하고 한 발 늦게 인사를 했다. 어디 가는 길인지, 무슨 일을 하는지 등의 이야기를 나누기에는 버스가 너무 금방 와서 다급하게 번호를 물어보는 언니에게 번호를 알려준 뒤 각자 버스를 탔다. 버스에 자리를 잡고 앉으니 언니에게서 메시지가 왔다. 매일 이 시간에 출근을 하시는구나, 생각하며 저도 반가웠어요,라고 보냈다. 언니는 오늘 저녁에 약속이 있는지 물었다. 그렇게 우리는 그날 저녁에 다시 만났다.

도보로 오 분 거리에 살았던 우리는 그 중간에 위치한 동네 술집에서 만나기로 했다. 슬슬 걸어 나가니 저 멀리 언니가 보였다. 집에 들르지 않고 바로 오는지 짐이 많아 보였는데 알고 보니 내 선물이었다. 염리동에 있는 언니의 패브릭 가게에서 파는 수건이라고 했다. 색이 너무 예뻐서 나는 언니와 이야기하는 중간중간 수건 꾸러미를 들여다보고 만져봤다. 그때까지 서로의 성도 몰랐던 우리는 그날에야 제대로 통성명을 했다. 그리고 가볍게 마시고 돌아오려 했던 계획은 실패했다. 언니가 너무 다정했던 까닭도 있었지만 우연하게도 우리가 겪은 일들이 너무 닮아 있었기 때문이다.

다소 까칠하고 이상해 보였을 수도 있었던 시기의 내게 언니처럼 꾸준히 다가와준 사람은 거의 없었는데, 무슨 일을 하는지, 그럼 그동안은 뭘 했는지 등에 대해 대답하다 보니 나는 근래에 겪었던 실연에 대해서까지 늘어놓게 되었다.

아직 한 해도 지나지 않았던 때라 자꾸만 울컥했고, 그때마다 언니는 미간을 잔뜩 구기고 슬픈 표정을 지었다. 그런 표정으로 언니도 몇 해 전 겪었던 비슷한 일을 이야기해주었다. 커다란 테이블 하나가 놓인 술집이어서 나란히 앉은 우리는 누가 들을까 봐 자꾸만 목소리를 낮췄고, 낮은 목소리를 놓치지 않으려다 보니 점점 얼굴이 가까워졌다. 이야기를 마친 언니는 여전히 소곤소곤한 목소리로 이런 일은 정말 나만 겪을 줄 알았는데, 하고 말했다. 그건 나도 마찬가지였다. 누군가는 비슷한 일을 겪었을 수도 있다고 생각했지만 실제로 만날 줄은 몰랐던 데다 이렇게 가까이 사는 사람일 거라고는 상상해보지 못했다. 비슷하다고 했지만 서로의 이야기가 너무 놀랍고 참담해서 우리는 몇 번이나 말도 안 된다는 듯이 네? 하고 말했다. 사람이 어떻게 그럴 수 있어, 어떻게 버텼어요, 하면서. 그런 상처들을 담담하게 이야기하기까지 언니가 통과했을 시간을 떠올리다 보니 속상하다는 말로는 부족했다. 얼마나 힘들었을까. 언니도 그런 마음이었는지, 아니면 단순히 심심해서였는지는 모르겠지만 그날 이후로 종종 내게 약속이 있는지 물었다.

언니와 자주 만나게 되면서 느낀 건, 언니는 좀 비범하다는 것이었다. 서울에 살고 싶어서 서울에 있는 회사에 취직

했더니 지방에 있는 본사에 발령 나서 회사를 때려치우고 가게를 차렸다는 이야기나, 가게를 차리기 위해 새벽부터 영등포시장에서 아저씨들에게 장사를 배웠다는 이야기, 겨우 스물일곱 때 앞날이 걱정되어 부동산 투자를 시작했다는 이야기 등은 내게 너무 다른 세상 이야기였다. 언니 말로는 삼 남매 중 둘째로 태어나서 그냥 욕심이 많은 거라고 했지만, 단순히 욕심이 많다고 하기에 너무 다정한 언니였고, 그 마음은 언제나 진짜로

하지만 언니를 보고 있으면 늘 외로워 보였다. 연애를 해도, 여행을 가도, 많은 것들을 이뤄내며 바쁘고 멋있게 살아도 어딘가 텅 비어 있다는 인상을 지울 수 없었다. 취했을 때 슬픈 표정을 짓거나, 말버릇처럼 외롭다고 해서 그런 게 아니었다. 오히려 언니의 지나친 다정 때문일지도 모르겠다는 생각을 했다. 그건 때때로 배부르게 사랑받지 못한 사람의 생존 방식처럼 느껴졌다. 내가 그랬기 때문에 더욱 그렇게 본 걸지도 모르겠다. 그래서 나도 언니처럼 담담해질 수 있을까, 싶다가도 저렇게 어딘가가 부서진 채로 살아갈 수밖에 없는 건가, 하는 생각이 들곤 했다.

그럼에도 불구하고 언니의 제일 큰 고민은 연애 문제였다. 언니는 내게 종종 연애 상담을 했다. 상대는 바뀌어도 주제

는 크게 변하지 않았다. 기타 수업이 있는 날에는 선생님과 함께 이야기를 듣기도 했는데 답은 대부분 정해져 있었다. 언니도 그걸 알았겠지만 진부하게도 마음대로 되지 않는 마음 때문에 언니의 연애는 자주 힘들었다. 그래도 내가 많이 건강해진 시기였고, 자주 힘든 연애도 좋은 날은 있어서 우리는 시시콜콜하게 맥주도 마시고, 강아지와 산책도 했다. 그런데 가늘게나마 이어지던 언니의 새로운 연애도 결국 끝나고 말았다. 그래도 언니는 언니답게 해야 할 일들을 척척 해냈다. 거래처 사장님들을 만나고, 고객 응대도 하고, 수백 개의 택배를 늦지 않게 발송하고, 홈페이지 관리도 했다. 하지만 깊은 밤이면 울면서 전화를 걸어왔다. 언니가 처음으로 울던 날, 언니가 좋아하는 젤리를 잔뜩 샀다. 축 처져서 나온 언니와 함께 경의선 숲길을 걸으면서 나는 이제 막 헤어진 언니의 전 남자 친구를 신랄하게 욕했다. 힘이 안 된다는 걸 알면서도 그것밖에 해줄 수 있는 게 없었다. 언니는 덕분에 많이 괜찮아졌다며 웃었지만 힘들어 보였다. 그래서 집까지 데려다줬고, 언니의 뒷모습을 보며 또 울겠지, 생각했다. 그런 생각을 하니 슬퍼졌다.

그때 짝오빠 종훈이 떠올랐다.

두 달 전 오빠가 여자 친구와 막 헤어졌을 즈음, 나는 언니와 함께 일을 하고 있었다. 언니가 팝업 스토어 행사를 하는 동안 거기에서 판매 아르바이트를 했는데, 뜬금없이 오빠한테 전화가 왔던 것이다. 통화보다는 주로 메시지를 보내는 사람이고, 만나기로 한 날이거나 당장 급한 일이 아니고서야 전화를 하지 않는 사람이어서 나는 전화벨이 울릴 때부터 고개를 갸웃했다. 오빠는 내일 여행을 가는데 짐을 싸다가 오래전 내가 선물한 책을 챙겼다고, 그래서 내 생각이 나 안부차 연락한 거라고 했다. 통화를 마치자 언니가 누구야? 하고 물었고, 나는 고등학교 선밴데 아무래도 여자 친구랑 헤어진 것 같다고 했다. 그때까지만 해도 언니의 연애는 나름 순항 중이어서 언니는 남자 친구와 문자를 하며 왜? 하고 다시 물었다. 나는 그냥 그런 것 같다고 했다. 며칠 뒤 여행에서 돌아온 오빠는 사실 여자 친구와 헤어졌다 했고, 많이 힘들어 보였다. 나는 고작 일 년에 두어 번 오빠를 만났으니까 오빠의 지난 이별들이 어땠는지 자세히 모르지만, 내가 알아볼 정도로 힘들어하는 건 처음이었다.

오빠가 걱정되기도 했고, 망가진 나를 오빠도 챙겨줬으니까, 나는 그가 몇 번을 부르든 부르는 대로 나갔다. 그러다 보니 그즈음 우리는 적어도 일주일에 한 번은 만나고 있었다. 그런 와중에 언니까지 헤어진 것이다.

결국 우리는 작년 8월 연남동의 한 펍에서 셋이 만났다. 오빠의 경우 언니 사진 몇 장만으로도 쉽게 부를 수 있었지만 언니는 별로 내켜하지 않아서 나는 한번 만나나 보자고, 나랑 셋이 맥주 한잔 하면서 논다고 생각하라고, 맘에 들지 않으면 연락하지 않아도 된다고 조르다시피 설득해서 만든 자리였다.

약속 당일은 오빠의 생일 전날이어서 나는 선물을 챙기느라 조금 늦었는데, 다행히 도착했을 때 크게 어색해 보이지 않았다. 우리는 자리를 옮겨 몇 잔 더 마신 뒤 헤어졌다. 다음 날 언니는 오빠에게 생일 축하 메시지를 보냈다고 했다. 그 바람에 간간이 연락을 주고받는다고. 그래도 여전히 둘의 관계가 진척될 가능성은 희박해 보였다. 몇 번 만나 술을 마셨지만 남자로는 보이지 않는다고 했으니까. 몇 번이나 술을 마셨는데도 아닌 거면 아닌 거니까. 술을 좋아하는 언니라면 그럴 수도 있다고 생각했다. 반면 오빠는 언니에게 푹 빠진 것 같았다. 오빠는 이번에도 전화로, 네가 소개해 줬으니 좋은 마음으로 만나고 있지만 막 엄청 그런 건 아니라고, 어쨌든 고맙다고 했다. 나는 막 엄청 그런 건 아닌 게 뭐지, 하고 생각했다. 그리고 오빠가 언니를 좋아한다고 확신했다. 역시 평소 그런 이야기를 굳이 전화로 하지 않는 사람이었을뿐더러 그렇게 길게 통화한 적도 없었기 때문이다. 그래도 언니가 아니라니까, 오빠는 불쌍하지만 한 발 빠져 있기로 했다. 결국 언니는 아무래도 안 되겠다면서 애매한 관계를 정리하겠다고 했다. 저녁에 오빠와 만나기로 했는데 만나서 술 한잔하고 잘 이야기하겠다고.

그런데 다음 날 아침 일찍 언니에게서 전화가 걸려왔다. 나는 친구 결혼식에 가는 중이었다. 고등학교 선배랑 결혼하는 친구여서 오빠도 신랑의 친구로 참석한다고 했는데 언니한테 차여서 올 수나 있을까, 걱정하던 참이었다. 조심스럽게 이야기는 잘했냐고 물었더니, 나 종훈이랑 사귀기로 했디, 하고 언니는 말했다. 말끝을 '디'로 끝내는 건 언니가 기분 좋거나 부끄러운 이야기를 할 때 나오는 사투리였다. 오빠한테 듣기 전에 이야기해야 할 것 같아서 급하게 전화했다고. 반가운 소식이긴 했지만 너무 당황스러운 전개여서 왜요? 정리하러 간다고 했잖아? 하고 물었다. 언니는 흐흐흐 웃더니 어제 종훈이랑 키스했디, 하고 말했다. 너무 웃겨서 나는 으악 더러워, 안 들을래, 하고 깔깔 웃었다. 언니는 잘 갔다 오고 조만간 같이 보자고 했다.

그날 결혼식에서, 언니랑 사귀기로 했다면서요? 하고 물으니 오빠는 별일 아니라는 듯이 응, 그렇게 됐어, 하고 말했다. 그 모습이 너무 얄미워서 놀려주고 싶었지만 그날은 친구들이랑 있으니까 다음을 기약했다. 그런데 며칠 뒤 언니와 함께 만난 오빠는 지금껏 본 적 없는 얼굴이었다. 처음 보는 사람처럼 표정이나 행동이 모두 낯설었다. 센 척은 찾아볼 수 없었고, 허허 웃으면서 팔불출같이 행동하는 오빠를 보며 예전에 오빠가 절대 할 수 없다고 했던 모든 것들을 오빠가 하고 있구나, 생각했다.

이제 이 주 뒤면 둘은 부부가 된다. 그리고 나는 부케를 받기로 했다. 언니가 부케를 받아달라고 했을 때 어차피 결혼 생각이 없으니 받아도 그만, 안 받아도 그만이어서 알았다고 했다. 언니는 다른 이유는 없고 그냥 나랑 오빠랑 셋이 사진을 찍고 싶다고 했다. 결혼을 준비하면서 언니는 자주 행복하다고 했다. 그런 언니를 보고 있으면 함께 큰 고비를 지나온 것 같아 괜히 뭉클해졌고, 이따금 비현실적이기까지 했다.

며칠 전 언니는 예전 기타 선생님이 술집을 차렸다며 그곳에 함께 가자고 했다. 워낙 이야기를 많이 들었던 분이고, 우리 선생님과도 지인이어서 셋이 방문하기로 했는데 약속 당일 가게에 문제가 생겨 임시 휴무를 하게 되었다고 하셨다. 하는 수 없이 다른 곳에서 모인 네 사람은 언니의 청첩장을 받으면서 청첩장이 만들어지기까지의 많은 일들을 회상했다. 첫 선생님과 수다 떠는 게 재미있어서 수업 시간에 매일 놀기만 했던 언니는 나중까지 기타에 미련이 남아 동네에서 열리는 그룹 수업에 신청했다고. 처음에 제대로 배웠다면 다시 기초반에 등록할 일은 없었을 거라고 했다. 그때 선생님과 나는 수업 초반 선생님이 "혹시 기타 배워본 적 있으신 분?" 하고 물었을 때 손을 들었던 언니를 기억해냈다. 내가 그때 선생님이 지었던 표정에 대해 말하니 선생님은, 제가 표정을 잘 못 숨겨요, 하고 웃었다. 그리고 그 수업이 열린 것도 거의 기적이라고 덧붙였다. 평일 밤 열한 시에 구석진 동네에서 열리는 수업은 개설하려 해도 사람이 모이지 않는다고. 한두 명은 있을 수 있겠지만 최소인원이 모인 건 정말 기적이라고. 불가능하다고 생각했는데 어떻게 개설이 되었다고. 언니는 수업에서 만난 내가 오빠를 소개해줬으니까, 나를 만나게 해준 선생님들도 언니의 결혼에 크게 일조를 해준 거라 했다. 그 이야기를 들은 언니의 개인 레슨 선생님께서 내가 수다만 떨길 참 잘했구나,라고 하셔서 우리는 모두 빵 터졌다.

그날 밤 침대에 누워 언니와 통화를 한 뒤 기적적으로 열린 수업에서 우리가 만난 일을 떠올렸다. 아무렇게나 앉았는데 옆자리였던 것, 마침 단기 아르바이트를 하던 기간이라 낯선 시간에 우연히 마주쳤던 것과, 비슷한 경험에 대한 상처를 가지고 있었던 것까지. 때마침 언니와 오빠의 인생 궤도가 비슷했던 점도 너무 신기했다. 마치 모든 일이 이렇게 되기 위해 흘러온 것처럼. 때때로, 현실은 그 어떤 비현실보다 비현실적이라는 생각을 하게 된다.

오 분 거리에 살던 언니는 결혼하면서 최근 변경된 오빠의 근무지를 따라 경상남도 창원으로 내려간다. 코앞에 산다고 매일 본 것도 아니면서 막상 언니가 멀리 간다고 하니 다시 올라올 거라고 말해도 자꾸만 영원히 헤어지는 기분이 든다. 우연은 간절하게 바랄 때는 좀처럼 나타나지 않는데, 예기치 못한 순간에 불쑥 튀어나와 모든 판을 새로 짜버린다. 그게 좋은 방향이든 아니든.

며칠 전 언니는 전보다 염세적으로 변한 내게, 너도 행복해질 수 있다고 했다. 그렇게 말하는 언니의 표정이 너무 부드러워서 마음이 한없이 풀어졌다. 그래서 괜히 언니, 언니, 하고 언니를 불러댔다. 언니는 그거 아나? 하고는 예전에 내가 튜너를 빌려달라고 했던 날을 끄집어냈다. 그날 언니가 당황한 이유는 내게 핸드폰을 건넬 때 사주 애플리케이션 알림이 떠서라고. 당시 언니는 매일매일 운세를 봤는데, 혹시라도 내가 그걸 보고 이상하게 생각할까 봐 혼자 별생각을 다 했단다. 어떻게 살아야 하는지 몰라서 신빙성도 없는 애플리케이션 점괘라도 봐야 했다는 언니는 이제 그 애플리케이션을 사용하지 않는다고 했다. 그런 언니에게 언니, 내 종교는 샤머니즘이야, 점쟁이 말이 최고거든, 하고 말했다. 언니가 웃었고, 언니가 웃어서 나도 웃었다.

애쓰는 밤

—

작년 여름에는 오랫동안 쉬었던 몸을 움직였다. 장난삼아 친구들에게 던진 말이 씨가 된 것이다. 그즈음 나는 정말 돈이 없었다. 수입은 없는데 내야 할 돈은 많았다. 차곡차곡 쌓이는 빚을 보면서 숨만 쉬는 데에도 돈이 너무 많이 든다고 생각했다. 하지만 너무 오래 아무것도 하지 않은 탓에 뭐부터 어떻게 해야 할지 몰랐다. 세금이나 공과금 지로용지를 받고 나면 구체적인 항목의 이름들이 낯설게 느껴졌다. 일자리를 알아보려 하면 졸업이 먼저라는 생각이 들었고, 그래서 논문을 쓰려고 마음먹으면 한동안 고정적인 일자리를 구하는 건 어려워 보였다. 작년 여름은 기상 관측 이래 가장 강력하게 덥고 길었다고 한다. 111년 만의 폭염이라나. 여름을 좋아하는 나로서는 일찍 더워진 날씨가 반가웠다. 몸이 나른해지고 숨쉬기는 어려웠지만, 땀을 뻘뻘 흘리며 대청소를 하고 침대에 누워 있으면 무기력한 와중에 기분 좋은 낮잠을 자기도 했다. 몽롱하게 깬 뒤에도 여전히 바깥이 환한 날이 많았고, 그대로 더 누워 있는 날도 있었지만 어떤 날에는 나가볼까, 하는 생각이 들기도 했다. 그렇다고 매번 행동으로 이어지는 건 아니었다.

그날도 창으로 쏟아지는 햇빛을 그대로 맞으며 졸다가 깼는데, 너무 더워서 움직일 수가 없었다. 나가는 대신 친구에게 전화를 걸었다. 나만큼이나 여름을 좋아하던 친구는, 그동안 여름을 좋아했지만 올해는 여름 좋다는 사람을 보면 죽여버리고 싶을 정도라고 했다. 그 말이 너무 웃겨서 한참을 웃다가 나는 요즘 돈이 너무 없다고 말했다. 친구는 과외라도 구하라고 했고 나는 그럴까, 하고 말했다. 다음 날에는 모처럼 일찍 몸을 움직여 여기저기 과외생 모집을 위한 글을 올려두었다. 그러다 문득 그룹 수업이나 하나 하면 좋겠다고 생각했다. 하지만 내가? 무슨 수로? 하는 생각이 꼬리를 물었다. 그렇게 시작된 망상은 쓸데없이 구체적으로 이어져서 나는 혼자 큭큭 웃다가 여러 채팅방에 대충 끼적여본 가상의 모집 문구를 공유했다. 그런데 의외로 친구들이 한번 해봐, 하고 말했다. 끝도 없이 이어지는 'ㅋㅋㅋㅋ' 때문에 장난으로 그러는 거겠지, 하고 넘겼는데 며칠 뒤 동네 친구 은지가 포스터 하나를 만들어주었다. 포스터도 너무 웃기고 쓸데없이 진지해서 단체 채팅 방은 한동안 다시 시끄러워졌다.

그렇게 며칠이 지났다. 그건 어디까지나 그냥 해본 생각이었으니까. 그런데 어느 날 은지가 언니, 혹시 내가 만들어준 포스터가 마음에 들지 않는 거예요? 하고 물었다. 난 정말 그런 게 아닌데, 아니란 걸 증명할 방법이 없었다. 그래서 그날부터 뭔가에 떠밀리듯 부랴부랴 모집 광고를 준비하기 시작했다. 하지만 막상 진행을 하려고 보니 신청서를 만드는 방법도 몰랐다. 하는 수 없이 도움을 요청하기 위해 동기 채팅 방에 포스터를 보여주며 진행하게 된 경위를 설명했다. 그러자 시진은 포스터에 실린 내 얼굴을 두고 '성격 나쁜 뚱뚱보' 같다며 사진을 바꾸라고 했다. 나는 괜찮다고 했지만 근무 시간에 다른 일 하는 게 재미있었는지 굳이 새로운 포스터까지 만들어주었다. 은지의 포스터가 강렬하고 호불호를 심하게 타는 타입이라면 시진의 포스터는 대체적으로 무난했다.

그렇게 결국 모집 글을 올리게 되었다. 망상으로 시작한 수업 계획이어서 정말 이걸 열어도 되나 싶었지만 친구들이 너무 적극적으로 도와준 탓에 일을 저질러버린 것이다. 두 포스터 모두 SNS 계정에 올렸고, 글방 전용 계정도 만들었다. 시진의 포스터는 출력까지 해서 동네 술집마다 걸어두었다. 그동안 마신 술 때문인지 사장님들은 포스터 붙이는 일을 흔쾌히 허락해주셨다. 콘셉트는 '애매함'이었다. 내 시간들을 돌아보면 뭔가 어느 정도 성취한 것 같다가 도루묵이 된 경우가 많은 것 같아서 그런 이력들을 모아놓은 것이었다. 모집 글에 올린 내 약력은 다음과 같았다.

J고등학교 교지 편집부 출신(폐부됨)
Y대학교 고교 백일장 1등으로 특기자 전형 합격
(수리 영역 미응시로 최종 불합격)
H예술대학교 석사과정 서사 창작학과 서류 합격
(영어 시험 미응시로 불합격)
M대학교 문예창작학과 석사과정 수료(졸업 못 함)
조선일보 신춘문예 소설 부문 본선 진출
경향신문 신춘문예 소설 부문 최종심 진출(등단은 아직)

너무 민망해서 보여줄 때마다 내가 더 과장되게 웃었는

데, 그냥 개랑 산책이나 하는 사람인 줄 알았더니 대단한 사람이었네, 하는 이야기를 듣기도 했다. 어찌 됐든 애매한 사람이 여는 글방이니까, 본격적으로 글을 쓰고 싶은 사람이 아니라 뭐라도 쓰고 싶은 사람을 모집한다고 올렸다. 이를테면 '있어 보이는 인스타그램 글쓰기'라든지, '부모님 감동시키고 용돈 타는 편지 쓰기', '내 새끼 꽃길만 걷는 팬픽 쓰기', '무한 궤변으로 말싸움 이기기' 등이 필요한 사람들을 모집한다고. 그렇게 글방 '애쓰는 밤' 모집 공고가 완성되었다. **애**매한 선생님의 뭐라도 **쓰는 밤**.

아무도 지원하지 않을 거라 생각했는데 신청 플랫폼을 올리고 나니 그래도 하고 싶다는 사람들이 나타났다. 심지어 당초 계획했던 모집 기간보다 빨리 마감할 수 있었다. 그런데 막상 개별 연락을 돌리니 그새 사정이 생겨 못하게 됐다는 사람들이 생겼다. 나중에야 이런 일은 입금 선착순 마감으로 해야 한다는 조언을 들을 수 있었다. 어쨌든 다들 사정이 있다고 하니까 괜찮다고 했지만 사실 괜찮지 않았다. 고작 다섯 명 모집하는 수업이었으니까 한두 명 빠지는 건 너무 큰 문제였다. 게다가 이미 마감 공지도 올려버린 상태였다. 여러 사람의 도움을 받아 커져버린 일이 흐지부지될까 무서웠고, 웃음거리가 될까 봐 며칠간 우울했다. 다행히 마감 공지를 보고서도 혹시 자리가 있는지 묻는 사람들이 있었다. 그중에는 나를 이미 알고 있는 사람들도 있었다. 이십 대 초반에 학원에서 가르쳤던 중학생이라든지, 오랫동안 만나지 못한 고등학교 후배라든지. 이왕 이렇게 된 거 나는 아는 사람을 더 찾아 나섰다. 전에 개인 수업을 했던 분께도 알리고, 엄청 관심을 보이지만 쑥스러워서 말도 못 하고 있다는 동생 친구에게도 연락했다. 그렇게 겨우 다섯 명이 모였고, 2018년 7월 18일, 드디어 첫 수업을 하게 되었다.

막상 수업을 앞두고는 전날 밤부터 너무 떨렸다. 단체 채팅 방을 열고, 장소 섭외까지 해두었지만 모든 게 어설프게만 느껴졌다. 처음 보는 사람과 동생의 친구, 예전 과외 학생 등이 뒤섞인 이상한 조합 안에서 무슨 말을 해야 할지 막막했다. 그러거나 말거나 약속한 날이 되었다. 저녁 여덟 시에 시작하는 수업이라서 '애쓰는 밤'이라고 했는데, 해가 길어 수업이 시작할 때까지 아직 밖이 환했다.

나는 대부분 아는 얼굴이었지만 서로는 다 초면이어서 분위기가 너무 어색했다. 첫날이니까 어색한 건 당연한 거라고 생각하면서도 괜히 속으로 기가 죽었다. 그냥 쓰라고 미리 허락을 받은 카페에서는 사장님들끼리 의사소통이 제대로 되지 않았는지 1인 1음료 주문을 해야 한다고 하셨고, 뒤

늦게 그런 말을 알릴 수가 없어 나는 조금 들어온 수업료로 음료비를 충당했다. 복사비까지 내고 나니 백수의 경제 활동 프로젝트라는 말이 무색할 정도로 아무것도 남지 않았다. 그래도 최대한 아무렇지 않은 척했다. 준비해간 자료를 같이 읽고, 글을 쓰고, 그 글을 함께 읽어보고 간단한 이야기를 나누다 보니 두 시간이 금방 지나갔다. 크게 웃는 사람도 없었고, 말이 많은 사람도 없었다. 집으로 돌아올 땐 나만 혼자 실컷 떠든 기분이었다.

그런데 그날 밤, 글방 사람들로부터 메시지 몇 통이 왔다. 대부분 행복했다는 말이었다. 그리고 서로서로의 이야기가 정말 좋았다는 고백이었다. 그 말들이 너무 소중해서 몇 번이나 들여다보았다. 다음 주에는 첫 주보다 분위기가 화기애애했고, 회차가 지날수록 사람들끼리도 친밀해져서 웃거나 농담을 주고받는 일도 많아졌다. 그리고 글만 보아도 누가 썼는지 알아볼 수 있게 되었다. 게다가 술 마시다 친해진 서점 사장님이 사정을 듣고 공간을 내주셔서 더 좋은 환경에서 모일 수 있었다. 그런 모습들을 글방 전용 계정에 올리다 보니 추가 개설 문의도 들어와서 급기야는 한 반을 더 열게 되었다. 기존 수요반은 한 명을 제외하고 모두 아는 사람들이었다면, 새로 개설한 월요반은 전부 초면이었다. 그래도 몇 번 진행을 해봤다고 조금 덜 어색하게 지나올 수 있었다. 이번에도 새벽이면 불규칙적으로 메시지가 도착하곤 했다. 벅찼다거나, 행복했다거나, 기쁘고 즐겁다는 말이 나로 인해서 나왔다는 것이 좀처럼 적응되지 않았지만 그 자체로 커다란 위로가 되었고 더 잘하고 싶어졌다. 부족한 역량 탓에 수업 준비는 매번 부담스러웠지만 나 역시 사람들의 글을 읽는 일이 좋아서 자꾸만 몸을 움직이게 됐다. 그래도 여전히 돈이 모이지는 않았다. 생활을 유지하기 위해서는 이런저런 아르바이트를 더 해야 했다. 그래도 살 만했고, 실제로 나는 오랜만에 살 것 같다는 이야기를 여기저기 하고 다녔다. 행복까지는 아니어도 좋다고. 정말 살 만하다고.

가끔 친구들을 만나면 글방 계정을 잘 보고 있다고 했다. 사람들 글이 너무 좋아서 놀랐다고. 그런 말을 들을 때면 내 글을 칭찬받은 것처럼 괜히 으쓱하게 됐다. 시진은 나를 보며 술을 마시려면 재처럼 마셔야 해, 하고 말했다. 맨날 술만 마셔서 걱정했는데 그게 다 비즈니스였다고. 술집 사장님들 덕 보고, 술 마시다 친해진 사람들 덕 본다고. 그 여름 끝에 친구 현동은 내게 몇 장의 필름 사진을 보내주었다. 그리고 사진 속의 내 표정이 다양하다면서 그건 좋은 징조인 것 같다고 덧붙였다. 이번 여름은 완전히 너였다고. 그 말을 듣고 있자니 괜히 눈물이 날 것 같았다.

유난스러웠던 여름이 지나고 나서는 잠시 기력이 쇠하기도 했다. 영원할 것 같았던 여름이었는데 어느 날 갑자기 당황스러울 만큼 서늘한 바람이 불었다. 민소매 원피스를 입고 외출한 날이었다. 낮까지만 해도 뜨거웠는데 저녁 바람이 쌀쌀해서 오들오들 떨면서 돌아왔다. 주춤해진 더위에 사람들은 환호했지만 나는 알 수 없는 상실감을 느꼈다. 계절 탓인 건지, 안 쓰던 에너지를 몰아 써서인지 몸이 고장 난 것 같았다. 힘이 빠질 때마다 오랫동안 방치했던 기계에 기름칠도 하지 않고 바로 돌린 꼴이 아닌가, 하고 생각했다. 그래도 글방에 나가면 웃어야 했고, 사람들에게 좋은 글을 보여줘야 했고, 중심을 잡아야 했다. 그 모든 게 한동안 버거웠다. 글에는 사람이 담기기 마련이니까, 한 번에 너무 많은 사람들의 너무 내밀한 이야기를 알게 된 것이 부담되기도 했다. 적당한 선을 긋지 못해 자주 쩔쩔매었고, 누군가가 나가고 새로 들어올 때마다 긴장했다. 그래서 글방은 어때? 하는 질문에 요즘은 좀 힘들다고 대답하는 시간도 있었다. 하지만 일주일 내내 글방만 기다린다는 말을 들을 때에는 어쩔 수 없이 다시 일어날 수밖에 없었다. 그 시기의 '애쓰는 밤'에는 내 여러 감정들이 뚜렷한 경계 없이 뒤섞여 있었다.

올해 2월에는 수요반을 공식적으로 마감했다. 8개월 동안 인원 변동 없이 꾸준히 달려와서 아쉬움이 많이 남았지만 비슷한 시기에 몇 사람에게 사정이 생겨 다 같이 문집을 만들고 멋있게 마치자는 쪽으로 의견이 모였다. 모여서 그동안의 글을 함께 추렸고, 그 글을 모아 편집하면서 과분하다는 생각을 자주 했다. 하지만 그 뒤로 갑작스럽게 내가 바빠져 아직까지도 다시 모이지 못했다. 오랫동안 하는 일 없이 한가했는데, 연초부터 매주 에세이를 연재하면서 동시에 졸업 준비를 병행하느라 다른 데 신경 쓸 겨를이 없었다. 2월에 만들어놓은 문집을 보며 나눠줘야 하는데, 하며 마냥 시간이 흘렀다. 그래도 글방 사람들에게서 간간이 연락이 왔고, 근처에 있으면 얼굴을 보러 와주기도 했다. 그때마다 문집 이야기를 하며 제가 게을러서 미안해요,라고 하면 선생님 졸업이 먼저죠, 하고 웃어주었다.

요즘의 '애쓰는 밤'은 월요일만 운영하고 있다. 월요일반은 한 번도 다 같이 모인 적이 없었다. 이상하게 한 명씩은 꼭 빠졌는데, 그럼에도 불구하고 꾸준하게 이어지고 있다. 최소 인원이 채워지지 않을 때에도 그냥 유지하는 이유는 글을 쓰고 읽을 때의 표정들을 보았기 때문이다. 아무리 덥고 추워도 글방은 나오고 싶다는 사람들에게 더 이상 운영하지 않겠다는 말을 할 수 없었다. 체력이 너무 받쳐주지 않을 때에는 한 주를 건너뛸 때도 있었지만, 그 시간을 아예 뺏고 싶지는 않았다. 그럴 때면 스스로가 낯설게 느껴지기도 했다. 불과 몇 달 전까지 우울과 무기력감 속에서 내 몸 하나 추스르지 못했던 모습이 떠오르면 더욱 그랬다. 수업을 마치고 나오는 길에 어떤 분은, 저 사실 친구들이 글방 소개해 달라고 많이 얘기했는데 저만 알고 싶어서 안 알려줬어요, 라고 하셨다. 그러자 옆에서 저도요, 저도요, 하고 맞장구를 쳤다. 그 이야기를 가만히 듣고 있다가 여러분 덕분에 제가 가난에서 벗어나지 못하는 것 같아요, 하고 웃었다.

바쁘다는 핑계로 계정 운영도 제대로 하지 못해서 오랜만에 만나는 친구들은 글방의 안부에 대해 묻기도 한다. 그때마다 아직 업데이트는 못 했지만 우리는 여전히 매주 모여서 글을 쓰고 있다고 말한다. 일 년이 지난 지금까지도 많은 사람들이 애쓰는 밤을 애매한 밤으로 기억한다. 일부러 놀리는 것이 아니라 너무 자연스럽게 애매한 밤이라고 말하는 사람들을 보고 있으면, 이도 저도 아닌 것 같았던 시간들이 차곡차곡 쌓여 만들어진 애매한 이력에 이끌려온 사람들을 떠올리게 된다. 애매한 밤을 함께 보낸 조금도 애매하지 않은 사람들을.

돌이켜보면 그 여름, 어쩌면 지독했던 폭염보다 더 지독한 시간을 보내고 있었을지도 모를 사람들이 우연히, 그러나 필연적으로 한자리에 모였던 게 아닐까, 하는 생각이 든다. 매주 사람들이 써낸 글을 읽어보면 어렴풋이 짐작할 수 있다.

그리고, 자신의 이야기를 꺼내 쓰는 일이 그 자체로 어떤 위로가 되었을지도 모른다고 생각한다. 어렵지만 속으로 삭여야만 했던 이야기를 꺼내고, 글로 쓰고, 그렇게 애쓰면서 함께 버틴 것이 아닐까, 하고. 내가 지우고 싶던 시간들을 자꾸만 들춰내서 글을 쓰고 있는 것처럼.

커다란 책상에 둘러앉아

—

동생은 가방째로 먼지가 쌓여가는 기타를 '트리'라고 불렀다. 코드 하나 모르는 주제에 중고나라에서 팔만 원에 산 기타였다. 무작정 구입한 채로 몇 년 동안 방치한 탓에 동거인인 동생의 골칫덩어리이기도 했다. 동생이 내다 버리라고 할 때마다 칠 거라고, 하며 괜히 언성을 높였는데 그때마다 동생은 지지 않았다. 그래서 언제 치는데? 소리나 낼 줄 알아? 하고 따져 물었다. 그러다가 한겨울 성탄절을 앞두고 놀러 온 손님이 구석에 세워진 기타를 보고 누가 기타 쳐? 하고 물었다. 그때 동생이 언니 건데 기타는 평생 안 칠 건가 봐. 그냥 장식품이야, 하고 대답했다. 손님이 웃었고, 나도 멋쩍어서 웃었다. 저기에 전구 두르고 불 켜면 트리네 트리.

크리스마스트리, 하고 동생은 덧붙였다. 그 뒤로 내 기타는 트리가 되었다.

기타를 배우고 싶었던 건 고등학교 때부터였다. 처음으로 밴드부를 접하게 되었고 뭔가 근사해 보여서 나도 악기를 배우고 싶었는데, 그중에서도 기타가 제일 멋있어 보였다. 하지만 그땐 공부가 우선이어서 나중으로 미뤘다. 그때까지만 해도 내가 공부로 성공할 줄 알았기 때문이다. 막상 대학생이 되고 나서는 노느라 바빴다. 재미있는 게 너무 많으니까 기초부터 배워야 하는 기타는 자꾸만 우선순위에서 밀려났다. 그러다 대학에서 베이스로 밴드부에 가입한 만이, 동아리 선배에게 기타를 배우기로 했다며 같이하겠냐고 물었다. 그 애가 하는 건 다 하고 싶었으니까 나는 무조건 좋다고 했다. 그 길로 기타를 마련했다. 돈이 없기도 했고, 언제 그만둘지 모르니 일단 중고로 산 것이다. 하지만 베이스 기타를 다룰 줄 아는 사람과 현악기가 생판 처음인 사람의 습득력은 너무 차이 났다. 겨울인 데다 배우는 곳도 멀었다. 생각보다 손가락도 너무 아파서 나는 결국 두 번 만에 그만두었다.

그 뒤로 기타는 자취방 구석에 생뚱맞게 놓여 있다가, 손님 중에 기타 좀 칠 줄 아는 사람이 있으면 잠깐씩 쓰이곤 했다. 그마저도 줄이 녹슬고 목이 휘어 만지는 사람마다 이건 못 쓰겠다,라고 했다. 그래도 언젠가는 기타를 배우고 말겠다는 생각을 늘 하고 있었는데, 어느 날 내게 딱 맞는 기타 수업을 발견하게 됐다. 잠이 안 와 밤을 꼬박 새우고 이른 새벽부터 돌아다녔던 여름날이었다. 해가 길어 일찍 환해진 탓에 열린 창 밖에서 새소리가 들리자마자 몸을 일으켰다. 그즈음 나는 거의 틈만 나면 걸었다. 뙤약볕을 맞으면서 계속 걷다 보면 다리가 무거워지고 온몸이 너덜너덜해졌는데, 그러면 조금 버틸 만해졌다. 괴로운 생각 대신 다리가 아프다거나, 덥다거나, 목마르다는 생각을 할 수 있었기 때문이다. 무슨 생각으로 돌아다니는지는 아무도 알 수 없으니 주변의 불편한 걱정도 덜 수 있었다. 어쨌든 일어나서 돌아다녔으니까.

그날도 동이 트자마자 나갔고, 상수동까지 갔다가 돌아오니 날이 완전히 밝아 있었다. 나를 알아보는 사람들이 있는 골목은 잘 지나가지 않으려 노력했는데, 아직 아침이어서 단골 카페 앞을 느릿느릿 지나갔다. 그 카페는 오후에나 문을 열었고, 그마저도 사장님이 식사를 하러 가시면 한 시간 가까이 자리를 비우시기 때문에 사장님과 시간이 맞지 않으면 좀처럼 차를 마실 수 없는 곳이었다. 그런데 닫힌 카페 문에 뭔가가 붙어 있었다. A4 용지에 단정하게 프린트된 기타 수업 모집 글이었다. 매주 수요일 밤 열한 시부터 열두 시에 그 카페에서 열리는 그룹 수업이었는데, 시간과 장소도 너무 마음에 들었을뿐더러 수업료도 생각했던 것보다 훨씬 저렴해서 큰 부담 없이 들을 수 있을 것 같았다. 나는 그 모집 글을 핸드폰으로 찍은 뒤 집으로 돌아왔다. 그리고 씻고 누워 다시 그 사진을 열어보면서 언제부터 붙어 있었을지 생각했다. 내가 반대쪽으로만 다녀서 너무 늦게 본 건 아닐까, 하고. 벌써 마감이 됐으면 어쩌나, 하고.

깜빡 잠이 들었다가 일어났을 땐 오후였다. 서둘러 카페에 가서 몸을 베베 꼬아가며, 혹시 저 기타 수업에 아직 자리가 있나요? 하고 물었다. 사장님은 언제나처럼 웃는 얼굴로 네, 아직 신청할 수 있어요, 하고 말씀하셨다. 나는 자주 이상한 포인트에서 쑥스러워했기 때문에 입술까지 깨물어가며 이름과 전화번호를 적었다. 카페를 나와서는 모퉁이를 돌자마자 덩실덩실 뛰면서 돌아왔다.

며칠 뒤 최소 인원이 모두 찼다며 선생님으로부터 메시지가 왔다. 수업까지는 아직 시간이 남아 있었다. 그사이 오랫동안 기타를 빌려줬던 친구에게 연락했더니 줄도 새로 갈고 말끔하게 고쳐 와서 바로 써도 무방한 상태였다. 첫 수업에 가면서는 한 곡만 연주할 수 있으면 좋겠다고 생각했다. 그건 산울림의 〈회상〉이었는데, 우연하게도 첫 연습곡이 〈회상〉이었다. 이 신기한 이야기를 들려줄 때마다 사람들은 하나 배우고 다 배웠다고 하겠네,라면서 머지않아 다시 기타가 방치될 것이라고 확신했다. 그러거나 말거나 빈 집에서 틈틈이 기타 연습을 했다. 하지만 운지법을 배우고 온 뒤에도 자주 코드표를 들여다보아야 했고, 겨우 운지법을 익히고 나서도 다른 코드를 잡으려면 손이 허공에서 길을 잃었다. 곡이 곡답게 들리기까지는 꽤 오랜 시간이 걸렸다. 잠깐만 운지를 해도 손가락 끝이 뜨겁게 달아올랐기 때문이다. 이러다 피가 나는 건 아닌가? 싶을 정도였다. 그래서 아프기 전까지만 하는 연습은 없었다. 연습을 하려면 내내 아픈 채로 해야 했다. 나중에 선생님께 얼마나 해야 안 아파요? 하고 여쭤보니 선생님이 손바닥을 보여주셨는데, 굳은살이 여기저기 자리 잡고 있었다. 고작 며칠 고통받았다고 생긴 내 비루한 굳은살과는 달랐다. 내 굳은살은 다시 며칠만 게으르면 없어지는 것이었다. 그때부터 나는 자주 엄지손가락으로 중지와 약지 끝의 굳은살을 만져보았다. 걷거나 차를 마실 때에도. 앉아서 멍 때리거나 복잡한 생각을 할 때에도. 손의 촉감이 거칠어진다는 게 문득문득 걱정되기도 했지만, 한편으로는 더 크고 단단한 굳은살이 생겼으면 좋겠다고 생각했다. 그리고 이제 막 생긴 작은 굳은살이 연해지지 않고 그대로 있으면 안심했다.

그래도 하이코드를 배우기 전까지는 진도를 곧잘 따라갔다. 하이코드는 좀처럼 소리가 나지 않아 쳐도 쳐도 친 것 같지 않았다. 겨우 성공하고 나서도 새로운 고비는 매번 생겼지만 내 귀에는 슬슬 그럴싸하게 들리기 시작했다. 그때부터는 술만 마시면 기타를 꺼내 들었다. 수업이 있는 날을 제외하고는 매일 술을 마셔서 거의 매일 기타를 꺼내 들었다. 그럴 때마다 동생은 나를 피해 문을 닫고 자리를 옮겼다. 그러면 나는 다시 이것 좀 들어보라며 기타를 들고 졸졸졸졸 동생을 따라다녔다. 동생이 질색을 해도 아랑곳 않고 따라다니며 기타를 치고 노래를 불러서, 동생은 차라리 트리일 때가 나았다며 얼마나 가는지 두고 보자고 했다.

가끔씩은 수업이 있는 날에도 수업이 시작하는 열한 시까지 기다리지 못하고 조금 취해 갔다. 주로 말하는 사람은 선생님이니까, 조용히 있으면 아무도 모를 거라 생각했는데 선생님이 제일 먼저 알아보셨다. 그래도 시간이 지나면서 한 명씩 얼굴을 텄고, 그중에는 친구보다 더 가까워진 사람도 있었다. 특히 선생님은 기타 외적으로도 내게 많은 영향을 끼쳤다. 적당히 무심하고 적당히 다정한 데다, 은근히 수다스러운 기질도 있는 그는 종종 새로 본 다큐멘터리나 영화에 대해서 장황하게 설명해주곤 했다. 주로 회식할 때나 동선이 겹쳐서 함께 이동할 때였는데, 중간중간 이야기를 놓치기도 했지만 일부러 찾아보게 되는 것도 있었고, 주변에 전할 정도로 인상 깊은 내용도 많았다. 그래서 나는 한동안 어떤 말을 시작하기 전에, "우리 기타 선생님이 해주신 이야기인데"라는 말을 먼저 하곤 했다. 자연스럽게 나는 선생님께 자주 고맙다는 말을 했고, 그건 진심이었다. 때론 고맙다는 말이 고맙다는 말밖에 없다는 게 속상할 정도였다. 그런 말을 해도 선생님은 별 대꾸가 없었다. 하지만, 요즘은 정말 살 만하다고 했을 때에는 좋네요,라고 해주었고 말은 안 했지만 많이 힘들었던 날에는 안부를 물어봐주었다.

그런데 사정이 생긴 사람들이 하나둘 그만두면서 소규모 기타 수업은 일 년이 좀 지났을 무렵 위기를 맞았다. 그때 남은 사람은 나와 민영 언니 둘뿐이었다. 급하게 휴강에 들어갔고, 수업 대신 동네 술집에서 셋이 대책 회의를 했다. 다행히 선생님이 운영하시는 다른 클래스와 진도가 비슷해서 곧 그 수업으로 옮기게 되었다. 시간이 목요일 이른 저녁으로 바뀌었고, 장소도 집 앞에서 염리동으로 멀어졌지만 어떻게든 계속 수업을 들을 수 있어서 마음이 놓였다. 하지만 같이 옮기기로 한 언니도 그즈음 일이 바빠져 결국은 나 혼자 새로운 수업에 합류하게 되었다. 시간도 장소도 전보다 불편해졌지만 염리동에서의 기타 수업은 또 다른 매력이 있었다. 오히려 나와는 결이 더 맞는 것 같기도 했다. 수업이 끝나면 동네 주민인 선생님과 함께 버스를 탔는데, 나란히 앉아 선생님에게 누구는 이래서 멋있고, 누구는 이래서 대단하고 하는 등의 이야기를 했다. 그때마다 선생님은 직접 말해 봐요,라고 했다. 이런 말을 어떻게 해요,라고 하면 선생님은 이런 이야기를 본인에게는 여러 명이 한다고 했다. 이런 식으로 타인에게 말하는 건 정말 좋아하는 건데 서로서로 너무 좋아한다고.

염리동에 합류한 뒤로 수업은 열 달 정도 더 이어졌다. 진도가 비슷하다고 했지만, 염리동 수업에서 나는 언제나 부진아였다. 하루는 선생님께 그래도 성산동에서는 내가 잘하는 편이라고 생각했는데, 여기 오니 아닌 거 같다고 했더니 선생님은 정말로 풉, 하고 웃으셨다. 선생님이 보기에는 다 고만고만하게 못하는데 우리끼리 서로 잘한다, 부럽다, 했다고.

올해 5월, 기타 수업은 공식적으로 종결되었다. 선생님은 이제 아주 세밀한 부분의 문제여서 더 이상의 그룹 수업이 무의미하다고 하셨다. 우리는 서로를 끔뻑끔뻑 쳐다보면서 가만히 고개를 끄덕였다. 아직 미제로 남은 곡이 많으니까 수업은 계속해도 되고, 이렇게 모여서 기타만 쳐도 되지만 선생님이 그렇다니까 별수 없었다. 대신 마무리로 자작곡을 만들어보기로 했다. 하지만 그즈음 나는 졸업 시험과 연재 등 여러 일정이 겹쳐서 좀처럼 작사 작곡 진도를 따라갈 수 없었다. 녹음을 한 주 앞두고 마지막으로 점검하던 날에도 빈손으로 수업에 갔는데, 다른 분들은 거의 완성된 노래를 들고 와서 마음이 조급해졌다. 그날 돌아오는 버스 안에서 어떻게 시작을 하는 건지 여쭤보니 선생님은 진선 씨가 충분히 할 수 있는 거예요, 하고 말씀하셨다. 으악, 그게 뭐야, 하고 생각했지만 다음 날 모든 일을 제쳐두고 노래를 만들어보니 정말 맞는 말이었다. 한 소절을 녹음해서 이렇게 하는 게 맞는지 여쭤보니 선생님은 '헉 짱좋음'이라며 이렇게 하는 거예요, 하고 답장을 주셨다.

그렇게 네 시간 내내 곡을 만들었는데, 몇 주 게을렀다고 그새 다시 손이 아팠다. 나는 놀라서 손가락 끝을 확인했다. 그래도 이 년 가까이 배웠는데 이렇게 빨리 사라질 리는 없다고 믿었기 때문이다. 하지만 아무리 들여다보고 만져보아도 굳은살은 거의 찾아보기 어려웠다. 연습을 안 하긴 했구나, 생각하면서도 아쉬운 건 어쩔 수 없었다. 수업도 끝나는 마당에 마지막을 너무 엉망으로 하는 건 아닌가, 싶었고 괜히 모든 걸 망친 느낌이 들기도 했다. 피아노 콩쿠르에서 상도 받았지만 지금은 악보도 제대로 보지 못하는 것처럼, 기타도 다시 트리가 될 것 같았다. 그러나 이제와 생각해보면 내가 더 이상 기타를 치지 않는 사람이 된다 해도, 그 시간들을 그냥 잃어버린 건 아니라는 생각이 든다. 연약한 굳은살이 사라질까 봐 매일 기타를 안고 지내던 시간들이 있었기 때문에, 서른하나의 나는 시험 준비 같은 일에도 몰두할 수 있게 된 것 같다. 스물아홉 여름, 기타 수업이 없었다면 나는 더 오래 거리를 헤맸을지도 모른다.

두 달 전, 선생님은 녹음 파일을 음원으로 만들어서 우리에게 보내주셨다. 받자마자 들뜬 마음으로 다른 분들의 노래를 들어보았는데, 선생님 말마따나 노래만으로도 그 사람이 떠올라 신기했다. 사람들이 쓴 가사와, 그걸 부르는 목소리를 들으며 굳은살이 사라지더라도 더 단단해질 사람들이 남았다고 생각했다.

녹음을 끝으로 수업도 끝났지만, 우리는 당장 비어버린 목요일을 어찌해야 할지 몰랐다. 그래서 일단 그다음 주에 한 번 더 모이기로 했다. 아쉽게도 그날 나는 갑자기 일이 생겨 참석하지 못했는데, 그날 이후에도 시간이 되는 사람들끼리 염리동에서 종종 모이곤 했다. 그곳에서 식물 공간을 운영하시는 수진 님의 가게에 둘러앉아 간식이나 와인을 나눠 먹으면서 수다를 떨었다. 매주 커다란 책상에 둘러앉아 빵을 나눠 먹고 귤을 나눠 먹고 기타를 쳤던 것처럼.

기타 수업에서 만난 사람들은 모두 저도요,라는 말을 많이 했다. 말과 말 사이의 공백을 놓치지 않았고, 사는 일이 까닭 없이 괴로운 게 어떤 건지 아는 것 같았다. 슬프고 대중없는 이야기 끝에 저도요, 저도요,라고 하는 사람들을 보고 있을 때면, 이 사람들을 알게 되어서 앞으로 덜 쓸쓸하게 살 수 있을 거란 생각이 들었다. 쓸쓸하더라도 함께 쓸쓸할 수 있겠다고. 하지만 앞으로도 서로 위안이 될 거라는 생각과 별개로, 이 사람들과 기타를 메고 걸었던 시간들이 벌써부터 자주 그리워진다. 시간이 더 지나면 목요일 저녁마다 기타를 연주했던 날들이 지금보다도 애틋해지겠지만, 어쩐지 그런 미래를 인정하고 싶지 않을 때가 있다. 그럴 때면 나는 염리동에서 모이는 날을 손꼽아 기다리게 된다. 동그랗게 모여 앉아 저도요, 하고 말할 날을 기다리게 된다.

나의 종교

—

엄마는 종교가 없다고 하지만 내가 보기에는 샤머니즘이 틀림없다. 큰일을 앞두고 있거나, 불안할 때면 어김없이 점쟁이를 찾아갔기 때문이다. 하지만 엄마는 듣고 싶은 말만 들었다. 원하는 대답이 아니라면 집으로 돌아와 점쟁이를 두고 미친년이라고 했다. 뭐 알지도 못하면서 그딴 소리를 떠들어댄다고. 그런 식이면 나도 무당 하겠다고. 그러나 바라는 방향의 해결책을 듣고 나면 팬티를 태우라거나 나가서 자라는 등의 해괴한 말도 잘 들었고, 결국 일이 잘 풀리지 않아도 따지거나 하지 않았다. 그냥 지독한 두통을 견디는 사람처럼 미간을 잔뜩 찌푸린 채로 며칠을 보냈다. 그리고 또다시 문제 상황이 생기면 그 점쟁이를 찾아갔다. 그때마다 나는 점쟁이가 시켰던 우스꽝스러운 일들을 늘어놓았다. 시키는 대로 해서 뭐 하나 이루어진 게 있냐고. 그럼 엄마는 민망한 듯 웃었지만 점집에 가지 않는 것은 아니었다.

그렇다고 내가 점 보는 것 자체를 반대했던 건 아니었다. 가려면 좀 더 용한 집에 가라는 것이었다. 굳이 따져보자면 내 종교도 샤머니즘에 가까웠기 때문이다. 신통한 점괘에 대한 이야기는 늘 흥미로웠다. 엄마와 다른 점이라면 나는 점괘에 영향을 받긴 해도 좀처럼 직접 점을 보러 가지는 않았다. 현관에 붙어 있는 부적이 부끄러웠지만 엄마가 건네준 작은 부적은 지갑에 꽂아놓은 사진 뒤에 접어 넣은 채 한 번도 빼지 않았다. 절대로 잃어버리지 말고 늘 가장 가까운 곳에 두라고 해서 이게 뭐야,라고 해놓고 한참이나 보관 장소를 고민했다. 내가 점을 보지 않은 이유는 크게 두 가지였는데, 돈이 너무 없었고 게을렀기 때문이다.

그런데 하루는 친구 라라가 사주 카페에 가보자고 했다. 사주 카페라면 스물한 살 때 애인과 싸우고 룸메이트와 한 번 가본 적이 있었다. 궁합을 보고 좋지 않다고 하면 헤어질 요량으로 갔다가 너무 좋게 나와서 오히려 화가 누그러져 그날 밤에 화해를 했었다. 그때 이야기를 해주자 라라는 그런 곳이 아니라고 했다. 단순 사주도 보지만, 신점도 가능한 곳이라고 했다. 신점? 나는 침대에 누운 채로 고개를 돌려 라라를 쳐다봤다. 라라는 커다란 눈을 더 크게 뜨고 응, 신내림 받은 사람들이 봐주는 거 있잖아. 귀신 보이는 사람들, 하고 말했다. 그리고 옷 입어,라고 했다.

나는 오랜만에 옷다운 옷을 입었다. 하얀 스웨터에 하늘색 코트를 입고 화장도 했다. 라라의 생일이었기 때문이다. 이십 대 마지막 생일이니까 그날은 라라가 하고 싶은 걸 해주기로 했다. 3월이지만 아직 추웠다. 우리는 팔짱을 끼고 사주 카페로 향했다. 걸어가면서 라라는 자기는 안 볼 거라며 웃었다. 그냥 같이 가는 거라고. 그런 미친놈한테 데인 걸 보면 삼재일지도 모른다고. 나는 그게 뭐야, 하고 따라 웃었다. 그러고는 곧바로 입을 벌려 경직된 얼굴 근육을 풀어주었다. 그즈음 나는 웃는 일이 너무 어색했다. 웃으면 뻣뻣한 다리를 과도하게 벌리려 했을 때처럼 얼굴의 곳곳이 욱신거렸다. 거울을 보면 얼굴이 무너졌다는 말밖에는 달리 떠오르는 말이 없었다. 잘못 조립한 인형처럼 표정의 움직임이 어딘가 부자연스러웠다. 눈도 푹 꺼져서 활짝 웃고 있는 사진을 봐도 슬퍼 보였고, 근육이 제자리에 놓여 있지 않은 것 같았다.

사주 카페에 도착하자 라라는 나 대신 직원에게 신점을 볼 거라고 이야기했다. 대기 시간이 있었고, 마침내 차례가 되자 한복을 입고 머리를 쪽 찐 무당이 부채와 무령을 들고 우리 앞에 앉았다. 의심 많은 나는 속으로 아무 말도 하지 말아야지, 생각했는데 그는 다짜고짜 내게, 너는 겨울보다 여름에 살아나네, 하고 말했다. 그러고는 이번 겨울에 유난히 힘들었겠네, 고생했어, 잘 버텼어, 하고 말했다. 나는 하마터면 울 뻔했다. 헐 대박, 저도 볼래요, 하고 라라가 끼어드는 바람에 겨우 참을 수 있었다. 하지만 그 뒤로는 별 이야기가 없었다. 엄마가 나 대신 사주를 보고 왔을 때 해줬던 말과 비슷했고, 결국은 내가 잘해야 한다는 이야기였다. 좋은 사주를 타고났지만, 살이 껴 있다고. 내가 나 자신을 괴롭히는 원진살인데, 이게 좋은 사주를 다 망친다고. 그래도 이건 노력하면 이겨낼 수 있는 거니까 열심히 이겨내보라고. 나는 네, 하고 대답했지만 그런 이야기를 듣고 싶었던 건 아니었다. 아직 살고 싶지 않다는 생각을 자주 하던 때여서 '노력'이나 '열심히'라는 말이 좀처럼 간단하게 들리지 않았다. 내가 힘들다는 건 아무한테나 물어도 알아봤을 것이다. 두 달 만에 몸무게가 10킬로그램 가까이 줄어 가만히 있어도 갈비뼈가 드러났으니까. 나는 앞으로 어떻게 될지, 얼마나 시간이 더 흘러야 괜찮은 날이 올지, 그런 날이 오기는 할는지, 그런 것들이 궁금했다. 그 말이 꼭 좋은 말일 필요는 없었다. 활자가 아닌 육성으로 너는 어떤 사람이야, 너는 이렇게 될 거야, 어떤 게 위험하고 어떤 게 도움이 된단다, 하고 말해주면 그 말이 맞든 틀리든, 좋든 나쁘든 덜 막막할 것 같았다. 하나님도 부처님도 내게 어떤 말을 해주지는 않으니까. 그게 최악의 결말이더라도 모르는 것보다는 견딜 만할 것 같았다. 맥없이 고개를 끄덕이기만 하는 나를 두고 무당은 기운 내, 하고 말했다. 그리고 이 년 안에 귀인을 만날 거라고 했다.

그 뒤로도 삶은 크게 나아지지 않았다. 이미 망가진 관계라는 걸 알면서도 갑자기 사라진 사람의 소식을 알 수 없어 몸이 녹을 것 같았다. 왜 그랬는지 묻고 싶고, 미안하다는 말이 듣고 싶어서 자꾸만 나 자신을 갉아먹었다. 정기적인 상담 치료에서는 자연스럽게 비협조적인 내담자가 되었다. 선생님을 괴롭히고 싶었던 건 아니지만, 내 솔직한 대답들이 그를 지치게 만드는 것 같았다. 선생님은 친구들과 비슷한 이야기를 했다. 그냥 질 나쁜 사람이라고. 회사 간다고 깨워달래 놓고 그 길로 다른 여자 만나러 갔다가 잠수 탄 사람이 미안하다는 생각이나 하겠냐고 했다. 설사 매달려서 사과를 듣는다 한들 그게 진심이겠냐고. 얼마나 지났다고 벌써 아이까지 낳은 사람이라고. 그 여자가 당신이 아니라서 얼마나 다행인지 모른다고. 그런 말을 다 듣고 나서는, 나도 임신할 수 있는데요, 하고 말했다. 선생님은 잠시 아무 말이 없었다. 순간의 침묵 안에서 다시는 이전의 삶으로 되돌아갈 수 없겠다고 생각했다. 그게 고작 이렇게 별 볼 일 없는 이유 때문이라는 것이 견딜 수 없을 만큼 비참했다.

다음 상담 시간이 되었을 때 선생님은 어린 시절의 이야기를 좀 더 해보자고 하셨다. 나는 선생님이 묻는 대로 오래된 기억을 늘어놓았다. 그리고 그 끝엔, 그런데 이건 저에게 아무런 영향도 끼치지 않았어요, 여태까지 정말 잘 살았거든요, 하고 덧붙였다. 그렇게 몇 주간 유년 시절의 이야기를 좀 더 나누었다. 그때마다 정말 소용없는 거 아닌가, 하는 피로감이 몰려왔다. 내 우울은 유년과는 무관한데 이거야말로 편견 아닌가 하고. 하지만 어째서인지 몇 주 뒤 나는 어린 날을 이야기하며 울고 있었다. 이상하네요, 정말 괜찮은데요, 하면서. 그 후 상담 시간의 이야기는 차츰 세상의 전부였던 엄마를 미워하게 된 이십 대와, 이십 대를 관통했던 긴 연애로 흘러갔다. 엄마를 망치고 싶어서 나를 망치고, 사랑만 주는 애인을 피 말리게 해놓고 후회를 반복했던 시간들에 대해서. 그러다가 엄마가 점을 보고 왔던 이야기까지 하게 되었다.

엄마가 그러는데요, 점쟁이가 저는 서른 살에 꽃이 활짝 핀다고 했대요. 그런데 그 말을 들으면 화가 나요. 나는 이렇게 힘든데 아직도 저한테 기대를 걸고 있는 엄마를 견딜 수가 없어요, 하고. 그 순간 어릴 적 엄마가 건네준 작은 부적이 생각났다. 그게 없을 땐 아무렇지 않게 지냈는데, 잘되라고 챙겨준 부적이 지갑 안에 함께 넣어둔 사진이나 신분증에 딸려 올라가 순간적으로 보이지 않을 때면 저주라도 걸릴까 봐 무서워서 미칠 것 같았다. 지갑을 잃어버리면 어떡하지, 가장 가까운 곳에 항상 둬야 한다고 했는데, 생각하면서 불안의 항목이 늘어갔다. 그런데 꽃이 활짝 핀다니. 그런 이야기를 들을 때마다 나는 어떤 오기가 생겼다. 최선을 다해 아무것도 하지 않겠다고. 최선을 다해 아무도 아닌 사람이 되겠다고. 그렇게 살다가 서른이 되면 엉망인 삶을 보란듯이 늘어놓고 이젠 어떻게 할 거냐고 따지고 싶었다. 선생님은 가만히 듣더니 왜 그렇게 본인을 괴롭게 하죠? 하고 물었다. 나는 모르겠어요,라고 대답하면서 이게 바로 원진살인가, 생각하고는 혼자 피식 웃었다. 선생님이 왜 웃느냐는 듯이 눈을 크게 뜨셔서, 저한테 살이 꼈대요, 하고 원진살에 대해 이야기해드렸다. 선생님은 재밌네요, 하시더니 비슷한 맥락인데 스스로를 자꾸만 더 괴롭게 하는 건 익숙한 불안 때문이라고 하셨다. 아주 오랫동안 불안한 상황에 놓여 있었기 때문에 오히려 안정된 상태가 불편한 거라고. 불안하면 당장 몸과 마음은 괴롭지만 거기에서 어떤 편안함을 느끼기도 한다고.

집으로 돌아오면서 나는 편안해진 불안에 대해 곰곰이 생각했다. 극복이라는 표현도 맞지 않을 만큼 별다른 영향을 끼치지 못했다고 생각했던 일들이 사실은 내 모든 시간과 촘촘하게 맞물려 있던 게 아닐까, 하고. 그게 전부는 아닐 수도 있겠지만 어린 시절의 영향으로 다른 슬픔들이 몸집을 부풀리고, 지나치게 커다래진 슬픔들이 차곡차곡 쌓여서 버틸 수 있는 임계점을 훌쩍 넘어버린 게 아닐까, 하고. 어쩌면, 내 우울의 모든 이유라고 생각했던 일은 고작 방아쇠 같은 것이었을지도 모른다고. 그런 생각을 하면서도 여전히 되돌릴 수 없는 최근의 시간들을 떠올리며 자주 울었다.

의사 선생님은 가급적 술을 마시지 말라고 하셨다. 약을 먹으려면 술을 마시지 않는 게 좋을뿐더러 우울한 정서가 깔려 있을 때 술을 마시면 더 쉽게 우울로 치달을 수 있다고. 하지만 나는 거의 매일 술을 마셨다. 취하면 더 서럽게 울 수 있었고, 그렇게 울고 나면 잠깐은 개운해졌기 때문이다. 그런데 매일 술을 마시다 보니 자주 가는 술집에서 얼굴이 익숙해진 사람들이 생겼다. 그 사람들과 한 마디 두 마디 하다 보니 어느새 함께 술을 마시는 날도 있었다. 낯설고 다정한 사람들과 이야기를 나누다 보면 마음이 자꾸만 풀어졌고, 조금은 나은 사람이 되고 싶은 날도 생겼다. 그럴 때마다 나는 이 사람이 귀인인가, 하고 생각했다. 울지 않고 걸을 수 있게 됐을 즈음부터는 그 말이 자꾸 떠올라서 만나는 사람마다 귀인일지 모른다는 기대를 품었다. 이 사람이 귀인인가, 이 사람이 귀인인가, 생각하다 보면 넉넉지 못한 품이나마 조금씩 내주게 되었다.

작년에 동생은 점을 보러 갔다가 내 사주도 봤다고 한다. 나는 한국 나이로 서른이었고, 오래전부터 엄마가 했던 이야기를 동생도 들었던 터라 동생은 점쟁이에게, 우리 언니 올해 어때요? 하고 물었단다. 그러자 그는 올해는 뭐 없는데? 했다고. 그 뒤에 나에 대해 묘사한 내용이 너무 잘 맞아서, 동생은 내가 혹시라도 서른 살을 기대하고 있다가 실망할까 봐 그 이야기를 전해주지 않았다. 그런데 그런 내막을 모르는 동생 친구가 너무 신기하다며 내게 그 이야기를 전해주었다. 우리 자매에게는 역마살이 끼여 있는데 동생의 경우 바다를 건너는 신의 역마이고, 나의 경우는 미의 역마라고. 일 때문에 외국에 자주 다니는 동생을 생각하니 신기해서 미의 역마는 무엇이냐고 물었더니 멀리 가지는 못하는데 집에는 좀처럼 붙어 있지 않는 거라고 했단다. 나는 명패를 걸 사주인데 뻘뻘거리고 동네를 돌아다니느라 이름을 알리지 못한다고. 커다란 나무니까, 동생더러 언니를 데리고 물가 가까운 곳에 데려가 몇 달 묶어놓으라고 했다고. 동생 친구는 완전 언니 아니에요? 집에 안 붙어 있고 돌아다니는 거? 하고 웃었다. 동생이 어디냐고 전화할 때마다 집 앞, 하고 말했던 날들이 생각나서 나도 한참을 웃었다. 그날 밤 동생에게 그거 만 나이래, 하고 말했더니 동생은 아 그래? 하고 안심했다. 그러고는 올해도 졸업은 글렀군, 하고 말했다.

이번 상반기는 오랜만에 바쁘게 보냈다. 최선을 다해 삶을 망가트리겠다고 다짐했는데, 누가 시키지도 않고 돈도 안 되는 일들을 벌여가며 며칠 밤을 새우기도 했다. 바쁜 일상의 중간중간 독기를 품고 나를 망치려 했던 날들을 떠올리면 어느새 나도 모르게 최선을 다해 보냈던 몇 달이 너무 생경해서 으으, 하고 소리를 내게 된다. 그리고 지난 이 년 동안 만났던 사람들이 모두 귀인이 아니었나 생각하게 된다. 이제 8월이 되면 나는 만으로 서른 살이 된다. 생일이 되면 수료생에서 졸업생이 되어 있을 것이고, 한 권 분량의 글도 갖게 된다. 주변에서는 모두 너무 잘됐다고, 이제야 일이 풀리려나 보다고 했지만 최근에는 다시 우울이 깊숙하게 찾아왔다. 이전에 찾아왔던 우울은 너무 강력해서 나를 아무것도 하지 못하게 만들었다. 그래서 살고 싶지 않다고 생각했다. 그때의 나는 '죽고 싶다'보다는 '살고 싶지 않다'에 가까운 상태였다. 죽는 건 능동적인 일이니까. 죽으려면 목을 매든, 손목을 긋든, 테이프로 온 방을 두르고 연탄불을 피우든 해야 하는데 내게는 그럴 힘이 없었다. 그런데 최근에 찾아온 우울은 달랐다. 나는 바쁘게 지냈고, 좋은 사람들과 좋은 관계를 유지하면서 괜찮은 시간을 보내는 것 같았는데, 즐거운 하루를 보내고도 집으로 돌아오는 길에는 자꾸만 눈물을 쏟았다. 그렇게 울면서 걷던 어느 날, 이제는 움직일 힘이 생겼으니까 죽을 수도 있겠다는 생각을 했다. 그 생각 끝에 자살한 사람들의 주변인 인터뷰 같은 것들이 떠올랐다. 한동안 힘들어 보이더니 최근에는 에너지가 넘쳐서 괜찮아진 줄 알았다고, 잘 이겨낸 줄 알았다고, 정말 죽을 사람 같지 않았다고. 그 말들이 이해되기 시작했다. 살 만해졌던 삶이 잠시 버겁게 느껴지자 다시 이전의 우울이 반복될까 봐 두려워졌고, 그렇다면 힘이 남아 있을 때 끝내버리고 싶었다.

하지만 그런 종류의 고비를 넘기고 나면 다시 글을 썼고, 시험 준비를 했고, 사람을 만났다. 그리고 새롭게 찾아온 우울을 들여다보았다. 이번에는 어떤 연유로 찾아오게 되었는지 찬찬히 살펴보았다. 그러다 보면 어린 시절에 대해 "이건 저에게 아무런 영향도 끼치지 않았어요"라고 말했던 때처럼 스스로를 안다고 생각하던 때에는 알지 못했던 낯선 나를 조금 더 알게 되었다. 좁은 골목의 모습이나 이십 년도 지난 뉴스, 그즈음 먹었던 음식과 누군가들이 내게 건넸던 말처럼 사소하고 구체적인 기억들이 거짓말처럼 선명하게 남아 있다는 것을 돌이켜보면, 시간마저 무색하게 만들어버리는 내 안의 어떤 힘을 자각하게 된다. 그리고 별일 아니라고 생각했던 날들이 사실 괜찮지 않았음을, 괜찮을 리가 없음을 결국 인정하게 된다. 물론 여전히 나는 나를 모르고, 앞으로도 영영 알 수 없겠지만.

서른에 활짝 핀다는 꽃이 조금도 화려하지 않거나 피자마자 시들어버리는 꽃이라면 나도 한 송이 정도는 피울 수 있을지 모른다고 생각한다. 하지만 설사 그렇다고 해도 지난했던 시간들이 아무 의미가 없지는 않다는 것을 이제는 알고 있다. 어쨌든 꽃이 지고 나면 초록이 무성해진다는 것을 알고 있다. 다시 계절이 돌아오면 새로운 꽃이 핀다는 것도. 앞으로도 나는 울면서 걷는 날이 많을지도 모른다. 재미있는 하루를 보내고도 서러운 밤을 맞을 수도 있다. 죽는 방법을 구체적으로 떠올려보고 잠드는 날도 있을 것이다. 그래도 그때마다 모르던 나를 좀 더 알 수 있겠지, 생각한다. 적어도 내가 무엇을 어떻게 모르는지는 점점 더 알아가겠지, 생각한다. 그렇게 나는 어떤 식으로든 달라져 있을 것이다. 그리고 그때의 나는 알게 되었을지도 모른다. 꽃이 진 자리에 무성해진 초록이 가지는 의미를.

〈어쩌면 근사한 하루〉 악보

작사 · 작곡 이진선
편곡 이성혁

A — Asus4 — | A

```
   A                D      E                A
있잖아 나는 정말 괜찮아 그러니 그런 표정 짓지 마

   A              D            A         E         A    E7
아주 가끔은 오래전 생각에 눈이 빨개지고 목이 따가워지지만

  A7         D        E7                 A    E
그래도 놀라지마 힘든 건 아주 잠깐일 뿐이니까

   D                A         E              A
떠나간 사람들은 잊혀지고 잔인한 시간들은 희미해져

   D        E7      A
서러움만 선명할 뿐이야
```

A — Asus4 — | A

E A D B7 E
혼자서도 익숙한 시간 안에서 밥을 먹고 길을 걷고 친구를 만나

Bm7 D A F# E A
맛있는 냄새를 맡으면 침이 고이고 강아지를 안고 있으면 행복해

E E7 A
그러니 슬픈 표정 짓지 말아줘

E — | A — | E — | A — | D — Dm — | A — F#7 — | Bm7 — | E — | E

A D E A
있잖아 나는 정말 괜찮아 그러니 그런 표정 짓지 마

A D A E A E7
따스한 햇살에 스치는 바람에 괜히 느닷없이 목소리가 떨-려도

A7 D E E7 A E
그래도 놀라지 마 힘든 건 아주 잠깐일 뿐이니까

D E D Dm A D E D Dm A
아무도 모르게 지나갈 수 있어 아무렇지 않은 하루를 보낼 수도 있어

* 〈진짜라고 할 만한 것〉(201쪽)과 〈커다란 책상에 둘러앉아〉(329쪽)를 참고하세요.

작가의 말

—

말을 잘 못하던 시기가 있었다. 무언가에 대해 설명하려고 해도 도무지 알맞은 표현을 찾을 수 없었다. 아무 말도 입 밖에 내지 않는 편이 차라리 내 상태를 잘 전달하는 게 아닌가, 하는 생각이 들었다. 세상으로부터 철저하게 동떨어진 기분이었다. 돌이킬 수 없을 만큼 망가져버린 느낌이기도 했다. 이렇게 글을 묶고 보니, 이 회상의 기록들은 그런 시간 속에서 어떻게든 살아남기 위해 발버둥친 흔적이라는 생각이 든다. 어쩌면 나는 누구보다 잘 살고 싶었는지도 모르겠다.

글을 연재한 뒤로 만나는 사람들로부터 가장 많이 들었던 질문은 글의 내용이 실화냐는 것이었다. 이것은 실화이기도 하고 허구이기도 하다. 흘러간 시간을 완벽하게 재현하는 작업은 불가능하다고 생각하기 때문이다. 게다가 삶의 지분을 나눠 가진 사람들을 위해 어떤 부분은 의도적으로 감출 수밖에 없었다. 그러니 거짓을 말하지 않았어도 진실이라 할 수는 없다. 하지만 이 대답이 실화냐는 질문에 대한 정확한 대답이 아니라는 것을 안다. “실화가 맞긴 하다는 말이네요?”라는 질문이 재차 이어졌기 때문이다. 몇몇은 “이렇게 잔인한 일들을 정말 다 겪었다고요?” 하고 노골적으로 호기심을 드러내기도 했다. 그러나 정말 잔인한 이야기는 다루지 못했다.

가끔 장난스럽게 “우리 이야기는?” 하고 묻는 친구들도 있었다. 그럴 때면 웃음으로 대답을 무마했다. 함께 통과한 시간을 다시 들여다보는 일이 여전히 버거워서였다. 아직 시간이 필요한 일들이 있다. 얼마만큼의 시간이 더 필요할지는 역시, 알 수 없는 일이다.

나는 애틋해질 어느 날을 살고 있다

2020년 5월 4일 초판 1쇄 인쇄
2020년 5월 10일 초판 1쇄 발행

지 은 이 이진선
펴 낸 이 박해진
펴 낸 곳 도서출판 학고재
등 록 2013년 6월 18일 제2013-000186호
주 소 서울시 마포구 새창로 7(도화동) SNU장학빌딩 17층
전 화 02-745-1722(편집) 070-7404-2810(마케팅)
팩 스 02-3210-2775
전자우편 hakgojae@gmail.com

ISBN 978-89-5625-396-1 03810

• 이 도서의 국립중앙도서관 출판예정도서목록(CIP)은 서지정보유통지원시스템 홈페이지(http://seoji.nl.go.kr)와 국가자료종합목록 구축시스템(http://kolis-net.nl.go.kr)에서 이용하실 수 있습니다. (CIP제어번호 : CIP2020014662)